JOACHIM KÖNIG

Ein Nein kann niemals ein Nein sein

SEX IST NUR MITTEL ZUM ZWECK FÜR DIE WAHRE LIEBE

Meine Sexerlebnisse mit
Frauen bis 95 Jahre,
auch im Rotlichtmilleu

novum ◢◤ pro

Dieses Buch ist auch als
e-book
erhältlich.

w w w . n o v u m v e r l a g . c o m

Bibliografische Information
der Deutschen Nationalbibliothek:

Die Deutsche Nationalbibliothek
verzeichnet diese Publikation in
der Deutschen Nationalbibliografie.
Detaillierte bibliografische Daten
sind im Internet über
http://www.d-nb.de abrufbar.

Gedruckt in der Europäischen Union
auf umweltfreundlichem, chlor- und
säurefrei gebleichtem Papier.

© 2023 novum Verlag

ISBN 978-3-99131-821-7
Lektorat: Dominique Schmidt
Umschlagfoto:
Axel Bueckert | Dreamstime.com
Umschlaggestaltung, Layout & Satz:
novum Verlag
Innenabbildung: Joachim König

Die vom Autor zur Verfügung gestellte
Abbildung wurde in der bestmöglichen
Qualität gedruckt.

www.novumverlag.com

Climate neutral
Print product
ClimatePartner.com/16547-2201-1002

Inhalt

Teil I (Seite 7–102)

Mein Leben zwischen dem 14. und dem 31. Lebensjahr, wo ich über Sexerlebnisse schreibe, die nicht so alltäglich waren, die ich im romanartigen Stil beschreibe.

*****

Teil II (Seite 103–156)

Meine anschließende 10–12-jährige Bordellbetreiberzeit, die sich jetzt mehr aufklärerisch statt romanartig liest, und ich weniger über sexuelle Erlebnisse schreibe – aber auch – als vielmehr über die gefühlte unterschiedliche männliche und weibliche Sexualität, die ich sozusagen live erlebte und nicht aus Büchern erfuhr, wozu auch Geschlechtsehregefühle gehören, weibliche wie männliche und überhaupt Männlichkeitsgefühle sowie Weiblichkeitsgefühle, die es ohne Sexualitätserleben nie geben würde. Alles wird ausgelöst – das wissen wir alle – durch einen unterschiedlich verteilten Hormonstatus von Mann und Frau, was heißt, das alles ist uns angeboren und nicht anerzogen worden und gegen diese ausgelösten Gefühle sind unser Verstand und unsere Vernunft machtlos. Man kann Gefühle niemals umerziehen oder verbieten. Man kann sie höchstens bis zu einer gewissen Schmerzgrenze unterdrücken durch Androhung z. B. von Gefängnisstrafen. Nur unser biologisches Alter kann Gefühle wirkungsloser machen. Ich habe darüber hinaus durch meine Bordelle herausgefunden, dass Rassismus, ausgehend von weißen Männern zu schwarzen Männern, auch viel mit Sexualität zu tun hat, was leider ein Tabuthema in unserer Gesellschaft ist. Ich hoffe nicht, dass das nun eine negative Auswirkung auf dieses Buch hat. Und ich beschreibe, weshalb es in einer Silvesternacht auf dem Kölner Domplatz zu sexuellen Übergriffen von jungen Männern aus anderen Kulturkreisen gekommen ist, die ich ebenfalls als Gäste in meinem Bordell erlebte.

★★★★★

Teil III (Seite 157–176)

Ich schreibe anschließend über die Liebe, die der beliebte Philosoph David Precht als ein unordentliches Gefühl beschreibt, was es aber nicht ist. Die Liebe ist uns Menschen nicht mit angeboren worden, weil sie nichts mit biologischen Genen zu tun hat.

★★★★★

Teil IV (Seite 177–207)

Anschließend schreibe ich über meine Sexerlebnisse mit Frauen bis zu 95 Jahren, wieder nun in einem romanartigen Stil, die ich im Alter anders genossen habe als in der Jugend, wo nur meine sexuelle Triebabreaktion im Vordergrund stand.

TEIL I

Hallo, werte Leserinnen und Leser,

ich weiß natürlich, wenn sich ein Buch durch die ersten drei bis vier Seiten nicht spannend liest, dann wird es in die Tonne geschmissen. Dieses Problem habe ich nun auch mit diesem Buch, weil ich ganz einfach zunächst beschreiben muss, warum ich es überhaupt geschrieben habe. Denn viele Menschen würden doch sagen, wen interessiert es schon, was ein Mann für Sexerlebnisse in seinem Leben erlebt hat. Man wird sagen, anscheinend hat der wohl keinen Friseur, dem er das erzählen kann, denn wie gevögelt wird, das wissen wir doch alle selbst. Und fragen sich nun, was so spannend sein soll, dass man für solch einen Blödsinn auch noch Geld ausgeben soll. Wobei ich schon glaube, dass ich als ehemaliger Bordellbetreiber, der ich zirka 12 Jahre lang mal war, und mit meinen Sexerlebnissen mit Frauen bis zum 95. Lebensjahr schon ausschweifend und brisant berichten kann.

Achtung, alles, worüber ich in diesem Buch schreibe, habe ich wirklich erlebt und nichts hinzugesponnen. Dies ist ein autobiografisches Buch. Ich schreibe aber vieles im Stil eines Romans, wenn es um meine Sexerlebnisse geht, das liest sich einfach besser.

Bevor ich mit meinen Erlebnissen beginne, muss ich noch zwei Anmerkungen loswerden. Erstens:

Ich bezeichne nur das männliche Sexualitätsgefühl als ein lebensbejahendes Gefühl, das ein Wissenschaftler als Motor und Antriebskraft des Lebens bezeichnet und sich deshalb das Wort lebensbejahendes sexuelles Triebgefühl durch das ganze Buch hindurchzieht, sofern es um männliche sexuelle lebensbejahende Gefühle geht und ich nun andererseits das weibliche Geschlechtstriebgefühl nicht als ein lebensbejahendes Triebgefühl anerkenne.

Fakt ist, nur das männliche sexuelle Triebgefühl steht im Dienst der Fortpflanzung unserer Spezies und bejaht damit neues Leben. Das heißt, die weibliche Sexualität steht nicht im Dienst der

Fortpflanzung von uns Menschen und ich zitiere unterstützend für meine Behauptung die Wissenschaft.

„Was nützt eigentlich der Orgasmus einer Frau? Sie kann Kinder bekommen, genauso viele ohne Orgasmus wie mit Orgasmus. Aber ohne Orgasmus eines Mannes kann es keine Kinder geben. Ein männlicher Orgasmus ist zwingend erforderlich." Zitat Ende. Das alles heißt aber nun auf keinen Fall, dass Frauen sexuell nicht sehr triebstark sein können oder werden. Im Gegenteil, Frauen können sexuell so triebstark werden, dass sie viele Männer sexuell überfordern und viele Frauen die Auslebung ihrer weiblichen Sexualität sogar als ihren Lebensmittelpunkt ausleben. Nur steht ihre Sexualität, wie gesagt, nicht im Dienst der Fortpflanzung. Und wir wissen ja, dass selbst durch Vergewaltigungen neues Leben gezeugt werden kann. Wobei wohl in den allerseltensten Fällen Frauen einen Orgasmus bei einer Vergewaltigung erleben, nur völlig ausgeschlossen ist das auch nicht immer. Denn Vergewaltigungen sind nicht nur durch Brutalität, durch Körperverletzung, sondern auch durch Einschüchterung und Abhängigkeit gekennzeichnet, der man nicht entfliehen kann.

Es gibt nun drei Gründe, warum ich dieses Buch schreibe.

Der erste Grund heißt Pandemie. Ich schreibe das Buch, um meine Langeweile zu vertreiben. Zweitens ist aber die ehemalige Nachrichtensprecherin Petra Gerster vom ZDF, die bestimmt viele von euch Lesern und Leserinnen kennen, eine treibende Kraft gewesen. Ich habe einmal das Thema Liebe beschrieben, das der beliebte Fernsehphilosoph David Precht einmal als ein unordentliches Gefühl beschrieb, was es gar nicht ist. Von der Liebe scheint David Precht eher mal keine Ahnung zu haben. Jedenfalls hatte ich dieses Thema Liebe einmal Petra Gerster im Jahre 2009 – das sind jetzt 12 Jahre her – zugesandt. Ich dachte, diese Journalistin würde sich bestimmt dafür interessieren. Und Petra Gerster hat mir auch geantwortet. Ich zitiere wörtlich:

„Die Liebe ist zwar ein interessantes Thema, aber nicht meins – jedenfalls nicht zurzeit. Aber schreiben Sie doch ein Buch über Ihre Erfahrungen im Kiez, das wird sicher Erfolg haben. Sie können ja gut mit Sprache umgehen, wie man sieht." Zitat Ende.

Und genau das werde ich heute im Jahre 2022 am Ende meines Lebens tun.

Im Übrigen ist ein mir bekannter Doktor der Philosophie der gleichen Meinung wie Petra Gerster, dass ich mit Sprache gut umgehen kann. Er sagte sinngemäß, es kommt bei einem Buch, das man schreibt, vor allem darauf an, wie lesbar man es schreibt, und er hat mir auch dazu geraten.

Falls ich das Buch fertig bekomme, werde ich das Buch Petra Gerster zusenden, aber nur, um ihr zu beweisen, dass ich nach 12 Jahren ihren Rat befolgt habe. Frau Gerster braucht das Buch gar nicht zu lesen, darum geht es mir nicht. Sie soll nur registrieren, dass ich nach 12 Jahren ihren Rat befolgt habe und sie kann es dann ungelesen entsorgen, denn es wird ihr ganz bestimmt nicht gefallen. Vielleicht würde Petra Gerster es bereuen, mir den Rat gegeben zu haben. Ich bin davon fest überzeugt. Erst heute im Jahr 2022 habe ich ja erfahren, dass Petra Gerster eine Feministin ist. Ich sage schlimm, schlimm, wenn sie dieses Buch lesen würde.

Ich bin dennoch der Meinung, dass kaum jemand das lesen will, was ich geschrieben habe, weil ich keinen gesellschaftlichen Bekanntheitsgrad habe. Wer interessiert sich schon für ein Buch, das ein völlig unbekannter Typ aus der unteren Gesellschaftsschicht geschrieben hat. Würde z.B. ein Mike Jagger oder J. F. Kennedy ein Buch geschrieben haben über seine Sexerlebnisse von 14–80 Jahren, dann würden diese Bücher Bestseller werden, obwohl sie höchstens mit noch mehr Mädels und Frauen Sex erlebten als ich. Das wäre der einzige Unterschied, obwohl ich auch mit mehreren hundert Mädels und Frauen Sex hatte und ein Mike Jagger oder ein Präsident Kennedy Sex nicht anders erleben kann als ich. Es gibt halt keinen Prominentensex oder Hartz-IV-Sex. Selbst Menschen in Bangladesch, die Ärmsten der Armen, die auf den Gräbern ihrer Ahnen leben, können Sex nicht anders erleben als ein Präsident von Amerika. Ich werde jedenfalls niemals das Geld zurückbekommen, das ich in dieses Buch investieren werde. Das ist auch nicht nötig.

Ich brauche kein Geld mehr in meinem noch verbleibenden eher kurzen Leben. Es reicht aus für die noch kurze Lebenszeit. Aber ich hatte einfach das Bedürfnis, anderen Menschen etwas mitzuteilen, was ich persönlich für wichtig halte. Selbst dann, wenn es für die meisten Menschen so ziemlich das Unwichtigste der Welt ist. Aber was schrieb schon der Philosoph Arthur Schopenhauer vor zirka 150–200 Jahren? Ich zitiere sinngemäß: Unser Wille, etwas durchzuführen, ist sehr oft stärker als unsere Vernunft, und ich bin meist ein unvernünftiger Mensch.

Aber nun komme ich langsam zu dem Lebensabschnitt, der mich prägte, bis heute zum 80. Lebensjahr. Daran beteiligt war einerseits ein älterer Hausmitbewohner, der bis heute mein Freund ist und mich in mein Leben sozusagen einführte. Ohne seine Freundschaft wäre mein Leben etwas anders abgelaufen. Dazu bald mehr. Zum anderen wurde mein Leben geprägt natürlich durch meinen immer stärker aufkommenden Sexualtrieb, den ich selbst in dieser Auslebung nun nicht als normal empfand, der aber doch normal war, weil er im Alter einfach von selbst nachgelassen hat. Die Natur in mir nahm sich leider ganz unerfreulich zurück aus meinem Körper, doch nicht vollständig. Auf jeden Fall stellte ich fest, dass mein Sexualtriebgefühl immer mehr über mein Leben bestimmte. Ich ordnete mich diesem völlig unter.

Eine Ehe, eine Familie zum Beispiel, wie sie mir beispielhaft meine Eltern vorlebten, war für mich unvorstellbar. Treue war für mich ein Fremdwort. Ich wurde zum Frauenkörperjäger, der selbst gejagt wurde durch seinen Sexualtrieb. Aber dennoch gab es immer auch eine andere Seite in mir. Ich brauchte einerseits die totale Freiheit zum Jagen, andererseits musste ich unbedingt Geborgenheitsgefühle erleben durch einen anderen Menschen. Ich konnte allerdings nun bei einer fremden Person, die ich erst kennenlernen musste, keine Geborgenheitsgefühle erleben, wenn ich nicht imstande war, Geborgenheitsgefühle zurückzugeben. Keine Frau kann durch mich Geborgenheit erleben, wenn ich mich ständig durch andere Körperfrauen sexuell abreagieren will, obwohl mich der Mensch, zu dem der Körper gehörte, überwiegend nicht interessierte. Da blieb mir also nur mein Elternhaus. Das war für mich meine feste Burg, wo ich immer Geborgenheit erlebte, denn schließlich musste ich meiner Mutter gegenüber nicht sexuell treu sein, um es mal scherzhaft auszudrücken. Aber auch durch meinen Vater erlebte ich Geborgenheits- und Sicherheitsgefühle und konnte nun immer aus meiner festen Burg ausziehen, neue Abenteuer erleben.

Schon im Alter von 14 Jahren, als ich noch zur Schule ging, erlebte ich sexuelle Fantasien in meinem Kopf, die ich nicht für normal hielt. Ich sah immer Frauen von hinten gebückt vor mir mit Strapsen, an denen schwarze Nylonstrümpfe befestigt waren und die ihre langen Beine dann in hohe Hackenschuhe steckten, wobei mich das Gesicht einer Frau gar nicht interessierte, wegen meiner hätte ein Frauengesicht sechs Ohren haben können und auf ihrem Kopf Bananen wachsen, das hätte mich gar nicht interessiert. Auf jeden Fall hörte ich in meiner Fantasie, dass mich Frauen aufforderten: „Achim, errege dich an unserem Geschlechtsorgan und komme dann rein in uns und erlebe die stärksten lebensbejahenden sexuellen Triebgefühle, die ein Mann überhaupt erleben kann." Und jedes Mal bekam ich bei dieser Vorstellung einen Steifen und musste mich durch Selbstbefriedigung erlösen. Dazu schrieb Sigmund Freud schon in den Jahren 1904–1905, ich zitiere aus dem Zusammenhang: „Die Quelle des Triebes ist ein erregender Vorgang in einem Organ und das nächste Ziel des Triebes liegt in der Aufhebung des Organreizes." Zitat Ende. Das war in meinem

Fall die Selbstbefriedigung, weil mir das Körperorgan der Frau nicht zur Verfügung stand.

Man könnte nun den Eindruck gewinnen, als hätte das etwas mit Perversität zu tun, denn Tatsache ist ja, dass durch diese Körperorgane ekelige Ausscheidungen in der Toilette entsorgt werden. Dazu schreibt Sigmund Freud einmal mehr. Ich zitiere aus dem Zusammenhang: „Es scheint unzweifelhaft zu sein, dass der Begriff des Schönen nur auf dem Boden der Sexualerregung wurzelt und ursprünglich das sexuell Reizende bedeutet. Es steht im Zusammenhang damit, dass die Genitalien selbst, deren Anblick die stärkste sexuelle Erregung hervorruft, eigentlich niemals als schön empfunden werden kann." Zitat Ende.

Und jetzt aufgepasst. Ein Satz von dem, was ich gerade zitiert habe, bildet die Grundlage meiner Sexualität, die über mein Leben bestimmte. Ich zitiere noch einmal diesen Satz: „Durch den Anblick der Genitalien erleben wir die stärkste sexuelle Erregung." Zitat Ende. Wie gesagt, das schrieb kein geringerer Wissenschaftler als Sigmund Freud.

Und in meinem ganzen Leben wollte ich ständig diesen Anblick genießen und mich ständig sexuell erregen. Es gab nichts anderes in meinem Leben, das in mir so starke Gefühle auslöste wie das lebensbejahende Gefühl. Selbst Reichtum, der kein lebensbejahendes Gefühl auslöst, wohl aber ein lebenswertes, auch den hätte ich nicht eintauschen wollen gegen ein lebensbejahendes Sexualtriebgefühl.

Wie gesagt, im Alter von 14 Jahren ging ich noch zur Schule. Ab der 6. Klasse, als die Grundschule beendet war, wurde aussortiert, die Blöden, wie ich einer war, kamen nur auf die Oberschule Praktischen Zweigs, so nannte man das früher, die etwas Intelligenteren kamen auf die Oberschule, die man Technischen Zweig nannte und die ganz Schlauen kamen auf die Oberschule Wissenschaftlichen Zweigs. Wir Schüler und Schülerinnen erlebten uns nun gemischt in einer Klasse. In der Grundschule war das noch nicht üblich gewesen. Ich persönlich halte aus pädagogischen Gründen eine gemischte Schulklasse für nicht besonders sinnvoll, aber das ist ein anderes Thema. Auf alle Fälle saßen wir wenigstens getrennt. Auf der einen Seite also die Mädchen und auf der anderen Seite wir Jungs. Eines Tages nun wurde eine Schülerin von einer Lehrkraft nach vorne zur Tafel gerufen. Auf dem Weg dahin geriet sie ins Stolpern und flog bäuchlings der Länge nach hin. Dabei rutschte ihr Kleid sehr hoch und das verschaffte mir einen wunderschönen Anblick, der Unruhe in meiner Hose auslöste. Ich sah zwei wunderschöne Beine, die in fleischfarbenen Nylonstrümpfen steckten, die an Strapsen befestigt waren. Statt ihr nun zu helfen, aufzustehen, erfreute ich mich lieber weiter an diesem wunderschönen erregenden Anblick. Andere Jungs halfen ihr dann. Fortan war diese Klassenkameradin, sie hieß Eva, Teil meiner nächtlichen Fantasievorstellungen. Ich hatte jetzt nur ein Ziel vor Augen, ich musste Eva auf die Matte bekommen. Aber wie sollte das geschehen? Ich sah scheiße aus, kein Mädel fiel bei meinem Anblick, meiner „Schönheit", in Ohnmacht. Ich brauchte jetzt einfach den Rat eines Frauenverstehers, eines Weiberhelden, der viel Erfahrung mit dem weiblichen Geschlecht hatte. Ich ging auf das 15. Lebensjahr zu und musste mich eigentlich viel mehr um eine Lehrstelle kümmern, was ich zunächst erst einmal völlig verdrängte. Wie gesagt, ich brauchte den Rat eines Weiberhelden und mir kam dabei sehr schnell ein Mitbewohner unseres Hauses in den Sinn, der zirka sechs Jahre älter war als ich, also 20. Dieser Typ passte so gar nicht in unsere Hausgemeinschaft. Er sah eher wohlhabend aus, war zirka 1,80 m groß. Man sah ihn auch sehr selten. Ich schätzte seine Wirkung auf Frauen als sehr hoch ein. Eines Tages sprach ich ihn an, als er seine Wohnungstür aufschloss. Ich sagte, ich habe ein Problem und glaube, dass er mir helfen könne. Er sagte: „Komm rein und erzähl mir von deinem Problem." Als ich die Wohnung betrat, stockte mir zunächst der Atem. Mein Mitbewohner, er heißt im Übrigen Horst, war sehr feudal eingerichtet. Ich sah eine schwarze Ledercouchgarnitur und er hatte sogar schon einen Fernseher der ersten Stunde. Man darf nicht vergessen, wir hatten das Jahr 1955, also 10 Jahre nach Kriegsende. Aber am meisten beeindruckte mich ein Teil seines Wohnzimmers mit einem lebensgroßen Spiegel an der Wand. Und rechts und links vom Spiegel hingen Fotos, die Horst abbildeten mit seiner sehr muskulösen Figur, die man nicht vermutet hätte, wenn man ihm auf der Straße in Klamotten begegnete. Ebenfalls an der Wand hing ein Expander und auf dem Fußboden, genau vor dem Spiegel, lagen einarmige Kurzhanteln, das heißt, Horst betrieb offensichtlich Krafttraining und Rauchen und Alkohol waren für Horst auch tabu, wie ich erfuhr. Auf einem kleinen Schränkchen lagen amerikanische Sportjournale herum, auf denen sogenannte Bodybuilder abgebildet waren, wie z. B. Mister Amerika. Dieser Sport war bis zu diesem Tag in Deutschland noch nicht verbreitet, was sich aber schnell änderte. Meine Bewunderung steigerte sich sogar noch, als Horst seinen Garderobenschrank öffnete, in dem maßgeschneiderte, figurbetonende Anzüge hingen. Ich fragte mich innerlich, woher hatte dieser junge Mann so viel Kohle, um sich das alles zu leisten, denn wir hatten – wie schon gesagt – das Jahr 1955. Ich erfuhr, dass Horst Möbeltischler war. Niemals im Leben erfuhr ich, warum Horst so vermögend war. 20 Jahre später kaufte er auch noch Immobilien. Noch bevor ich anfing, über mein Problem zu reden, brannte sich diese Zimmerwand mit dem Spiegel, mit Horst, seinen Figurfotos, den Bodybuilding-Journalen fest in meine Birne ein und ich schwor mir, ich möchte figürlich mal so aussehen wie Horst, denn das beeindrucke bestimmt Frauen, dachte ich mir, und ich würde alles tun, um viele Frauenkörper genießen zu können.

Ich komme nun zurück zu Horst und mein offenbarendes Gespräch. Und tatsächlich hatte Horst Lösungsvorschläge für mein Problem. Zunächst diese: Horst gab mir zwei Bücher zum Lesen. Eines mit der Titelüberschrift „Die hohe Schule der Liebe und Ehe". Das zweite Büchlein war ein Taschenbuch, aus dem herauszulesen war, was der berühmte Psychoanalytiker Sigmund Freund schon 1905 über die Sexualität geschrieben hatte. Sigmund Freud sollte mir wohl meine sexuellen Fantasien erklären, die nicht unnormal waren.

Horst riet mir nun eindringlich, vor allem das Buch „Die hohe Schule der Liebe und Ehe" nicht nur zu lesen, sondern mir vieles in meinen Kopf einzuprägen, denn ich müsse Eva mit meinem Wissen locken, ich müsse sie neugierig machen. Wenn Eva schon kein Interesse an mir habe, so dann aber Interesse an meinem sexuellen Wissen. Denn Sexualität sei ganz bestimmt etwas, was auch Eva zunehmend interessieren werde und sie wisse noch nicht alles. Sie werde bestimmt neugierig werden. Horst sagte: „Lese alles erst einmal durch und dann unterhalten wir uns weiter, bevor du versuchst, Kontakt mit Eva aufzubauen."

Gesagt, getan. Und ich hatte vieles erfahren, z. B. über die Klitoris, also die Stelle, durch die Frauen mehrheitlich Orgasmen erleben, über die fruchtbaren und unfruchtbaren Tage der Frau und wie es ein Mann durch Training schaffen kann, einen frühzeitigen Orgasmus hinauszuzögern und so weiter.

Jetzt möchte ich einmal zeitlich unterbrechen und sagen, zu der Zeit, als ich mit 14 Jahren dieses Buch gelesen habe über die weibliche Orgasmuserlebung, über die Klitoris, da war noch nicht so viel bekannt, was man heute weiß beziehungsweise was ich heute weiß. Darüber schreibe ich später mehr. Jetzt geht es erst einmal weiter.

Mit diesem Wissen nun, das ich als 14-Jähriger erlernte, besuchte ich Horst. Zunächst fragte er mich ab, er wollte wissen, ob ich die ganze Sache auch ernst nehme. Er riet mir nun, dass ich mir ein überaus hübsches Mädel suche, etwas älter als Eva, und mit ihr einen Deal aushandle. Sie sollte mich von der Schule abholen, was Eva mitbekommen musste. Am besten – so Horst – müsse mich dieses hübsche Mädel kurz umfassen, mir einen flüchtigen Kuss geben und dann müssten wir zusammen weggehen und ich sollte mir diesen Deal zirka 50 DM kosten lassen, das könne eine gute Investition werden. Eva werde bestimmt beeindruckt sein. Sie werde sich innerlich bestimmt fragen, was hast du an dir, dass dieses hübsche Mädel, die hübscher ist als sie, so von dir begeistert ist? Und dann sollte ich am nächsten Tag, wenn die Schule zu Ende war, in kurzem Abstand ohne ein Wort zu wechseln neben Eva herlaufen, da wir beide fast den gleichen Nachhauseweg hatten. Bestimmt würde Eva mich dann irgendwann aus Neugierde ansprechen und ich müsste etwas daraus machen. Ehrlich gesagt, diese Nummer gefiel mir und ich wusste schon, mit welchem hübschen Mädel ich diesen Deal durchziehen wollte. Es war ein Mädel, die zwei Häuser weiter wohnte, die ich oft beim Bäcker sah. Sie hieß Karin. Schon am nächsten Tag fing ich sie ab und bat um ein Gespräch. Sie willigte ein. Ich erzählte ihr alles und die ganze Zeit lächelte sie. Ich wusste nun, ich war auf dem richtigen Weg. Am Ende war unser Deal beschlossen. In der Nacht zum nächsten Schultag konnte ich kaum einschlafen, ich war zu aufgeregt.

Aber der nächste Tag kam und wieder war irgendwann Schulschluss und ich lief zirka 5 Meter vor Eva und da wartete auch schon Karin, die sich sehr sexy angezogen hatte. Sie lachte schon von weitem, wir kamen uns näher und sie umarmte mich, gab mir einen flüchtigen Kuss und wir liefen zusammen weg. Irgendwann verabschiedeten wir uns. Ich gab ihr das Geld und sie wünschte mir viel Glück. Und wieder durchlebte ich eine Nacht, ohne richtig zu schlafen.

Der nächste Tag kam. Ich lief zur Schule und völlig cool betrat ich das Klassenzimmer und es war nichts mehr wie an den Tagen zuvor. Plötzlich war ich jemand Besonderes. Ich musste mir erst einmal dämliche Sprüche meiner männlichen Kameraden anhören, denn alle hatten das mitgekriegt, dass ich von einer Superbraut abgeholt worden war, und ich bemerkte auch die versteckten, fast stechenden Blicke von der Seite, wo die Mädels saßen. Sie sahen mich an, als wäre ich heute das erste Mal in die Klasse gekommen. Sie fragten sich bestimmt, was will die Braut von diesem unscheinbaren Typen? Aber mir gefiel das alles. Ich erlebte dabei ein völlig neues Gefühl, so etwas wie ein Machtgefühl, ein Überlegenheitsgefühl.

Endlich war wieder Schulschluss. Ich lief anderthalb Meter von Eva entfernt. An einer Kreuzung stand sie nun neben mir. Plötzlich fragte sie mich: „Ist deine Freundin viel älter als du?" Ich dachte, bingo, es funktioniert. Cool antwortete ich: „Ja, sie ist vier Jahre älter als ich." − „Gehst du richtig fest mir ihr?", fragte Eva. Ich antwortete: „Nein, wir leben uns nur sexuell aus." Das saß. Sie erlitt fast eine Schockstarre. Ihr Mund war so weit offen, dass ich ihr bis in den Bauch hineinsehen konnte, und bevor sie ihren Mund wieder zumachte, schob ich noch einen Satz nach, den sie schlucken musste. Ich sagte völlig cool: „Das ist eine starke Braut, ich bringe sie innerhalb einer Viertelstunde dreimal zum Orgasmus." Wir überquerten die Kreuzung ohne noch ein Wort zu wechseln und ich lief von dannen. Zwei Tage später, auch wieder nach Schulschluss, fragte mich Eva dann: „Sag mal, wie ist das eigentlich mit dem Orgasmus? Ständig höre ich davon, aber erlebt habe ich bis jetzt keinen Orgasmus, weil ich ja bis jetzt noch keinen Sex mit einem Jungen hatte." Ich sagte: „Du brauchst gar keinen richtigen Geschlechtsverkehr mit einem Jungen, um einen Orgasmus zu erleben. Du musst doch dein Geschlechtsteil kennen. Du musst doch wohl wissen, wo deine Klitoris ist. Sie ist äußerlich sichtbar und liegt am Scheideneingang. Sie ist in etwa erbsengroß. Die Eichel der Klitoris ist allerdings teilweise oder auch gänzlich durch eine Klitorisvorhaut bedeckt. Die Klitoris sitzt an der vorderen Umschlagfalte der kleinen Schamlippen. Natürlich wäre es schon besser, wenn ein Freund von dir deine Klitoris befühlt wegen der Vorhaut, die unter Umständen leicht zurückgezogen werden müsste." Ich dachte natürlich daran, dass ich der Junge wäre. „Wenn du alles weißt, dann weißt du auch, dass du durch eine Selbstbefriedigung orgasmuserlebend werden kannst." Darauf antwortete sie, dass sie so genau über ihre Klitoris nicht Bescheid wusste und sie sich zu blöd vorkommen würde, wenn sie selber an sich rumfummeln müsste, so beschrieb sie es. Nun wusste ich es, jetzt war sie mir in die Falle gelaufen. Ich dachte bei mir bloß, hoffentlich finde ich ihre Klitoris, wenn es dazu kommen sollte, denn ich hatte ja auch noch nie eine Muschi live erlebt, sondern nur in meiner Fantasie. Wieder beendete ich das Gespräch und ließ sie wortlos zurück. Es dauerte eine Woche, dann siegte die Neugier bei Eva und sie fragte, ob ich denn eine Gelegenheit hätte, wo wir was machen könnten. Allerdings sagte sie, sie habe noch ein Problem. Sie möchte sich nicht völlig nackt ausziehen, das sei schließlich keine Liebesbeziehung. Ich sagte ihr, das sei kein Problem, das sei nicht nötig. Sie solle sich nur ein Kleid anziehen, dann komme ich auch überall ran.

Ich dachte nun wegen der Gelegenheit nach auf dem Nachhauseweg und da kam mir nur eine Idee in den Sinn. Ich musste meine Eltern bitten, mal für zwei Stunden ins Kino zu gehen und ich bot ihnen dabei an, die Eintrittskarten von meinem Taschengeld zu bezahlen.

Als ich meine Eltern mit meinem Vorschlag konfrontierte, gab es ein gemischtes Echo. Meine Mutter war eher dagegen, und mit Recht. Sie verwies auf den damals gültigen Paragrafen der Kuppelei. Es gab dafür hohe Strafen und außerdem wollte sie wohl auch nicht die eventuell blutige Bettwäsche auswaschen. Mein Vater aber war auf meiner Seite, er sagte nur zu meiner Mutter, wenn er nicht die Gelegenheit bekomme, werde Achim womöglich noch schwul. Er sagte nur: „Pass auf, dass du ihr nicht gleich ein Kind machst, dann ist dein Leben vorbei, bevor es angefangen hat. Schütz dich mit einem Kondom."

Am anderen Tag berichtete ich Eva, wo und wann alles ablaufen sollte. Horst informierte ich natürlich auch und bedankte mich für seinen Rat. Dieser Rat bewies mir, dass dieser 20-Jährige schon eine gute Lebenserfahrung mit dem weiblichen Geschlecht erfahren hatte. Wir beide wurden nun Freunde, lebenslang. Horst ist heute weit über 80 Jahre alt und einer meiner damaligen Freunde, die noch nicht gestorben sind, und ich sage, trotz Millionen von Menschen, die man jeden Tag auf der Straße anrempelt, wird man immer einsamer, wenn die alten Freunde wegsterben, mit denen man zusammen aufgewachsen ist. Es gibt tatsächlich eine gefühlte Einsamkeit, selbst wenn man mit Millionen von Menschen zusammenlebt.

Ich fasse mich nun kurz. An einem Dienstagabend betraten Eva und ich die sturmfreie Bude meiner Eltern. Sie sah mein Bett in der Küche und sagte: „Das ist mir zu hell." Ich zog daraufhin die Küchenfenstervorhänge zu und dachte dabei nur, dann sehe ich ja gar nichts richtig von dem, was ich sehen will. Ich wollte meinen Schautrieb ausleben, von dem Sigmund Freud schon geschrieben hatte. Tatsächlich musste ich jetzt eher alles erfühlen, ertasten, wo was ist, wo die erbsengroße Klitoris sich versteckt hielt. Eva hatte tatsächlich ein Kleid an. Ich zog mich nun aber völlig aus und hoffte, dass Eva mich nicht auslachte, denn wie Apollo sah ich nicht gerade aus. Sie streifte nur mit einem kurzen Blick das Teil, das langsam immer steifer wurde und starrte dann doch lieber zur Decke und schloss ihre Augen. Langsam schob sich meine Hand unter ihr Kleid und glitt über ihre fleischfarbenen Nylonstrümpfe in Richtung Muschikathedrale. Ich tastete den Eingang ab, dabei spreizte Eva leicht die Beine, sie verklemmte sich also nicht. Als ich ihre erbsengroße Klitoris endlich fand, stöhnte Eva ein eher leises, langatmiges „ah" und ich war auf dem richtigen Weg. Küssen, Knutschen ließen wir beide aus. Das löst mehrheitliche Gefühle aus, die mit Sex nichts zu tun haben. Deshalb schrieb Sigmund Freud, die Grenze vom Körperlichen zum Seelischen werde dabei schnell überschritten, deshalb sei Knutschen bei Prostituierten in der Regel tabu, aber auch nicht immer, wie ich es später erlebte. Eva bewegte ihren Unterkörper rhythmisch immer mehr hin und her und atmete tief und dann nach eher kurzer Zeit verriet mir ihr lautes ausatmendes, langgezogenes „ja", dass sie orgasmuserlebend wurde. Nun verweilte sie ein wenig, bevor sie sagte, das sei schön gewesen. Ich nahm nun ihre Hand und führte sie zu meinem steifen Penis und nach kurzer Zeit wurde auch ich orgasmuserlebend, was sie wohl nicht für sehr prickelnd hielt, denn vieles erreichte ihre Nylons und ihr Kleid. Wir erlebten nun alles ein zweites Mal. Ich fragte sie auch, ob sie jetzt alles erleben wolle, also auch ihre Jungfräulichkeit verlieren. Ein Kondom hatte ich schon vorher am Bettrand versteckt, aber sie verneinte und mir was das recht. Ich vermied es, sie an diesem Tag zu bitten, sich einmal umzudrehen und mich kniend ihren Hintern mit ihrer wunderschönen Kathedrale ansehen zu lassen, wie ich es in meiner Fantasie auslebte. Auf alle Fälle schien Eva sich seit diesem Tag in ihrer ganzen Art verändert zu haben.

Aber nicht nur Eva schien sich verändert zu haben, auch ich erlebte auf einmal unerklärliche Gefühle in mir. Ich hatte geschauspielert, ich hatte gelogen und damit einen Menschen manipuliert. Und dieser Erfolg löste bei mir ein unbekanntes starkes, gutes Gefühl aus. Und ich wusste auf einmal nicht mehr, war das nur ein Rolle, die ich spielte und nichts mit mir selbst zu tun hatte oder war ich das selbst, der so einen Menschen manipuliert und dadurch Macht über ihn bekommen hatte? Bald nun mussten meine Eltern zurückkommen und wir verließen die Wohnung, nachdem ich alles wieder richtig geordnet hatte. Es war jedenfalls auch für mich das erste Mal gewesen, dass ich eine Muschi befühlt hatte und ein Mädel meinen Penis berührt, was Eva natürlich alles nicht wusste. Sie hielt mich für einen sexuellen Profi.

Und das war der Anfang einer Beziehung, die es so wohl sehr, sehr selten gibt. Dazu später mehr. Auf jeden Fall wollte ich mich jetzt erst einmal mehr um eine Lehrstelle kümmern. Ich musste Bewerbungen schreiben. Aber ich wusste eigentlich gar nicht, was für einen Beruf ich erlernen wollte. Ich bewarb mich nun bei einer Fliesenlegerfirma. Fliesenleger verdienten damals gutes Geld. Doch alle meine Bewerbungen wurden wegen zu schlechter Zeugnisnoten abgelehnt. Ich las nun öfter auch die Stellenangebote für Lehrstellen durch und fand, dass eine Firma einen Autolackierlehrling einstellen wollte. Autos fuhren noch gar nicht so viele in Deutschland rum 1954/1955, aber ich dachte, besser eine Lehrstelle als gar keine, bewarb mich und bekam diese. Und das war im Nachhinein das Beste, was mir hätte passieren können. Denn immer mehr Autos fuhren bald durch Berlin. Es gab immer mehr Unfälle, immer mehr musste lackiert werden und die Autos rosteten früher viel mehr als heute und schon als Lehrling in den letzten anderthalb Jahren verdiente ich durch Schwarzarbeit eine Menge Kohle.

Und nach kurzer Zeit, nachdem ich bei meinem Freund Horst die Zimmerwand mit all den Fotos bewundert und von Bodybuilding erfahren hatte, das sich in Amerika ausbreitete, entdeckte ich eine Anzeige in der Zeitung, die eine Eröffnung des ersten Bodybuilding-Clubs in Berlin bekannt gab. Dieser Club eröffnete in der Bleibtreustraße in Charlottenburg, eine Nebenstraße vom Kurfürstendamm. Sofort suchte ich diesen auf und gehörte nun zu den ersten Berlinern, die diesen Sport in einem Club auslebten. Dieser Club gehörte Paul Noack, der in den früheren zwanziger Jahren einmal deutscher Boxmeister gewesen war und folglich auch einen Boxring aufgestellt hatte. Mit Paul Noack hatte ich später ein freundschaftliches Verhältnis. Ich erlebte nun ein Sportstudio mit allen Geräten, mit allen Hanteln und Zugmaschinen, die man braucht, um Muskeln aufzubauen. Und so ganz nebenbei wurde ich öfter als Sparringspartner von Boxern gebraucht, die natürlich alle Rücksicht auf mich nahmen, ich dennoch eine Menge von diesem Kampfsport mitbekam und das Gefühl erlebte, wie hilflos, wie unfähig man war, nur ein einziges Wort zu sprechen, wenn man was auf die Leber bekam. Es war anfangs nicht viel bekannt, was für eine gezielte Ernährung beim Aufbau von Muskelmasse hilfreich war, wie z. B. Eiweiß. Und wie man später erfuhr auch Steroide, also Chemie wie Anabolika, das einen Bodybuilder bühnenreif machen konnte, wie Arnold Schwarzenegger, der dann später genau 1974 in Berlin-Neukölln einen Gastauftritt als Mister Universum hatte und wir uns mit ihm unterhalten konnten, er aber nie die Wahrheit sagte, was er seinem Körper so alles antat, außer hartes Training. Er sprach nur immer wieder davon, viele Steaks zu essen und geschäftstüchtig war er damals schon. Er verkaufte ein signiertes Bild von sich für 5 DM. Im Übrigen, Steroide habe ich nie konsumiert. Ich wollte auch nie bühnenreif werden.

Auf jeden Fall füllten mich Bodybuilding und mein zukünftiger Beruf vollständig aus. Ich trainierte wie blöde und aß dadurch mehr und besser und mein Körper entwickelte sich zusehends. Ich erreichte 1,80 m Größe und mein Gesicht wurde irgendwie anschaulicher. Ich kam bei den Mädels gut an. 1959 beendete ich meine Lehre und bestand meine Gesellenprüfung mit Auszeichnung. Ich hatte mittlerweile ziemlich viel Kohle in der Tasche durch Schwarzarbeit. Ohne Sex blieb ich natürlich nicht. Aber eine richtige Beziehung war mir zu stressig. Mich trieb es ja sowieso zu immer neuen Frauenkörpern. Mit Eva, die in der Zwischenzeit viele andere Männer kennengelernt hatte und bald nach unserem abgebrochenen Sex ihre Jungfräulichkeit verloren, natürlich aus Liebe, wie sie sagte, traf ich mich immer wieder zum Sex, denn mit der Liebe gab es bei ihr nur Enttäuschungen. Eva und ich hatten nun eine völlig andere, jedoch haltbare Beziehung aufgebaut. Liebe war bei uns nie ein Thema, dafür umso mehr Vertrautheit durch absolute Ehrlichkeit. Niemand konnte deshalb den anderen betrügen. Und obwohl jeder von uns sein eigenes Leben lebte, trafen wir uns immer wieder mal zum Sex und verschmolzen dabei im wahrsten Sinne des Wortes. Beide kamen wir zu der Einsicht, Männer und Frauen passten eigentlich nicht zusammen, außer in der Mitte. Die Ehen unserer Eltern hielten deshalb, weil wirklich jeder auf den anderen bei vollem Respekt aufeinander angewiesen war. Man brauchte sich gegenseitig, man ergänzte sich und wuchs dabei fest zusammen. Heute wollte jeder frei sein, aber mal ehrlich, wer will schon für immer frei sein? Im tiefsten Winkel meines Herzens will ich das auch nicht. Einsamkeit kann tödlich enden.

Darüber hinaus besuchte ich in meiner wenigen Freizeit, die ich hatte, durch meinen Sport und überwiegende Schwarzarbeit den

Straßenstrich in der Kurfürstenstraße, nicht zu verwechseln mit dem Kurfürstendamm. In der Kurfürstenstraße boten vor allem sehr junge, drogenabhängige Mädchen ihren wunderschönen Körper an. Das war gut für ältere Männer, die keine besonderen Liebhaber waren, denn diese Mädels verlachten keine sexuellen Versager. Ihnen ging es nur um das Geld. Teilweise mussten diese Mädels, die so abgefüllt waren, dass sie halb sitzend, halb liegend auf dem Bürgersteig ihren Körper anboten, von den Freiern aufgerichtet werden, um sie in ihre Nobelkarossen zu befördern. Nie sah man so viele Nobelkarossen auf einem Haufen in der Stadt wie auf dem Straßenstrich bei den Drogenabhängigen. Die Freier waren Ärzte, Bänker, Wirtschaftsunternehmer. Ich lernte viele von ihnen kennen, denn uns verband ja etwas Gemeinsames. Ich war wohl der jüngste und der ärmste Freier auf dem Drogenstrich, aber ich freundete mich mit allen an, wir saßen oft gemeinsam in den Cafés herum. Ich freundete mich mit den Mädels an und mit ihren wohlhabenden Freiern, und das sollte sich sogar mal eher ungewollt auszahlen. Folgendes muss nun jedoch auch gesagt werden. In der Regel nutzte niemand von uns Freiern diese Mädels finanziell aus. Sie wurden immer gut bezahlt, denn niemanden ließ der Zustand dieser Mädels unberührt. Da entstanden menschliche Zuneigungsgefühle zwischen den Mädels und uns, ihren Freiern. Das lief alles anders ab als bei den Profiprostituierten, wo es nur um auf und ab und die Zeit ist rum ging. Ich denke sehr oft an die damals bekannte und allseits sehr beliebte Drogenabhängige mit dem Pseudonamen Sterni, die selbst bei den Streifenpolizisten beliebt war, natürlich nicht als Freier. Man fand Sterni eines Tages tot in einer öffentlichen Toilette. Sie hatte sich eine Überdosis gespritzt, den sogenannten Goldenen Schuss gesetzt. Die Mädels wussten ja nie, was für eine Qualität sie sich in die Adern jagten. Der Tod von Sterni berührte uns alle. Versuche, diese Mädels aus der Scheiße zu holen, durch viel Geld und menschliche Unterstützung von wohlhabenden Freiern, scheiterten allesamt.

Eigentlich hätte ich Mädels zum Sex auch aus einer Disco abschleppen können, denn, wie gesagt, ich entwickelte mich sehr ansehnlich, aber mir war das alles zu stressig. Es funktioniert ja nicht immer nach dem Motto, er kam, sah und siegte. Oft saß ich in den Straßencafés auf dem Drogenstrich und dachte über die älteren, wohlhabenden Nobelkarosseriefahrer nach, die ausgerechnet zu diesen drogenabhängigen Mädels fuhren, weil sie meistens sexuelle Probleme mit sexuell normal erlebenden Frauen hatten, die von einem Mann sexuelle Leistungen forderten. Eine Drogenabhängige bewertet nie einen Mann danach, ob er ein guter oder schlechter Liebhaber ist. Auf dem Drogenstrich kommen Menschen zusammen, die beide ein Problem haben. Nobelkarossen hin, Nobelkarossen her, Geld alleine löst eben nicht immer alle menschlichen Probleme.

Fakt war nun, ich befand mich mit 18, 19, 20 Jahren in dem besten Alter meines Lebens. Ich sah relativ gut aus und war sexuell sehr triebstark. Und Kohle hatte ich durch meine Schwarzarbeit genug angesammelt. Ich hatte jedenfalls mehr Knete im Portemonnaie als die meisten meiner Freunde in meinem Alter, die gerade ihre Lehre beendet hatten. Jetzt musste ein Auto, eine richtig fette Karre, her. Natürlich musste ich erst einmal den Führerschein machen. Autofahren konnte ich schon lange berufsbedingt. Ich schlug die Zeitung auf und las die Gebraucht-Kfz-Angebotsinserate. Ich muss dazu sagen, dass ich bei einer Opel-Vertragswerkstatt als Lackierer arbeitete und Freunde hatte, die Kfz-Mechaniker waren. Ein Kfz-Angebotsinserat weckte mein Interesse: „Opel Kapitän, Baujahr 1954, mit Motorschaden zu verkaufen." Der Wagen war erst zirka sechs Jahre alt. An den Kaufpreis kann ich mich nun gar nicht mehr erinnern. Jedenfalls hatte ich die Kohle zusammen. Ich beriet mich mit einem befreundeten Mechaniker wegen des Motorschadens. Wir kamen überein, uns die Karre mal anzusehen, ob man den Motorschaden noch beheben konnte. Gesagt, getan. Letztendlich kaufte ich die Karre und wir stellten den Wagen erst einmal ab auf dem Gelände am Gleisdreieck ab, wo ich eine kleine, nicht mehr gebrauchte Waschhalle anmietete, in der ich meinen Wagen umlackieren konnte, weiß, mit einem leicht elfenbeinfarbenen Stich. In der Zeit der Wiederherstellung machte ich erst einmal den Führerschein. Mein Freund Horst gab mir die Adresse seines Schneiders und ich ließ mir einen hellgrauen Anzug anfertigen, mit dazu passender karierter Schalkragenweste. Ich trug ein schwarzes Hemd, einen weißen Schlips und schwarzweiße Schuhe komplettierten mein Outfit. Damit sah ich aus wie ein Sizilianer.

Ich will zwischendurch erwähnen, dass ich immer noch bei meinen Eltern wohnte, denen ich jetzt finanziell etwas zurückgeben konnte. Allerdings waren wir vom Hinterhaus ins Vorderhaus in eine größere Wohnung umgezogen, wo ich ein Zimmer für mich alleine hatte und ein Telefon gab es auch. Mein Elternhaus blieb meine feste Burg, wo ich mich immer geborgen fühlte. Auch als versagender Mann, der ich zwischenzeitlich war, erlebte ich immer eine gefühlte Geborgenheit bei meinen Eltern. Mich trieb es einfach nicht dazu, eine Familie zu gründen und der Ehefrau vor dem Traualtar zu schwören, treu zu sein, bis der Tod uns scheide. Ich spiele jede Rolle, aber wenn es um das Schwören geht, dann ist Schluss mit lustig. Und Kinder passten nicht in meine Lebensweise. Entweder richtiger Vater, mit aller Verantwortung, wie das mein Vater vorlebte, oder gar kein Vater. Am meisten graute mir davor, ein Zufallsvater zu werden.

Nach längerer Zeit nun war meine Karre fertig und umlackiert. Ich hatte auch meinen Führerschein und trug Maßanzüge. Und damit begann für mich ein nie vorher geplanter Lebensabschnitt. Ich besuchte weiterhin Prostituierte, jetzt aber auch verstärkt die Professionellen, die in den Hauptstraßen flanierten. Immer noch war ich ein Freier, der für Sex bezahlte, nur fuhr ich jetzt mit einem Opel Kapitän und Maßanzug zu diesen Mädels und hielt mich in den Straßencafés auf. Ich fuhr also nicht mehr mit dem großen Gelben ins Prostituiertenviertel rein.

Fakt war nun, irgendjemand aus meinen Wohnortviertel Neukölln, wo ich natürlich sehr bekannt geworden war, hatte mich wohl des Öfteren in dieser Prostituiertenszene gesehen, auch wie ich mit Prostituierten draußen in den Straßencafés gesessen hatte, von denen ich ja nun viele schon durch meine häufigen Besuche kannte. Und dieser Jemand hatte erfunden, dass ich, Joachim König, Mädels auf den Strich schickte und abkassierte. Zugegeben, mein ganzes Äußeres, meine starke Karre passten dazu. Auf jeden Fall machte in meinem Wohnviertel und in den Diskotheken die Runde, ich sei ein Zuhälter. Man trieb mich regelrecht in diese Rolle rein. Zugegeben, ich spielte mit bis zu einem gewissen Grad. Ich war mir sicher, eine gewisse Hemmschwelle nicht zu überschreiten.

Und wieder geriet ich mit meinen Gefühlen durcheinander. Wieder überkam mich das Gefühl von Macht über andere Menschen. Man redete mir ein, jemand zu sein, der ich eigentlich gar nicht war. Nur fragte ich mich selbst, warum kleidete ich mich so, dass ich wie ein Zuhälter aussah. Vielleicht wollte ich ein Zuhälter sein, der ich leider gar nicht war. Auf jeden Fall, das muss ich zugeben, fühlte ich mich gut, dass man in mir einen Zuhälter sah. Mir wurde schnell bewusst, warum ich wie ein Zuhälter wirken wollte. Sie waren auch Statussymbole, hatten immer Zugang zu Mädels und konnten problemlos Sex erleben.

Eines Tages besuchte ich die Diskothek Cheetah in der Hasenheide. Viele Freunde waren da. Plötzlich sprach mich ein junges hübsches Mädel an und fragte: „Du sag mal, ich habe gehört, mit dir kann man gut zusammenarbeiten. Ich brauche Geld, unbedingt heute noch. Hast du eine Idee, wie du mir helfen kannst?" Ich war zunächst vollkommen überfordert, aber ließ mir das natürlich nicht anmerken. Eine professionelle Prostituierte war sie jedenfalls nicht und ein Drogenproblem hatte sie augenscheinlich auch nicht. Ich überlegte nun kurz und sagte: „Also gut." Wir fuhren jetzt ins Ballhaus Resi, das war nur ein paar hundert Meter weiter weg von der Disco. Dort angekommen forderte ich die Braut auf an einem Tisch Platz zu nehmen und abzuwarten, was ich erreichen konnte. Ich lief zur Bar, wo ich die Barfrau kannte. Ich fragte sie ein bisschen aus und sie verriet mir, dass am Ende des Tresens ein Gast aus Westdeutschland saß, der ein Abenteuer in Berlin erleben wollte. Wie zufällig setzte ich mich nun neben diesen Herrn und verwickelte ihn sehr schnell in ein Gespräch, worüber er sogar erfreut war. Ja, er wollte etwas erleben im Zusammenhang mit einem weiblichen Geschlecht. Ich bat ihn zu dem Tisch, an dem das Mädel saß, hinzusehen. Er folgte meinem Rat, sah das Mädel, das jetzt zu ihm schaute, und sagte, sie gefalle ihm. Die Sache war gelaufen. Beide verließen das Ballhaus und ich fuhr ihnen hinterher. Der Berlingast war im Hilton-Hotel abgestiegen. Nach zirka zwei Stunden kam die Braut zurück auf die Straße, ich winkte ihr zu und sie stieg bei mir ein. „Ist gut gelaufen", sagte sie und zeigte mir 300 DM. Sie fragte nun, was ich haben wolle. Ich machte ihr einen Vorschlag, ich sagte, ein paar hundert Meter weiter sei eine Parkanlage und es war stockdunkle Nacht. Ich sagte: „Du bückst dich, ich hebe deinen Rock hoch und ich reibe dich von hinten ein, dann sind wir quitt. Was hältst du davon?" Sie willigte ein. In besagter Parkanlage trat nun das Gesetz in Kraft, hoch den Rock und rein den Stock. Und zufrieden waren wir beide. Sie sagte: „Man sieht sich wieder."

Es begann nun eine Zeit, wo ich abwechselnd bei verschiedenen Kfz-Werkstätten als Autolackierer arbeitete und mir zusätzlich einen neuen Raum anmietete, wo ich nebenbei lackierte, aber meinen Hantelsport nicht vernachlässigte und dann in meiner übrigen Freizeit meine teuren Klamotten anzog und mittlerweile immer mehr maßgeschneiderte Anzüge hatte und alles noch vervollständigte mit maßgeschneiderten Westen. Selbst Hemden ließ ich mir schneidern, die auffielen durch ihr besonderes Design und man als Massenware nirgendwo angeboten bekam. Das Sprichwort „Kleider machen Leute" hat schon seine Berechtigung. Diese Klamotten waren sozusagen meine Kampfausrüstung, um Frauenkörper zu erjagen, um sie zu sexuellen Opfern werden zu lassen. Ich erlebte immer ein wahnsinnig erregendes Gefühl, wenn ich mich in Kampfausstattung in meine Karre setzte, die ich längst gegen einen 1958er Opel Kapitän ausgetauscht

29

hatte und den Motor zündete, das Radio einschaltete und „Love ist the Great Pretender" von den Platters hörte. Dann sagte ich zu mir selber, mal sehen, was für ein Abenteuer ich heute erleben werde. Und ich erlebte ein Abenteuer, darüber berichte ich jetzt.

Ich hatte mir nun vorgenommen, wenn ich keine Frau, kein Mädel, aus der Disco oder aus dem Café Keese abschleppen konnte, weil ich es nicht schaffte, mit Sprüchen ein weibliches Geschlecht „einzuseifen", würde ich zu Prostituierten fahren. Ich wollte mich gerade hinter das Lenkrad meines Autos klemmen, da verspürte ich einen stechenden Rückenschmerz und stellte mir vor Wut die Frage, was für einen Sinn es eigentlich machte, sich mit viel Mühe einen muskulösen Körper anzutrainieren, nur um Frauen zu imponieren? Denn einen Tag zuvor hatte ich mich beim Krafttraining verletzt und gerade in solchen Momenten, stellte ich mir immer die Frage, fühlen sich eigentlich Frauen durch einen muskulösen Mann, wie z. B. von den Chippendales, magisch angezogen oder nicht?

Mittlerweile war ich im Café Keese angekommen und in die Tiefgarage reingefahren. Ich fuhr vor bis zur Wand, so dass nur noch hinter mir Autos parken konnten. Außerdem hatte ich so weit rechts geparkt, dass neben mir niemand mehr parken konnte. Das alles hatte seinen Grund. Ich hatte vorgeplant für alle Fälle und somit die volle Kontrolle über alle Autos und Autobesitzer, die nun hinter mir in die Garage reinfuhren oder reinliefen. Ich schloss mein Auto ab und lief langsam, erwartungsvoll raus aus der Tiefgarage hin zum Eingang vom Tanzlokal. Ich betrat den Vorraum, bezahlte Eintritt an der Garderobe und ging zum Saaleingang nach vorne. Das Tanzlokal war schon gut besucht, an der Bar rechts vom Eingang war noch Platz. Ich begrüßte die Barfrau, die mich kannte. Fünf Meter vom Eingang entfernt war die erste Tischreihe. Sie war voll besetzt. Diese Plätze waren beliebt. Erstens gelangte man schnell zur Toilette und zweitens konnte man gut beobachten, wer das Tanzlokal betrat. Das Café Keese war ein rechteckiger großer

Saal, wo man die Möglichkeit hatte, entweder von der rechten oder linken Seite an allen Tischen vorbeizulaufen und hufeisenmäßig eine Runde zu gehen, wobei man erstens von allen gesehen wurde und selbst einen Gesamtüberblick aller Gäste bekommen konnte. Ich lief rechts angefangen los. Ich versuchte, in so viele Gesichter von Frauen wie möglich zu schauen, um herauszufinden, wer mich anglotzte. Für welche Frau sah ich interessant aus? Frauen, die mich keines längeren Blickes würdigten, versuchte ich gar nicht erst zum Tanz aufzufordern. Ich hatte sowieso keine Lust zum Tanzen, obwohl ich das ganz gut konnte. Also, wie gesagt, ich machte meine Runde und versuchte, viele Frauengesichter abzufragen durch einen Blickkontakt und entdeckte tatsächlich eine weibliche Person, die mich regelrecht anstarrte. Leider konnte ich im Sitzen die Figur der Frau nicht richtig abschätzen und dachte aber so bei mir, sie ist besser als gar keine Frau. Lieber einen Spatz in der Hand als die Taube auf dem Dach. Ich trat nun an ihren Tisch heran, an dem nur Frauen saßen, und forderte sie auf zum Tanz. Sie lief vor mir zur Tanzfläche und ich betrachtete sie von hinten und dachte, nicht schlecht, Herr Specht. Auf der Tanzfläche angekommen, klammerte ich sofort, die Band spielte die passende Musik. Es war jetzt Zeit, das Spiel zu eröffnen. Ich sagte zu ihr: „Sie sind mir sofort aufgefallen, Sie sind genau mein Typ. Ich musste Sie einfach zum Tanz auffordern." Sie antwortete mir, ihr ginge es genauso, hätte ich sie nicht aufgefordert, dann hätte sie es getan. Und dabei drückte sie nun ziemlich aufdringlich ihren Unterkörper gegen meinen und ich bekam sofort eine Beule in der Hose. „Mann", sagte ich zu ihr, „Sie gehen aber ganz schön zur Sache." Sie antwortete: „Na, gefällt Ihnen das nicht?" Ich war auf einmal ein bisschen überfordert und fragte, wie das nun weitergehen solle. Sie antwortete: „Sind Sie mit einem Auto hier?" Ich bestätigte und sie sagte: „Lassen Sie uns rausgehen zu Ihrem Auto." Ich war sprachlos, was selten vorkommt. Natürlich kam ich ihrem Wunsch nach. Ihre Handtasche ließ sie am Platz. Für ihre Tischnachbarinnen hinterließ sie den Eindruck, dass sie mit mir mal kurz rausgeht, um frische

Luft zu schnappen. Als ich auf der Straße mit ihr in die Tiefgarage herunterlief, war sie ein wenig enttäuscht, aber ich konnte mir darauf nichts zusammenreimen. Wir liefen zu meinem Wagen, ich schloss auf, wollte die Sitze in Position bringen, doch das wollte sie gar nicht. Sie wollte außerhalb des Wagens Sex erleben. Ist mir auch egal, dachte ich, knöpfte ihre Hose umständlich auf und riss dabei den Knopf ab, der vorne die Hose festhielt, aber in dem Moment war erst einmal alles unwichtig. Sie lief zur Motorhaube, breitete nach vorne gebückt ihre Arme aus, hob ihren Hintern leicht an und ich „rieb" sie nun von hinten ein. Es war sowieso meine Lieblingsstellung. Sie geriet nun sehr schnell von einem Orgasmus in den anderen. Es war alles traumhaft schön. Nachdem sie gesagt hatte, es ist jetzt gut, es reicht, setzten wir uns entspannt in den Wagen und unterhielten uns erst richtig. Sie gestand mir, dass sie eine eher außergewöhnliche Sexualität erlebe. Sie brauche beim Sex immer das Gefühl, dass sie beobachtet werde und in der Tiefgarage sei es menschenleer. Manchmal, sagte sie, stelle sie sich an den Straßenrand, mache auf Trampen und hoffe, bei dem richtigen Typen einzusteigen, dem sie sofort ein Angebot mache. Aber sehr selten sei ihr Vorsatz erfolgreich gewesen. Wir unterhielten uns noch eine ganze Weile und ich bot ihr an, sie nach Hause zu fahren. Sie selbst war ja ohne Auto unterwegs. Sie willigte ein und sagte noch zu mir, als sie mich oben im Café entdeckt habe, habe sie sofort das Gefühl verspürt, dass ich mit ihrer Sexualität umgehen könne, dass ich aufgeschlossen sei für ihre Sexualität und deshalb habe sie mich mit ihrem Blick aufgefordert, Kontakt herzustellen. Nun aber musste sie erst einmal mit ihrer Hose, ohne sie richtig zuknöpfen zu können, zurück ins Café Keese gehen, ihr Getränk bezahlen und ihre Tasche holen, das konnte sie schlecht mir überlassen. So begab sie sich Hose zuhaltend zum Tisch, wo ihre Tischnachbarinnen sofort mitbekamen, wieso sie ihre Hose zusammenhielt und musste sich einige dumme Sprüche anhören, z. B., dass sie als Frau überhaupt keinen Stolz habe. Ich stand nun in Hörweite etwas abseits und hörte nur, dass sie zu ihren Tischnachbarinnen sagte, sie habe Stolz, sie wolle auf die Schnelle gefickt werden. Daraufhin fiel keine Gegenreaktion mehr. Verabreden wollte sie sich nicht mehr mit mir, weil sie Berlin erst einmal auf unbestimmte Zeit den Rücken kehrte.

Als ich die Braut nun nach Spandau gefahren hatte und mich auf der Rückfahrt nach Hause befand, musste ich plötzlich austreten und fuhr nun eine Kneipe an, die noch geöffnet war. Als ich eintrat, dachte ich, die Kneipe ist gerade dabei, abzufackeln. Ich tauchte ein in einen Dunstnebel von Zigarettenqualm. Ich lief schnurstracks zum Tresen und bestellte einen Kaffee. „Einen Kaffee", krähte fragend ein übergewichtiger Typ, vielleicht der Wirt, „den haben wir nicht." „Alles klar", sagte ich, „dann zapf mir ein Bier." Das trank ich dann nicht. Ich bewegte meinen Arsch flott zur Toilette, bevor sich alles schon, meine Hose füllend, von selbst erledigte. Dennoch registrierte ich, dass sich am anderen Ende des Tresens eine junge schlanke Braut halb auf einem Barhocker hängend am Tresen festhielt und drei junge Typen um sie herum sich sehr um sie kümmerten. Ich hörte noch, wie einer sagte: „Einen Futschi für die Lady." Mir war klar, man wollte die sogenannte Lady willenlos machen.

Als ich nun 100 Pfund leichter wieder zurück in den Schankraum kam, lag die Lady auf dem Boden. Ihr Rock bis zur Taille aufgerissen und ihr ziemlich knapper Slip verdeckte so gut wie gar nichts. Neben ihr lag der umgekippte Barhocker. Sie bot einen Anblick, der mich wieder sexuell erregte und das wohl nicht nur mich. Unwillkürlich musste ich an Eva denken, die damals in der Schulklasse bäuchlings lang hingefallen war, und wie ich ihr einfach gar nicht aufgeholfen hatte. Die Lady, die nun auf dem Boden ein Gleichgewichtstraining absolvierte, lallte zu den Typen: „Helft mir, ich muss pissen gehen." Dieser Hilfe kamen die drei Typen nun natürlich gerne nach. Sie halfen ihr auf die Beine, fassten sie um, damit sie nicht wieder hinfiel und schleppten sie zur Toilette. Eigentlich hätte ich jetzt nach Hause fahren können, aber ich war zu neugierig, was weiter passierte.

Tatsächlich kamen die drei Typen mit der Lady erst nach zirka 20 Minuten zurück in den Schankraum und setzten sie jetzt auf einen Stuhl. Und als ob nichts gewesen wäre, verlangte sie erneut einen Futschi, egal, was auf der Toilette passiert war, das ließ die Lady völlig kalt, denn Anzeichen von Gewaltanwendung waren nicht zu erkennen und dennoch waren alle drei Typen auf ihre Kosten gekommen, wie ich das so mitbekam. Aber nun war Schluss mit lustig, nun wollten die drei Typen die Lady loswerden und einer sagte: „He, Dicker, bestell einen Gummi." Als sich nach einer Weile die Kneipentür öffnete und jemand rief „Taxi ist da", dann aber die abgefüllte Lady sah, sagte er: „Die nehme ich nicht mit, die kotzt mir ja den Wagen voll." Ein Typ zeigte sich nun spendabel und gab dem Taxifahrer 100 DM und sagte: „Lass dir doch noch einen blasen von der Lady." Die Typen halfen ihr nun zum Taxi und weg war sie. Nun rauschte auch ich ab und wie immer sprach ich zu mir innerlich, so kann sich männlicher sexueller Trieb abreagieren. Man kann sich, wenn der Trieb stark genug ist, durch einen willenlosen Frauenkörper von seinem Trieb entledigen. Ich dachte an ein Erlebnis, das ich mit einer Yankee-Braut erlebt hatte. Ich hatte sie gevögelt und kurz bevor ich soweit gewesen war, war sie richtig eingeschlafen und ich hatte sie trotzdem weitergevögelt, weil ich kurz vor meinem Orgasmus gewesen war. Ich dachte im Nachhinein, das ist doch unmöglich, dass eine Frau durch einen willenlosen Mann, der keine Leistung mehr erbringen kann, sich sexuell abreagieren kann. Daran lässt sich erkennen, wie ungleich doch Mann und Frau sind. Die entscheidende Frage, die ich mir selbst stellte, heißt: „Bin ich ein krankhafter Vergewaltiger, wenn ich eine eingeschlafene Frau solange weitervögele, bis ich orgasmuserlebend wurde?"

An dieser Stelle möchte ich eine ganz entscheidende Feststellung treffen. Würde ein Mann beziehungsweise würden viele Männer keine so anfängliche, eher aggressive Sexualität in sich erleben, die ihnen von Natur aus angeboren ist, dann könnten sie auch nicht vergewaltigen. Einfach ausgedrückt, ein triebschwacher

Mann, und davon gibt es viele, kann gar nicht vergewaltigen, selbst wenn er das wollte. Es ist absoluter Blödsinn, immer wieder zu behaupten, dass Männer nur vergewaltigen wollen, um Macht über Frauen zu bekommen. Fakt ist, es ist umgekehrt. Männer haben seit Jahrtausenden von der Natur her Macht über Frauen. Diese biologische Macht ist uns Männern angeboren worden, vererbt worden von unseren Artverwandten, den Schimpansen wahrscheinlich, und diese biologisch unausrottbar angeborenen Triebgefühle in Männern abzuerziehen, wird niemals vollständig gelingen. Die Natur in uns wird immer wieder durchbrechen.

An einem Sonntagvormittag, so gegen 11.00 Uhr, klopfte meine Mutter an meine Zimmertür und sagte: „Telefon für dich." Ich rappelte mich auf, ging zum Korridor, wo das Telefon war. Am Apparat war Clemens, ein Kellner aus der Diskothek Cheetah. Er sagte, ich solle heute mal kommen, es gebe etwas zu tun für mich. Ich legte auf. Ich dachte zunächst an die Braut, deren Namen ich zwar nicht kannte, wohl aber ihren Unterleib, den ich im Park eingerieben hatte, mit der ich einmal um die Häuser gezogen war, weil sie dringend Kohle an diesem Tag gebraucht hatte. Mir war aber nun völlig klar, so etwas ziehe ich nicht noch einmal durch. Das war sowieso an dem Tag alles nur eine Glückssache gewesen. Ich dachte nun eher an die Zahnärzte, an die Gemüsegroßhändler und so weiter vom Drogenstrich, die ich alle gut kannte und mit ihnen gut konnte und zwischen denen und der Unterleibsbraut vielleicht einen Kontakt herstellen könnte. Ich machte mir also schon im Vorfeld einige Gedanken.

Am Sonntag fuhr ich auf jeden Fall gegen 23.00 Uhr zur Diskothek Cheetah und lief gleich dahin zur Bar, wo mich die Unterleibsbraut vor ein paar Wochen angesprochen hatte, und tatsächlich war sie da. Ich entdeckte sie sofort. Aber vorher begrüßte mich Clemens, der Kellner, und wir wechselten ein paar Worte. Die Unterleibsbraut war heute nicht alleine da. An ihrer Seite waren zwei Freundinnen, zwei starke Geräte, musste ich feststellen, und sie wurden mir sogar namentlich vorgestellt. Eine hieß angeblich Conni, die andere Janett. Nun verriet mir sogar die Unterleibsbraut ihren angeblichen Namen, sie hieß Christine, genannt Chris. Chris fragte mich nun, ob ich Lust hätte, auch mit ihren Freundinnen zusammenzuarbeiten. In einschlägigen Kreisen sagt man, ob ich Lust hätte, mit ihren Freundinnen zusammen zu pauken und verschmitzt lächelnd sagte Chris, auch ihre Freundinnen haben geile Unterkörper und sie spielte auf die Nummer im Park mit ihr an. „Nun mal langsam", antwortete ich, „lass uns erst einmal an einen Tisch setzen und reden." So gesagt, so getan.

Ich fragte nun die Mädels: „Was macht ihr tagsüber? Wie alt seid ihr und was für finanzielle Vorstellungen habt ihr?" Conni, 19 Jahre alt, arbeitete im Supermarkt und Janett, 20 Jahre alt, arbeitete als Friseuse, und finanzielle Vorstellungen hatten beide nicht so richtig. Beide wollten einen Nebenjob, um zu mehr Kohle zu kommen, um sich teure Klamotten zu kaufen und Janett wollte noch für ihren Führerschein sparen.

Ich sagte nun zu den Mädels, so, wie ich mit Chris an dem Tag zusammen „gepaukt" hatte, das läuft nicht mehr. Ich könnte euch allenfalls an ein paar Leute vermitteln, wobei ihr für einmal „einreiben" 50 DM bekommt. Natürlich kommt es darauf an, wie gut ihr euch mit diesen Freiern, die auch meine Freunde sind, versteht. Eine finanzielle Obergrenze gibt es natürlich nicht. Alles liegt an euch selbst. Vor allem aber müsst ihr ohne Zeitlimit tätig sein, also keine Ansage treffen, von wegen 50 DM für eine halbe Stunde, denn so „pauken" die professionellen Mädels. Ich will nun eure Ausweise sehen. Ich will wissen, wie ihr wirklich heißt und wo ihr wohnt. Ihr braucht also nicht auf der Straße stehen, um Freier zu locken, wo euch jeder aus eurem Umkreis erkennen kann. Abgesehen von den Problemen, die ihr auf der Straße erleben könntet, denn Prostitution ist nur geduldet.

An dieser Stelle muss ich kurz unterbrechen und anmerken, dass es erst wenige Jahre später die illegalen Wohnungspuffs gab, die schon verboten hätten werden müssen wegen der Zweckentfremdung von Wohnraum. Ich eröffnete meine beiden Bordelle zirka acht Jahre später, also mit zirka 32 Jahren in dafür erlaubten Gewerberäumen. Diese drei Bräute, mit denen ich gerade am Tisch saß, wären zirka vier Jahre später problemlos überall untergekommen.

Ich komme jetzt erst einmal wieder zurück in die Zeit, wo ich zirka 24 Jahre alt war und mit den drei süßen Puppen zusammensaß.

Nun wurde ich von den Mädels gefragt, was ich haben will. Auf diese Frage war ich vorbereitet. Fakt war, eine völlige Kontrolle über das, was die Mädels bekamen, gab es einfach nicht. Deshalb sagte ich: „Für jeden Besuch bei einem Freier will ich 15 DM." Das errechnete sich aus der Annahme, dass es bei jedem Besuch wenigstens zum Vögeln kommt. Dabei lag der durchschnittliche Preis bei Prostituierten bei zirka 50 DM. Eine gewisse Kontrolle über die Besucheranzahl der Mädels wäre halbwegs gegeben, wenn ich ihre Freier, die ja meine Freunde waren, anrief und nachfragte, wie oft die Mädels da gewesen waren. Natürlich war mir auch klar, dass die Mädels versuchen würden, meine Freunde zu überreden, nicht alle Besuche anzugeben. Deshalb musste ich den Mädels richtig Angst einjagen, wenn sie versuchten, mich zu belügen. Dazu war es wichtig, durch das Vorzeigen ihrer Ausweise ihren richtigen Namen und ihre Adresse zu erfahren. Aber im Grunde genommen war mir das alles scheißegal. Ich hatte meinen Beruf, dem ich nachging und lackierte noch nebenbei. Wie gesagt, Karriere im Rotlichtmilieu wollte ich nie machen. Aber dennoch merkte ich immer mehr, dass mich dieses Milieu fesselte. Nicht des schnellen Geldes wegen, es war einfach das Leben darin. Man konnte vor allem problemlos, ohne eine Braut vollzuquatschen, Sex erleben. Ich konnte also Chris oder ihren Freundinnen einfach sagen, bückt euch, euer Geld brauche ich nicht.

Ich wollte nie eine gewisse Grenze zum Milieu hin überschreiten, obwohl für mich die besten Voraussetzungen dafür gegeben waren. Es war wie ein Ritt auf der Rasierklinge. Ich hatte zwar das Milieu schon eingeatmet, doch noch nicht runtergeschluckt, ich atmete es immer wieder aus und fuhr jeden Morgen brav zur Arbeit. Für die drei Mädels allerdings, mit denen ich gerade am Tisch saß, war dennoch klar, ich bin ein Zuhälter. Diesen Ruf hatte ich ja weg. Fakt ist, ab dem Tag, wo ich nur eine DM abkassierte, war ich auch ein Zuhälter.

Ich sagte nun zu den Mädels: „Falls ihr mit allem einverstanden seid, treffen wir uns kurz jedes Wochenende hier im Cheetah, dann müsst ihr legen wie ein Huhn und ich verschwinde wieder." Ich sagte zu Chris: „Nun schicke deine Freundinnen mal weg, wir müssen uns alleine unterhalten." Ich wollte für das, was ich jetzt Chris zu sagen hatte, keine Zeugen haben. Ich sagte zu Chris mit dem passenden Tonfall, schauspielerisch, wobei ich auf einmal gar nicht mehr so unterscheiden konnte, ob ich jetzt nur eine Rolle spielte oder ob ich das selbst wirklich so meinte, Folgendes: „Wenn ich von einem eurer Freier, die ja meine Freunde sind, einen Anruf bekomme, dass ihr sie geteicht habt, heißt, dass ihr sie beklaut habt, dann wünscht euch, niemals geboren worden zu sein." Ich weiß, was für eine Wirkung ausgesprochene Worte haben können. Ich sagte weiter, nicht ich werde euch besuchen, dafür habe ich meine Leute und ihr würdet diese Typen nie von Angesicht zu Angesicht erleben. Ihr würdet irgendwann von hinten Bekanntschaft machen und nie wissen, wer verantwortlich dafür ist, dass ihr keine schöne Zeit erlebt.

Chris verzog kaum eine Miene und wieder kam ich mir unerklärlich gut vor, als ich das sagte und mir wurde immer bewusster, das war ich, der das sagte, das war keine Rolle mehr, die ich spielte. Und ich dachte in diesem Moment, dass ich liefern musste, falls wirklich ein Problem auftaucht, was ich nicht hoffte. Ich sagte zu Chris: „Überlegt euch alle drei bis nächstes Wochenende, was ihr von allem haltet. Ich komme ins Cheetah und frage nach." Wie ein Gentleman sagte ich zu der Barfrau: „Die Getränke gehen auf mich." Ich bezahlte und verschwand.

Am Montag, nachdem ich von der Arbeit gekommen war, kontaktierte ich zunächst Gerd, den Gemüsehändler, und den Zahnarzt Klaus, den ich sowieso wegen seines Oldtimers sprechen wollte. Beide und viele andere wohlhabende Freier lernte ich auf dem Drogenstrich kennen und wir freundeten uns alle an. Ich erzählte Gerd von den drei Puppen, die ich kennengelernt hatte, und vor allem, dass sie Gelegenheitsprostituierte waren, also keine Profis, die ab und zu mal etwas Kohle machen wollten. Der Vorteil dieser Bräute gegenüber den Yankees sei, dass man sich besser über Gott und die Welt unterhalten konnte. Und was die Bezahlung betrifft, dachte ich so, einmal einreiben 50 DM, aber ohne Zeitlimit. Ich sagte: „Ich habe mir was vorgenommen, ich werde irgendwann anfangen, die Abendschule zu besuchen und dann mal meine Meisterprüfung ablegen und mir eine kleine Autolackiererei kaufen." Ich fragte Gerd: „Was hältst du davon?" – „Das ist sehr vernünftig", sagte Gerd. Ich sagte nun: „Ich rufe zum Wochenende bei dir an und frage, wie oft du besucht wurdest und von wem. Bist du damit einverstanden?" Gerd nickte ab. Ich sagte zu Gerd aber noch, sollte mal ein Problem auftauchen, z.B. dass die Bräute euch beklauten, solle er mich anrufen.

Am Dienstag besuchte ich nun Klaus, den Zahnarzt, der in Berlin-Hermsdorf in einer Scheune, welche er von einem Bauern angemietet hatte, eine Oldtimersammlung hatte. Ich selbst bin begeistert von solchen Autos. Ich sah mir die Chevrolet Corvette an. Sie hatte eine Kunststoffkarosserie und es gab viele Reparaturstellen, die ich mit Polyester-Glasfasermatten ausbessern musste. Klaus wollte die Corvette in Rot lackiert haben. Ein Sportwagen in Rot sieht immer geil aus. Wir verabredeten uns, wann wir die Corvette zu meinen neuen angemieteten Räumen in der Ollenhauerstraße in Reinickendorf hinschleppen ließen. Ich sprach mit Klaus über alles, was ich mit Gerd besprochen hatte, was die drei Mädels betraf. Auch Klaus war mit allem einverstanden. Ich kannte natürlich noch viele andere wohlhabende Freier, die ich ebenfalls auf dem Drogenstrich kennengelernt hatte, doch ich wollte die Sache erst einmal mit Gerd und Klaus versuchen.

Das Wochenende kam und ich fuhr ins Cheetah. Die Bräute waren alle da. Kurz und gut, sie waren alle einverstanden. Nicht zu vergessen dabei war, dass ich den Mädels Gewalt androhen ließ über Chris, was für mich hieß, ich musste notfalls Mädels schlagen. Aber innerlich hoffte ich, dass es dazu gar nicht kommen würde, und sagen konnte man viel.

Ich gab Chris die Telefonnummer von Gerd und Klaus und wollte erst einmal sehen, wie das Ganze anlief. Ich verabschiedete mich sofort und kreuzte erst wieder am nächsten Wochenende auf. Jetzt wurde abgerechnet. Zuvor rief ich Gerd und Klaus an. Ich erfuhr, dass zusammen vier Hausbesuche stattgefunden hatten in der einen Woche. Bei Gerd, dem Gemüsegroßhändler, war als erste Braut Conni dagewesen, die als Verkäuferin in einem Supermarkt arbeitete. Gerd war ganz begeistert von ihr und nicht nur sexuell bezogen. Er hatte sich wirklich gut mit Conni verstanden.

Im Cheetah angekommen, warteten schon die Mädels auf mich. Chris sagte, sie war bei keinem von beiden gewesen. Sie hatte die Woche über etwas anderes zu tun gehabt und sie stellte mir wieder eine neue Braut vor, die mitmachen wollte, falls ich mehr Adressmaterial von Freiern herausrückte. Die Neue stellte sich als Rita vor und ich hatte kein gutes Gefühl. Ich unterhielt mich auch gar nicht groß mit ihr und nahm Chris beiseite, setzte mich mit ihr alleine an einen Tisch und gab ihr, ohne dass die anderen es mitbekamen, nun die 60 DM, die ich kassiert hatte. Ich wollte das Geld gar nicht und sagte zu ihr, das sei mir alles zu stressig und sie solle in Zukunft meine Vertrauensperson sein. Ich sagte zu Chris: „Kläre Rita über alles auf und lass dir den Ausweis zeigen. Ich habe kein gutes Gefühl bei dieser Braut." Sie schien mir nicht voll hinter der ganzen Sache zu stehen. „Mach Rita klar, dass sie mit ihrem Leben spielt, wenn sie Probleme macht." Mir ist es wichtig, jemandem richtig Angst einzujagen, das verhindert Gewalt. Denn Angst ist ein Abschreckungssignal. Wenn es zum Beispiel keine Gefängnisse geben würde, die abschrecken, dann würde die Gewalt auf den Straßen noch mehr eskalieren.

Fakt ist, wenn ich einem Mädel Gewalt androhe und sie die Möglichkeit hat, dieser Gewalt ohne Probleme aus dem Wege zu gehen, sie aber trotz Gewaltandrohung mitmacht und das Risiko eingeht, muss sie auch Gewalt erfahren, wenn sie meine Freunde beklaut. Ich kann mich jetzt nicht hinstellen und sagen, eine Frau oder ein Mädel schlägt man nicht. Dabei kenne ich sehr gut das Risiko, dass ein unglücklicher, noch nicht einmal hart geschlagener Schlag tödlich enden kann.

Auf einer Arbeitsstelle provozierte mich einmal ein Arbeitskollege immer wieder und mehrmals ermahnte ich ihn, aufzuhören, aber er tat es nicht. Dann rastete ich aus und führte nur einen Schlag gegen seinen Kopf, das war es. Er blieb nun sogar stehen, dann lief er in unseren Frühstücksraum, war sehr ruhig und kam nicht mehr zurück. Ich sah nach ihm und merkte, dass aus seinem Ohr leicht Blut floss. Er hatte einen Schädelbasisbruch erlitten, stellte sich im Krankenhaus heraus. Er verriet mich nicht, er wusste, dass er daran selbst Schuld hatte. Aber nach Spanien in den Urlaub fliegen durfte er laut seines Arztes nicht. Ich dachte so bei mir, wenn mein Arbeitskollege an einen richtigen Straßenschläger geraten wäre, der nachgeschlagen hätte, hätte das tödlich enden können.

Ich komme wieder zurück auf Chris. Ich rückte nun zusätzlich neues Adressmaterial heraus und verließ die Disco. Zuvor sprach ich natürlich auch mit allen anderen Freunden von mir alles ab, von denen ich jetzt Adressen rausgegeben hatte, ob sie mit allem einverstanden waren. Bis auf einen Geschäftsmann waren alle einverstanden, weil sie mir vertrauten, weil sie wussten, wenn ein

Problem auftaucht, stehe ich auf der Matte. Und das ist es, worauf es mir in meinem Leben ankommt. Ich finde es gefühlsmäßig sehr befriedigend, wenn man mir vertraut und mich respektiert, einfach Achtung vor mir hat. Was nicht unbedingt heißen muss, dass man sich vor mir nur fürchten soll. Aber ein Mann muss zu seinem Wort stehen. Er muss halten, was er verspricht, sonst ist der Respekt, die Achtung, weg. Und genau damit hatte ich mir nun selbst ein Problem geschaffen. Ich hatte zu Chris gesagt: „Wenn irgendeine Braut von euch bei meinen Freunden Probleme auslöst, bekommt ihr so viel Ärger von mir, dass ihr euch wünscht, nie geboren zu sein."

Dieser Fall sollte bald eintreten.

Zuvor aber erst einmal das: Es war nun Sonntag um die Mittagszeit, als ich aufwachte. Meine Mutter rief aus der Küche: „In einer Stunde gibt es Mittag." – „Alles klar", rief ich zurück. Ich richtete mich im Bett etwas auf und sann über mein schönes Leben nach. Ich lebte tatsächlich das Leben, das ich leben wollte. Dennoch wusste ich nicht mehr, wer ich wirklich bin. Immer mehr erlebte ich das Gefühl von Macht, die man über einen anderen Menschen haben kann, indem man sie mit Worten einschüchtert, sie belügt. Ich fand es schon beeindruckend, dass man in mir einen Zuhälter sah, der ich gar nicht war, aber auch nicht dem widersprach, sondern dieses Gefühl für mich nutzte. Dennoch wollte ich mich von dem befreien, was mich umgab, weil ich glaubte, am Ende nicht liefern zu können. Ich hatte mein Maul viel zu voll genommen. Ich entschloss mich nun immer mehr, zur Abendschule zu gehen, meinen Meister zu machen und mich bei einer günstigen Gelegenheit selbständig zu machen, denn mit meiner Arbeit konnte ich das liefern, was ich versprochen hatte.

Ich beendete meine Gedankensprünge, stand jetzt richtig auf, wusch mich in einer Schüssel mit warmem Wasser, denn ein Bad hatte unsere Wohnung im Vorderhaus auch nicht. Erst vor kurzem waren wir vom Hinterhaus ins Vorderhaus umgezogen. Selbst eine Innentoilette gab es nicht in unserer Wohnung, die war eine halbe Treppe tiefer. Ich setzte mich nun an den Mittagstisch, umarmte meine Eltern und sagte: „Schön, dass es euch gibt."

Ich nahm mir vor, am kommenden Wochenende das mit Chris und ihren Freundinnen zu beenden. Denn die paar Moneten, die ich bekommen hatte, beeindruckten mich auch nicht. Ich nahm mir vor, Chris, der ich immer mehr vertraute, alles in ihre Hände zu übergeben. Sie hatte Organisationstalent und besaß Autorität. Und ich wollte sie mal wieder so richtig einreiben von hinten. Mit meinen Freunden wollte ich natürlich alles zuvor bereden, dennoch als Sicherheitsfaktor im Hintergrund bleiben, was mir bald böse auf die Füße fiel. Im Übrigen rief mich Gerd, der Gemüsehändler, an, der mit Conni gut konnte und sagte zu mir, dass er Conni fördern will. Er hatte sie jetzt bei sich angestellt. Als Lebensmittelverkäuferin brachte sie gute Voraussetzungen mit. Darüber freute ich mich. Somit war Conni schon mal raus aus der Sache.

Das Wochenende kam und ich fuhr wieder ins Cheetah, setzte mich mit Chris zusammen und sagte zu ihr, ich will ganz raus aus der Sache und möchte, dass du alles weitermachst und selbst alles abkassierst. „Was hältst du davon?", fragte ich sie und sie war begeistert. Chris sagte: „So kann das Leben spielen, da spreche ich dich an, weil ich Geld brauchte an dem Abend und dann ist daraus so eine starke Beziehung zwischen uns entstanden. Und dafür darfst du mich jederzeit von hinten einreiben, das ist ja deine Lieblingsstellung. Wir können auch sofort zu mir fahren, ich habe schöne Strapse und Strümpfe zu Hause." Gesagt, getan, und ich erlebte wieder eine gute Nacht, in der ich die stärksten lebensbejahenden Gefühle hatte, die überhaupt ein Mensch erleben kann. Das war mein Leben. Scheiß auf Reichtum, scheiß was auf ein eigenes Haus oder Pool oder Pferd. Scheiß auf alles, nur nicht auf Frauenunterkörper.

Es vergingen nun einige Wochen, in denen ich sehr oft mit Chris Sex erlebte bei ihr zu Hause und sie sehr zufrieden war, wie das mit den Mädels so lief, als mich eines Tages Dieter anrief, ein Fleischermeister, der mehrere Imbissbuden betrieb, und sagte, dass Rita ihm 1.000 DM geklaut hatte. Meine erste Frage, die ich Dieter stellte, hieß: „Bist du die nächste Stunde zu Hause?" Er bejahte und ich fuhr sofort hin und legte ihm die 1.000 DM auf den Tisch und damit war die Sache zwischen uns beiden gegessen. Er hatte sich auf mich voll verlassen, auf mein Wort, dass, wenn etwas passiert, ich sofort auf der Matte stehe. Ich hatte nun geliefert, wir gaben uns die Hand und ich machte den Abflug. Aber nicht „geliefert" hatte ich Rita gegenüber. Doch wenn ich wirklich lieferte, dann wäre ich endgültig in die Kriminalität abgerutscht, dann hätte ich eine gewisse Hemmschwelle überschritten und mit Anzeigen von Körperverletzung rechnen müssen. Was wiederum bedeutet hätte, ich bekäme kein Führungszeugnis in positiver Hinsicht, das ich aber brauchte, wenn ich meinen Meister machen wollte und Lehrlinge ausbilden. Ich hatte also mein Maul zu voll genommen, ohne an die Konsequenzen zu denken. Diese Versprechungen einzulösen, dennoch nicht kriminell zu werden, das war fast so unmöglich wie Feuer und Wasser zu Freunden zu machen. Eine eher nicht so männliche Lösung wäre es nun gewesen, andere für Geld zu beauftragen, meine Versprechungen wahrzumachen. Aber das empfand ich dann doch als ziemlich feige. Fakt war, irgendetwas musste passieren.

Zunächst kontaktierte ich Chris, die von allem noch gar nichts wusste, denn das wäre ja jetzt eigentlich alles ihr Problem gewesen, aber auch ihr gegenüber hatte ich gesagt, im Notfall stünde ich hinter ihr. Hier hatte ich ebenfalls wieder Versprechungen abgegeben. Chris war nun natürlich auch erst mal wütend und sagte: „Wie soll ich das mit den 1.000 DM nun machen?" Ich sagte ihr: „Mach dir darüber erst mal keine Gedanken, das habe ich schon erledigt und wir beide werden deshalb kein Problem haben." Ich sagte zu ihr: „Gib mir erst einmal die Adresse von Rita, dann warte, bis ich mich wieder bei dir melde." Chris musste mir auf keinen Fall die 1.000 DM erstatten, denn wenn ich für den Sex bezahlen hätte müssen mit Chris, das wäre viel mehr gewesen und ich hätte dennoch niemals so schöne Stunden mit ihr erlebt, die für mich das Leben bedeuteten.

Als Erstes überprüfte ich nun den Wohnort von Rita in Reinickendorf und stellte fest, dass man mit einem Auto nicht bis zu ihrer Haustür vorfahren konnte, sondern man musste von der Fahrbahnstraße zirka 300 m einen kleinen Fußgängerweg ablaufen. Schnell bekam ich durch Clemens heraus, den Kellner aus der Disco Cheetah, dass Rita auch mit ihrem Typen in der Disco Sound in der Genthinerstraße abhing, der einen roten Mercedes Sportwagen fuhr, eine Pagode, so nannte man den Fahrzeugtyp und dieser Wagen war schon eine Hausnummer. Meine Chance bestand nun darin, in dem Fußgängerweg hinter einem Baum stehend zu versuchen, Rita abzufangen und sie in mein Auto zu bekommen. Alles andere musste sich ergeben. Ich fuhr also am Samstag gegen 23.00 Uhr auf gut Glück zur Disco Sound und suchend die Umgebung ab nach diesem Mercedes Sportwagen in Rot. Ich entdeckte ihn tatsächlich auch und wartete geduldig, bis beide die Disco verließen, um hinter ihnen herzufahren. Genau gegenüber der Disco war nun eine größere Grünanlage und nachts standen hier in der näheren Umgebung Prostituierte. Eine von denen entdeckte mich im Auto sitzend und klopfte an die Beifahrerscheibe. Ich kurbelte die Scheibe runter und sie hängte ihr Gesicht vollständig in mein Auto und fragte: „Hast du Lust auf einen kleinen Fick?" Ich sagte zu ihr: „Wenn ich dein Gesicht so sehe, dann nicht. Aber ich gebe dir ein Pfund (20 DM), dafür ziehst du dir deinen Rock hoch und lässt dich von hinten ansehen, wie du wirklich aussiehst." Das tat die Braut, die Straße war relativ gut beleuchtet und ich sah, dass sie keinen Slip anhatte und ich voll ihre Kathedrale anstarren konnte und das erregte mich nun tatsächlich. Ich stieg aus und wir verschwanden in der Grünanlage. Dann schob ich schnell meine steif gewordene Pelle hin und her von hinten und das war es. Natürlich hatte ich vorher bezahlt und gegen halb zwei Uhr kamen Rita und ihr Typ aus der Disco, fuhren in Richtung Spandau, wo er wohnte. Und das war auch eine günstige Wohngegend mit wenig Fußvolk. Er hielt vor einem kleinen Häuschen in einer Straße, wo nur Ein- oder Mehrfamilienhäuser waren und ich hoffte, dass er Rita irgendwann mal nach Hause fahren würde. Ich hoffte nicht, dass sie bei ihm wohnt. Und richtig, gegen halb vier in der Früh fuhr er sie nach Hause. Bei Rita angekommen, ließ er sie nun aussteigen und machte den Abflug und Rita lief auf dem Fußgängerweg bis zu ihrer Haustür.

Plötzlich und unerwartet trat ich hinter einem Baum hervor, weil ich längst vorgefahren war und mich versteckt hatte, und sagte: „Kuckuck, liebe Rita, wie geht's?" Eine Schockstarre breitete sich jetzt bei Rita aus. Ich tippte sie an und fragte: „Lebst du noch?" Nun winselte sie rum und sagte: „Wenn du mich anfasst und schlägst, dann schreie ich um Hilfe und du bekommst Ärger mit meinem Freund." Ich antwortete nun ganz cool: „Zu dem musst du aber erst wieder hinkommen und bis dahin habe ich dir längst einen Fuß abgerissen, so dass du nur noch mit einem Rollstuhl zu ihm kommst." Rita wollte nun etwas erwidern und ich schnitt ihr die Worte ab und sagte: „Halt's Maul, Schlampe, du brauchst jetzt und hier keine Angst zu haben, dass ich dich Miststück berühre, ich bin doch nicht blöd. Ich will nur, dass du in mein Auto einsteigst und wir reden ein wenig. Du kannst aber auch jetzt die Haustür aufschließen und verschwinden wie die Wurst im Spinde. Ich finde dich überall und immer, so wie heute zum Beispiel. Aber dann werde nicht ich dich besuchen, dich werden andere besuchen und du wirst niemanden erkennen. Sie werden dich von hinten begrüßen und diese Typen lösen das Versprechen ein, dass du von Chris in meinem Auftrag erfahren hast, dass du dir wünschst, nie geboren worden zu sein. Also, Schlampe, du bist dran, entweder machst du den Abflug oder steigst in meine Karre ein. Entscheide jetzt."

Rita entschied sich nun für Letzteres. Nun geschah etwas, mit dem ich gar nicht gerechnet hatte. Wie erlöst fing Rita plötzlich an zu heulen und sagte: „Ich wollte überhaupt nicht mit anderen Männer vögeln. Ich muss mich immer sehr überwinden dazu. Ich tue das alles nur für Tom, weil er es von mir verlangt. Ich liebe ihn und er sagte: ‚Beweise mir, dass du mich liebst, so wie ich dich liebe und schaffe schnell 800 DM ran, damit ich die letzte Rate meines Autos bezahlen kann, sonst ist das Auto weg.' Ich möchte das alles nicht mehr machen, aber ich liebe ihn. Ich werde versuchen, Dieter das Geld in kleinen Raten zurückzuzahlen." Mit solch einem Geständnis hatte mich Rita vollständig entwaffnet. Das war kein geschauspieltes Geständnis. Jetzt auf einmal kam wieder der andere Achim in mir durch. Ich sagte zu Rita: „Das bringt alles nichts, wenn du dich nicht von dem Typen lösen kannst, wirst du von einem Problem ins andere Problem rutschen. Egal, ich rufe Dieter an und erzähl ihm das alles, was du mir erzählt hast. Auch das mit deinem Abzahlungsversuch. Ich weiß, dass Dieter dafür Verständnis hat." Natürlich musste ich nach diesem Gespräch mit Rita Dieter gleich anrufen, damit er nicht sagte, dass ich das Geld schon gezahlt hatte. Ich sagte nun zu ihr, dass sie den Abflug machen konnte und versprach ihr, dass ich ihr nichts antun werde, verschwieg aber bewusst, dass ich mich nun an ihren Typen halten würde. Ich wollte nicht, dass sie Tom warnt. Er sollte sich ruhig in Sicherheit wiegen. Doch so eilig hatte es Rita auf einmal nicht mehr, aus meinen Auto zu flüchten. Ich fragte sie nun: „Wie lange kennst du Tom eigentlich?" – „Zirka einein-halb Jahre", sagte Rita. Ich sagte zu ihr: „In der Zeit kann man nie einen Menschen lieben, du verwechselst Liebe mit körper-licher sexueller Abhängigkeit. Zumindest ist das keine Liebe, die von Tom ausgeht, denn wer einen Menschen zu irgendet-was zwingt, was zu tun, was der andere nicht tun will, liebt den anderen nicht, er nutzt nur die Liebe des anderen für sich selbst aus. Was anderes ist es, wenn beide das gemeinsam wol-len und sich dadurch ein schöneres Leben leisten wollen, ohne dass sich die Frau gezwungen fühlt, etwas zu machen, was sie nicht machen will. Dann kann das für eine ganze Weile funktionieren. Aber auf Dauer endet so eine Gemeinsamkeit meist immer böse. Doch darüber will ich nicht mehr mit dir reden und mach jetzt endlich den Abflug."

Auf alle Fälle musste ich mir jetzt etwas einfallen lassen, was Tom dazu bewegen konnte, den Tausender wieder rauszurücken. Eine mögliche Schlägerei zwischen mir und Tom brauchte in keinster Weise erfolgreich sein. Ich konnte ja verlieren, was okay war, aber der Tausender wäre dann weg gewesen. Ich setzte wieder voll auf Abschreckung. Tom musste von Anfang an erfahren, mit wem er es alles zu tun hatte, wenn er den Tausender nicht rausrückte. Und deshalb hatte ich mir Folgendes ausgedacht: Ich suchte sieben stark aussehende Jungs aus und würde jedem 100 DM geben, ohne dass mir nur einer von denen wirklich helfen musste, wenn es zwischen mir und Tom zu einer Schlägerei kommt und ich dabei unterliegen würde. Es sollte alles nur eine Einschüchterung werden. Ich würde keinen dieser Jungs für eine Schlägerei missbrauchen.

Gesagt, getan. Ich hatte nun sieben stark aussehende Jungs für solch ein Schauspiel gewinnen können. Mit zwei Autos fuhren wir wieder am Samstag zur Disco Sound und fanden in der Nähe den roten Sportwagen. Gemeinsam warteten wir, bis Rita und Tom die Disco verließen und in Richtung Spandau fuhren. Dort angekommen, sprangen meine Freunde aus unseren beiden Autos und stellten sich sehr schnell zu einem Kreis um Toms Auto herum auf, aus dem Rita und Tom gerade ausgestiegen waren. Tom sah nun ein bisschen komisch aus, als er mitbekam, dass er und Rita plötzlich nicht mehr alleine waren. „Was soll das?", fragte Tom. Ich sagte „halt's Maul" und zu meinen Freunden: „Geht jetzt außer Reichweite, verteilt euch in der Nähe und nehmt die blöde Rita mit." Meine Freunde gehorchten aufs Wort. Nun stand ich alleine da mit Tom, der durch diese Situation davon abgehalten wurde, eine Kurzschlussreaktion zu begehen. Ich stellte fest, er war etwas größer als ich. Ich fragte Tom: „Alter, wann rückst du den Riesen raus, den Rita für dich gestohlen hat?" Und bei dem, was ich zu Tom sagte, lief ich ständig um ihn herum, aber er reagierte nicht so, wie ich mir das erhoffte. Dann sagte ich zu ihm, immer noch um ihn herumlaufend: „Mann, siehst du Scheiße aus." Darauf reagierte er plötzlich und sagte: „Du siehst auch nicht besser aus." Daraufhin musste ich innerlich doch lachen, cool reagiert, dachte ich. Ich stand jetzt genau vor ihm und schlug ihm ansatzlos voll auf die Leber und er ging sofort in die Knie. Dabei fielen ihm die Augen fast raus. Ich kannte das Gefühl selbst, wie es ist, etwas auf die Leber zu bekommen. Als ich einmal bei Paul Noack einen Sparringskampf mit einem Boxer gemacht hatte, hatte der mir bewiesen, was man alles mit einem anstellen kann, der voll auf die Leber bekommt. Auch ich war wie Tom in die Knie gegangen, völlig unfähig, nur ein Wort rauszubekommen, und mein Gegner hatte mich an den Ohren, an der Nase gezupft. Ich hatte alles über mich ergehen lassen. Und genauso erging es Tom. Jetzt holte ich ein Stilett aus meiner Jackentasche, ließ die Klinge rausspringen und zerstach in Ruhe einen Reifen von Toms Traumwagen, der einfach nur zusehen konnte, ohne zu reagieren. Ich sagte zu Tom: „Nun, wenn du nicht innerhalb von drei Wochen den Riesen rausrückst, dann bleibt von dem Traumwagen am Ende so viel übrig, wie von der Titanic – nämlich gar nichts mehr. Du kannst dieses Auto nirgendwo verstecken. Wir finden es immer und wenn du immer noch nicht reagierst, dann werden wir Rita so zurichten, dass du sie anschließend pflegen musst. Deshalb werden wir aufpassen, dass du vorerst bei bester Gesundheit bleibst." Das war es nun und ich rief meinen Freunden zu: „Abflug, Jungs."

Fakt war, nach 14 Tagen hatte Tom Rita den Tausender zurückgegeben und Rita dann Dieter ihrerseits den Tausender zurückgegeben. Die 700 DM, die ich meinen Freunden gab, war mir die ganze Sache wert. Ich hatte letztendlich geliefert, ohne auffallende kriminell geworden zu sein.

Und wieder vergingen viele Tage. Ich arbeitete an der Corvette von Klaus, die wir zu mir in meine Werkstatträume abschleppen ließen. Aber am Samstagabend dann wollte ich wieder einmal ins Café Keese fahren. Ich hatte Lust auf ein neues Abenteuer. Als ich mir nun meine Klamotten anzog und mein weißes Oberhemd am Hals zuknöpfen wollte, bekam ich ein kleines Problem. Das Hemd war plötzlich zu eng. Aha, dachte ich, ich bin fetter geworden. Man wird eben nicht nur am Bauch dicker. Mir fehlte einfach das Hanteltraining und ich ernährte mich wieder falsch. Mit ein bisschen Anstrengung schaffte ich es doch, das Hemd zuzuknöpfen. Ich dachte so bei mir, alles wird dicker, nur der Schwanz nicht. Aber ins Auto passte ich noch problemlos rein.

Im Café Keese angekommen, es war schon ziemlich spät, fuhr ich wieder in die Tiefgarage und erwischte einen Parkplatz. Mein Stammplatz war natürlich längst besetzt. Egal, dachte ich. Bald darauf betrat ich wieder den Tanzsaal. Die Band hatte gerade Pause. Ich blieb nun zunächst am Saaleingang stehen und ließ mich anglotzen von den Mädels und Frauen, die in der ersten Tischreihe saßen. Das war ja nicht verkehrt, abgeschätzt zu werden durch das weibliche Geschlecht, denn es gab Damenwahl im Café Keese, was mir gut gefiel.

Nach kurzer Zeit des Stillstands am Saaleingang schaute ich nach rechts zur Bar, da waren alle Barhocker besetzt. Dann schaute ich nach links, wo ein Stehtisch mit zwei Barhockern stand und einer noch frei war. Sofort besetzte ich ihn. Von einem Barhocker aus hat man einen viel besseren Überblick über alle am Tisch Sitzenden und wird dabei selbst besser wahrgenommen. Ich bestellte mir zunächst ein alkoholfreies Getränk und machte erst einmal die Runde, um abzuschätzen, was für Mädels heute anwesend waren. Ich schaute, ich glotzte nun vielen Frauen ins Gesicht, wie immer. Aber keine Frau schien gefesselt worden zu sein durch meinen Blick, so dass ich ziemlich hoffnungslos den Tanzsaal umrundete, auf meinem Hocker Platz nahm und für mich feststellte, wenn ich hier nichts abschleppe, dann fahre ich zu meinen geliebten Prostituierten. Als ich nun grübelnd nachdachte, sah ich eine junge Frau, die aus zirka 30 Metern Entfernung zu mir in meine Richtung lief – und eigentlich mussten alle an mir vorbeilaufen, die auf die Toilette gingen. Ich dachte so beiläufig, als ich sie sah, na, wie Brigitte Bardot sieht sie ja nicht gerade aus von der Figur her, aber wäre immer noch besser als gar keine Braut an diesem Sonnabend. Dennoch hoffte ich, dass sie an mir vorbei auf die Toilette ging, wie alle anderen Frauen auch. Scheiße, sie blieb vor mir stehen und forderte mich zum Tanz auf. Die Band spielte zunächst etwas Schnelles, so dass wir erst einmal offen tanzten. Dann kam etwas Langsames und ich klammerte sofort und wieder einmal – was mir wirklich sehr selten passierte – fragte mich die Braut, ob ich nicht Lust habe, mit zu ihr nach Hause zu fahren. Sie habe Lust auf mich. Sie sagte, ich sei ihr aufgefallen. Ich willigte nun ein, dachte aber so bei mir, na, so eine Lust auf dich habe ich eigentlich nicht, immerhin brauche ich heute für Sex nichts bezahlen. Ich dachte so bei mir, mal sehen, wie sie von hinten aussieht, wenn sie völlig nackt vor mir kniend auf die Matte geht? Die Braut war selbst mit einem Auto da. Sie fuhr nun los und ich hinterher. Und wieder dachte ich auf der Fahrt zu ihr über mich nach und fragte mich, ob das jetzt nur mir so gehe, denn einerseits hatte ich immer ein gutes Gefühl, wenn ich eine Frau abgeschleppt hatte. Ich fühlte mich männlich dabei. Ich war ein erfolgreicher Frauenjäger, obwohl das schon meistens eine Selbstlüge ist. Denn sehr selten hatte man wirklich die Braut abschleppen können, die man haben wollte und meistens nur die Braut, die man bekommen konnte, die einen selbst nicht so sonderlich erregte. Auf jeden Fall fühlte ich mich nicht so besonders männlich, von einer Frau abgeschleppt zu werden. Wobei die Freude, dass sie es getan hatte, natürlich überwog, weil mein Sexualtrieb viel zu stark war. Immer noch dachte ich über meinen Widerspruch in mir nach. Denn so eine Braut, die so auftrat wie diese, der ich gerade hinterherfuhr, handelte wie ein Mann. Sie erlebte sich männlich und ich lief ihr wie ein Opfer hinterher. Und welcher

Mann will schon eine Frau, die so handelt, wie man selbst handelt? Das ist ja widerlich, wenn eine Frau genauso handelt wie ein Mann, beziehungsweise so schweinisch wie wir Männer. Sie schleppt einen Typen ab, benutzt ihn und entsorgt ihn hinterher. Vielleicht wollte ich als Mann nicht nur benutzt werden, so wie wir Männer das meist umgekehrt mit Frauen tun. Obwohl andererseits das, was die Frau mit mir tat, nun völlig problemlos war. Besser konnte man das als Mann gar nicht haben. Man braucht die Frau nicht vollzuquatschen, ihr etwas vom Pferd zu erzählen, nur um sie vögeln zu können. Ich wollte ja keine Frau fürs Leben finden, sondern nur ein Abenteuer erleben. Ich war jedenfalls etwas verwirrt im Kopf.

Aber eines stand fest: Eine Frau, die so direkt auf einen Mann zugeht, ihn an der Hand festhält und ihn in ihr Bett schleift, erwartet von dem Mann Leistung, er muss sie so vögeln, wie sie es will, und sie bestimmt die Regeln. Jedenfalls ist das meistens so. Aber als Opfer dieser Frau nun eine Leistung zu erbringen, dazu hatte ich ehrlich gesagt keine große Lust, denn immerhin, meine Herrin fand ich nicht einmal besonders erregend.

Bald waren wir in Tempelhof in der Attilastraße angekommen. Da war sie zu Hause. In der Wohnung zogen wir uns in der Diele etwas von unserer überflüssigen Garderobe aus und standen dabei so eng zusammen, dass wir uns schon jetzt verhakten. Ich fing sofort an, in ihrer Unterleibswäsche herumzuwildern, um den Eingang ihrer Kathedrale zu befühlen. Sie machte sich zu schaffen an meiner Hose und ich hoffte nun, dass sie sich geschickter anstellte, als ich das tat, als ich einer Braut einmal in der Tiefgarage vom Café Keese die Hose hatte runterziehen wollen und ihren Hosenknopf abgerissen hatte. Bei dem ganzen Gerangel bewegten wir uns in Richtung Schlafzimmer und landeten sofort auf der Matte und mir stand er schon bei dem Gedanken, was ich wohl zu sehen bekam, wenn ich die Braut so positionierte, von hinten kniend, dass sie empfangsbereit war. In der Tat, bei dem, was ich da sah, wurde mein Schwanz steif, er blieb stehen und wurde nicht traurig zur leistungslosen Pelle. Ich kletterte auf sie rauf und rieb sie ausgiebig ein. Ich vernahm lauthals, dass es ihr gefiel, aber sie wurde einfach nicht orgasmuserlebend, was hieß, ich war Erster und kletterte nun von ihr runter, was sie gar nicht so prickelnd fand, immer noch in der Stellung verharrte und nicht glauben wollte, dass ich raus aus der Sache war. Ich hatte aber auch keine Lust mehr auf die Braut, da sie mich von Anfang an nicht so inspiriert hatte. Und nun ging es richtig los. Sie fing an rumzukrähen, sie sei noch nicht einmal gekommen, was sei los mit mir? Bevor ich nun darauf antwortete, meldete sich bei mir wieder das Gefühl, dass diese selbstbewusste willensstarke Frau glaubte, dass der Mann, den sie abgeschleppt hatte, den sie erleben wollte, so funktionierte, wie sie es sich wünschte. Da ich allerdings ebenfalls ein selbstbewusster willensstarker Mann war, wollte ich nicht so funktionieren, wie sie es von mir einforderte. Allein deswegen nicht, weil ich selbst keinen richtigen Bock auf sie hatte. Warum sollte ich mir Mühe geben, einer Frau gegenüber, die mich nicht hundertprozentig interessierte? Es gab ganz einfach folgendes Problem zwischen uns beiden: Sie, die Frau, hatte mich ausgesucht. Sie wollte mich und keinen Anderen. Ich wollte eigentlich nicht und dachte ganz ehrlich, die wäre besser als gar keine Frau. Nach dem Motto: Ein Mann vögelt alles, was nicht schnell bei drei auf die Bäume kommt. Fakt war aber, ich hätte mir diese Frau nicht ausgesucht. Und dass ein Mann so denkt, so fühlt, das wollte sie nicht glauben. Ich antworte dieser Frau nun auf ihre Frage, was los sei mit mir: „Das ist doch nicht mein Problem. Was kann ich dafür, dass du nicht in der Zeit gekommen bist, in der ich gekommen bin? Daran ist doch dein Körper Schuld. Es ist ja noch nicht so spät, fahre zurück ins Café Keese und suche dir einen neuen Stecher aus, du scheinst ja Übung darin zu haben." Langsam brauste sie auf zu einem Orkan. Sie war auf einmal beleidigt und mich belustigte das jetzt. Sie schrie: „Du Versager, was bist du denn für ein Scheißmann?" Und ich antwortete ganz cool: „Ich bin ein richtiger guter Mann. Ich habe einen Steifen bekommen, bin in dich eingedrungen und habe auch meinen Orgasmus bekommen. Und damit habe ich meine Pflicht, für die Fortpflanzung der Menschheit zu sorgen, erfüllt. Du dagegen brauchst gar nicht orgasmuserlebend zu werden. Du bekommst Kinder auch ohne Orgasmus. Also bin ich ein guter Mann. Aber ich bin dir gegenüber kein guter Liebhaber. Das ist was ganz anderes. Ein männlich erlebender Mann muss kein guter Liebhaber sein. So einfach ist das alles." Sie fragte nun, warum ich überhaupt mitgekommen war. Ich sagte: „Na, weil du es wolltest. Du sagtest doch, du hast Lust auf mich und ich habe eingewilligt, weil ich mir dachte, ist besser, als mir selbst einen runterzuholen. Ich hätte dich jedenfalls nicht ausgesucht." Und nun platzte sie auf wie eine polnische Brühkartoffel und griff tatsächlich neben sich, riss die Nachttischlampe aus der Steckdose und feuerte sie nach mir. Ich reagierte nicht schnell genug und wurde ein bisschen verletzt. Aber ich blieb cool und schürte ihre Wut weiter. Ich fragte sie nun ganz cool: „Sag mal, hast du für Onkel Achim eine Brause im Kühlschrank?" Sie schrie: „Du willst Brause saufen, du kannst Pisse saufen von mir." Ich antwortete: „Auch nicht schlecht, ein bisschen Natursekt, ist auch was Geiles." Und nun brach sie zusammen und fing an zu heulen.

Als sie sich beruhigt hatte, fragte ich sie jetzt eher in einem fürsorglichen Ton: „Was hältst du davon, wenn du jetzt mal einen guten Kaffee kochst und wir uns mal so richtig ausquatschen, so wie du es noch nie erlebt hast mit einem Mann? Ich gebe zu, kein Mann zu sein, wie man wohl die mehrheitlichen Männer beschreiben würde." Sie war einverstanden. Ich sagte zu ihr nur noch: „Natursekt werde ich später saufen." Nun lachte sie. Wir setzten uns in die Küche an den Tisch in Reichweite der Kaffeekanne und sie fing sogar das Gespräch an, indem sie fragte, dass sie nicht verstehen konnte, dass ein Mann mit einer Frau Sexualität erleben konnte und wollte, die ihm gar nicht gefiel. Sie sagte, sie würde niemals mit einem Mann Sex erleben wollen, der ihr nicht 100% gefällt, egal wie geil sie war. Sie würde niemals nur irgendeinen Mann mitnehmen, nur weil er ein Mann ist, um ihren Sexualtrieb zu befriedigen. Ich sagte, genau darin liege ja ein Unterschied zu uns Männern beziehungsweise zu einem großen Teil. Es komme immer darauf an, wie triebstark man als Mann sei. Aber es gebe auch einen kleinen Teil von Frauen, denen es egal sei, wie ein Mann aussieht, Hauptsache der Schwanz stehe und bringe Leistung. Der einzige wirkliche Unterschied zwischen triebstarken Männern und triebstarken Frauen bestehe darin, dass der Mann immer Leistung bringen müsse, hingegen die Frau nur ihren Körper willig zur Verfügung stellen brauche, aber dann Leistung von dem Mann einfordere.

Nicht umsonst bezeichnet man einen Weiberhelden als Helden, wenn bekannt ist, dass er es vielen Frauen richtig besorgen kann. Ein gut aussehender Mann, der wegen seines Aussehens viele Frauen bekommen kann, muss kein Weiberheld sein. Er ist lediglich ein Frauentyp und als Mann vielleicht sogar ein Blender. Eine Frau dagegen, die nun viele Männer orgasmuserlebend macht, wird niemals als Männerheldin bezeichnet, denn nur den Körper zur Verfügung zu stellen, ist keine heldenhafte Leistung. Vor solch einer Frau wird man niemals Respekt haben.

Gleichberechtigung hin, Gleichberechtigung her, wenn zwei dasselbe tun ist es noch lange nicht das Gleiche. Schon gar nicht in der Sexualität. Ich wunderte mich immer schon über den Sänger Costa Cordalis. Dieser Mann hätte alle Frauen dieser Welt bekommen können und dennoch gab es nie einen sexuellen Skandal. Man hörte nie, dass dieser Mann in seiner Ehe mal fremdging. Ich habe mich bei diesem Mann immer gefragt, ob er wirklich so willensstark ist, einfach nicht fremdgehen zu wollen oder ob etwas anderes dahinter steckt. Und diese Frage beantwortete der Sänger dann einmal selbst. Er sagte, die Sexualität spiele bei ihm keine große Rolle. Zitat Ende. Es war also keine Willensstärke, er war eben kein Frauenheld und wollte das gar nicht sein. Er war nur ein Frauentyp.

Ich sagte jedenfalls zu Brigitte: „Wenn du einen Mann auf der Stelle abschleppst, dann kannst du nie wissen, ob du dem Mann auch gefällst. Wenn du als Frau das wissen willst, dann musst du versuchen, dich mit einem Mann zu verabreden und nicht am ersten Tag gleich mit ihm vögeln. Erst wenn ein Mann dich beim dritten Mal wiedersehen will, dann ist die Wahrscheinlichkeit zumindest sehr groß, dass auch du ihm gefällst. Es sei denn, du willst ihn nur benutzen, wie ich denke, dass du das mit mir vorhattest, dann darfst du aber nicht erwarten, dass du dem Mann gefällst. Du kennst ja den Spruch, ein Mann vögelt alles, was nicht schnell genug auf die Bäume kommt. Er kommt immer auf seine Kosten." Brigitte sagte nun, so habe noch nie ein Mann mit ihr gesprochen. Ich sagte zu Brigitte, dass wir Männer, oder sagen wir mal ein großer Teil davon, sich sexuell so erlebe, liege ganz einfach daran, wie es Sigmund Freud beschrieben habe, dass man die stärkste sexuelle Erregung erlebe durch das Beschauen, durch das Anglotzen der weiblichen Geschlechtsorgane und die Frau in den meisten Fällen erst dann eine wirkliche sexuelle Erregung erlebe, wenn sie durch eine sexuelle Leistung des Mannes in Erregung versetzt werde. Sei der Mann kein guter sexueller Liebhaber, schwinde die sexuelle Erregbarkeit bei der Frau. Da könne der Mann noch so toll aussehen. Ich sagte, bei den meisten triebstarken Männern sei das so, dass sie anfänglich schon alleine durch das Anglotzen sexuell sehr aggressiv werden könnten und Sex mit einer Frau erleben, die selbst gar keine Lust habe, wie das ja am besten die Prostituierten bewiesen und Männer auch vergewaltigen könnten.

Nun fragte mich Brigitte: „Hast du schon mal eine Frau vergewaltigt?" Ich antwortete: „Ich glaube, ich könnte das, wenn die Frau Angst vor mir hat und mich aus lauter Angst gewähren lässt, aber sie darf sich nicht dagegen körperlich wehren, so dass ich vielleicht Gegengewalt anwenden muss. Das würde bei mir jedenfalls nicht funktionieren." Ich dachte nun in diesem Moment an die Yankee-Braut, die ich noch gevögelt hatte, als sie eingeschlafen war und ich durch diesen eingeschlafenen Körper sexuelle Lust empfunden hatte. Ich weiß nicht, ob das eine Vergewaltigung ist oder ob das Gesetz in unserer Kultur das als eine Vergewaltigung benennt. Ich sagte zu Brigitte: „Ich mache keinen großen Unterschied, wenn ich meinen starken Sexualtrieb durch einen Körper abreagiere, den ich dafür bezahle, wie z. B. bei Prostituierten, oder ich durch einen Körper, der Angst vor mir hat und sich nicht wehrt. Mein starker Sexualtrieb würde in diesem Moment, wenn die Frau sich nicht wehrt, gar nicht bewusst die Angst der Frau wahrnehmen. Erst nachher sagen viele Männer, das tut ihnen leid und versuchen, sich vergebens zu entschuldigen. Und das ist zu 99 % ehrlich gemeint, davon gehe ich aus. Ich glaube, dass in einem Krieg nur deshalb reihenweise Männer Frauen vergewaltigen können, weil die Frauen aus Angst um ihr Leben eher die Einstellung erleben, mach mit mir, was du willst, aber tue mir nichts. Das heißt, man braucht als Mann gar nicht erst Gewalt anwenden. Ich glaube jedenfalls, dass bei den meisten Vergewaltigern, ich würde sagen, so um die 95 % aller Männer, die sexuelle Triebkraft oft nicht mehr ausreicht, zu vergewaltigen, wenn sich eine Frau heftig zur Wehr setzt und man Gegengewalt anwenden muss, um in eine Frau einzudringen. Ich habe Fremdenlegionäre gesprochen, die abgehauen sind aus der Fremdenlegion, die mir sagten, wenn sie ihre Gegner besiegt hatten, dann gab es das ungeschriebene Gesetz, dass die Frauen nun Kriegsbeute waren und die Legionäre nun mit diesen Frauen machen konnten, was sie wollten. Für viele Fremdenlegionäre besteht gerade darin das Abenteuer, in solch einer Legion zu sein."

Ich sagte zu Brigitte: „Ich werde dir, bevor die Nacht vollständig zu Ende geht und der Tag uns durch den Gesang der Amseln gerade guten Morgen zwitschert, noch ein Erlebnis schildern, das ich selbst erlebt habe."

„Ich lief mit meiner Freundin im Arm, die ich kurzzeitig mal hatte, in einem Einkaufszentrum herum, die Rolltreppe herauf und vor mir, genau zwei Stufen vor mir, konnte ich nun einer Frau von hinten weit unter den Rock schauen und sah zwei wunderschöne marmorweiße Beine, die in schwarzen Nylonstrümpfen steckten, die an Strapsen hingen. Und bis wir oben angekommen waren, hatte ich in der Zeit einen Steifen bekommen, wobei meine Freundin nun hinter mir stand. Ich hätte jetzt problemlos, wenn sich die Frau vor mir nicht gewehrt hätte, in sie eindringen können, nach dem Motto: Hoch den Rock und rein den Stock. Oben angekommen, sagte ich zu meiner Freundin, ich müsse mal kurz auf die Toilette. Dort, immer noch mit dem bildlichen Unterkörper der Frau in meinem Kopf, deren Gesicht ich nie zu sehen bekam, holte ich mir erst einmal einen runter. Dann ging ich entspannt zurück zu meiner Freundin und legte wieder meinen Arm um sie."

Ich sagte zu Brigitte: „Stell dir vor, ich hätte jetzt wahrheitsgemäß zu meiner Freundin gesagt: ,Als ich der Frau vor uns auf der Rolltreppe unter den Rock geschaut habe, da habe ich einen Steifen bekommen und musste erst einmal auf die Toilette, um mir einen runterzuholen und jetzt ist wieder alles gut.' Ich glaube, meine Freundin hätte einen Notarztwagen angerufen, um mich in die Klapper zu schicken und wäre dann abgehauen." Ich dachte auch an die Frau, die vor mir auf der Rolltreppe stand und deren Gesicht ich nie zu sehen bekommen hatte, die nie in ihrem Leben jemals erfahren würde, was sie auf dieser Rolltreppe ausgelöst hatte. Brigitte sagte abschließend, diese Nacht werde sie in ihrem Leben nie vergessen. Die Nacht gehöre jetzt zu ihrem Leben und nichts sei mehr wie vorher. Wir umarmten uns und ich machte den Abflug.

★★★★★

Ich schreibe nun zunächst über Erlebnisse, die ich ab dem 24. bis zum zirka 31. Lebensjahr erlebte.

Ich vernachlässigte in diesem Alter meinen Sport ein wenig. Ich war mit viel Schwarzarbeit beschäftigt, wie der Corvette meines Freundes Klaus, dem Zahnarzt, und ich hatte wieder einmal meine Arbeitsstätte gewechselt. Ich arbeitete nun bei einem Autohändler, bei Auto Wilke in Tempelhof. Ich lackierte die Autos verkaufsfähig und verdiente richtig Kohle. Sie verkauften sich dann also sehr schnell und die Autohändler, die eine ganz besondere Truppe waren, verdienten sich dumm und dämlich. Ich kannte bald die besten Autohändler aus Westberlin, denn auch sie brachten Autos zu uns, die ich lackierte. Wenn sich die Autohändler zum Pokern trafen, wurde nicht mit Geld gepokert, sondern mit Kfz-Briefen, mit Autos. Jeder brachte beim Pokern Kfz-Briefe mit und das war der Einsatz. Am nächsten Tag wurde gegenseitig abgeschleppt. Es gab damals eine Gebrauchtwagenmesse in den Messehallen am Funkturm jedes Jahr und am letzten Tag der Messe kletterte ein Autohändler auf das Dach eines Mercedes, der mehrere tausend DM kosten sollte, aber nicht verkauft wurde, trampelte das Dach ein und schrie: „Letztes Angebot, 50 DM für das Auto."

Ich erwähne diese neue Arbeitsstelle aus einem ganz anderen Grund. In unserer Werkstatt war auch ein Autoschlosserlehrling im dritten Lehrjahr. Er war 18 Jahre alt und hieß Dieter Jagtmann und sah aus wie ein Mongole. Er hatte deutsch-chinesische Eltern und fiel zur damaligen Zeit unter uns Deutschen richtig auf. Zudem war er ein ganz pfiffiger Typ mit Boxtalent und führte sich immer auf wie ein Terminator.

Für einen Autolackierer, wie ich das nun war, sind die Spritzpistolen das wichtigste Werkzeug. Sie sind genauso wichtig wie für einen Geiger seine spezielle Geige. Ich hatte mir nun einen Tag frei genommen auf der Arbeit und Dieter nahm eine Spritzpistole aus meinem Werkzeugschrank und versuchte, selbst einen Kotflügel eines Autos anzuspritzen und säuberte natürlich nicht ausreichend die Pistole. Das bekam ich am anderen Tag mit, fand heraus, wer meine Pistole benutzte, und wollte ihn mir vorknöpfen, der sich nun aber anschickte, mir in die Fresse zu hauen. Da ich bei Paul Noack öfter Boxen trainiert hatte, war ich schneller und schlug ihm nun selbst gegen die Birne, so dass er anfing zu schlucken wie ein Karpfen. Dann griff er nach einem Hammer, der in seiner Nähe lag. Ich lachte ihn aus und er schmiss den

Hammer weg. Damit war die Sache erledigt und wir gaben uns die Hand und wurden Freunde. Das war früher immer so nach einer Prügelei und wenn ich mal Tanzen ging, nahm ich Dieter mit und lieh ihm eines meiner maßgeschneiderten Sakkos und er machte nun den Breiten und sagte zu mir: „Achim, siehste, wie alle nach mir kieken?" Er stolzierte dann rum wie eine deutsche Eiche, die mongolisch aussieht. Dann machte Dieter seine Gesellenprüfung und kündigte anschließend und ich verlor ihn aus den Augen. Ich hörte anderthalb Jahre lang nichts von ihm, schlug die Zeitung eines Tages auf und las: „Dieter Jagtmann zu 12 Jahren Haft verurteilt wegen Totschlags." Dieter hatte sich wohl ein bisschen ins Rotlichtmilieu reingeschlichen und wohl zwei Mädels am Laufen, die einen alten Freier zu Hause besuchten, der immer angab, wie gut es ihm finanziell gehe. Eines Tages – ich weiß nicht mehr so genau, wie es alles ablief – besuchten diese beiden Mädels den alten Herrn, wobei sich ein Mädel mit dem alten Herrn beschäftigte und die andere die Wohnungstür öffnete, um Dieter reinzulassen, der den alten Mann nun ausrauben wollte. Dabei kam es wohl, wie mir bekannt ist, zu einem Handgemenge, wodurch der alte Herr zu Tode kam. Nach 10 Jahren wurde Dieter aus der Haft entlassen und wurde eine Rotlichtgröße, allerdings mit einem zwielichtigen Ruf.

Fakt war, Dieter hatte sich körperlich und kräftemäßig durch Steroide aufgemotzt, Kampfsport betrieben und wurde nun bekannt als „Chinesen-Kalle". Eines Tages besuchte er seine Bank, die gerade in diesem Moment überfallen wurde. Dieter überwältigte den Bankräuber, sehr zur Freude der Polizei, aber sehr zum Ärger der Rotlichtszene. Die Presse feierte Dieter als Helden. Bald darauf sah ich ihn als Bodyguard neben Franz Schönhuber, den Chef der Republikaner im Rathaus Schöneberg, sitzen. Für die Rotlichtszene war Dieter verdächtig worden, ein Spitzel für die Polizei zu sein. Dieter besuchte mich auch später in meinem Bordell. Für mich war Dieter immer noch der Autoschlosserlehrling, mit dem ich um die Häuser gezogen war.

Am Montag fuhr ich wieder wie die meisten Menschen zur Arbeit. Ich musste noch bis Donnerstag zwei Autos eine sogenannte Händlerverkaufslackierung verpassen. Am Donnerstag wurden beide Autos von verschiedenen Autohändlern abgeholt. Mit einem Händler, mit Fred, der in Reinickendorf einen kleinen Gebrauchtwagenhandel betrieb, der einen Opel Rekord abholen wollte, kam ich ins Gespräch. Fred erzählte mir, dass bei ihm ein Typ einen Chevrolet Impala Cabrio, Baujahr 1958, in Zahlung geben wollte für einen Jaguar, den Fred verkaufen wollte. Aber Fred war sich noch nicht so schlüssig, ob er diesen Deal eingeht, denn immerhin brauchte dieser Chevi eine Volllackierung mit diversen Vorarbeiten. Der Wagen war ganz schön verbeult, so konnte man den Wagen nicht verkaufen und es trauten sich auch viele nicht an einen Ami ran wegen der Ersatzteile, die es in Deutschland auf keinen Fall problemlos gab. Aber solch ein Wagen war für mich der absolute Traumwagen. Dieser 1958er Chevi als Cabrio-Limousine war der schönste Chevi überhaupt. Ich machte Fred nun einen Vorschlag. Ich fragte: „Was hältst du davon, wenn ich mir die Karre mal ansehe. Vielleicht kaufe ich dir den Chevi ab, so wie er ist. Dann sparst du immerhin die Volllackierung mit den teuren Vorarbeiten." – „Gute Idee", sagte Fred und fügte hinzu, „wenn du den Wagen kaufen willst, verkaufe ich ihn dir genau nur für den Inzahlungsnahmepreis ohne Aufschlag." – „Alles klar", sagte ich. „Komm zu mir am Samstag gegen 14.00 Uhr auf den Platz", sagte Fred, „da wollte der Typ noch einmal vorbeikommen. Vielleicht hat er noch Interesse an meinem Jaguar."

Gesagt, getan. Am Samstag war ich schon gegen 13.00 Uhr am Platz, und tatsächlich fuhr mein Traumauto gegen 14.00 Uhr vor. Fred lief noch einmal um den Chevi mit mürrischer Miene rum und meckerte über die Kosten, die er aufbringen müsste, um den Wagen verkaufsangebotsmäßig auf den Platz zu stellen. Das machte Fred ganz bewusst, auch jetzt in meinem Interesse. Und schließlich wurden sich beide einig. Kurz zusammengefasst: Der Chevi stand mit Anmelden und Ummelden und Volllackierung und mit dem Privatverkauf meines Autos nach 14 Tagen vor meiner Haustür und ich machte als Allererstes mit meinen Eltern eine Tagesfahrt in einem offenen Wagen. Wir fuhren durch Alleen, wo über uns kaum die Sonne durch den Blätterwald der Bäume hindurchschien. Kurz erwähnen möchte ich noch, dass diese V-8-Maschine zirka 17 Liter Sprit auf 100 km verbrauchte und ein Liter Sprit 65 Pfennig kostete, das weiß ich noch ganz genau.

★★★★★

Ich hatte nun was von einer kleinen Discobar gehört, die nannte sich „Dandy-Club". Alles, was Rang und Namen hatte aus der Szene, verkehrte zurzeit im Dandy-Club in der Nähe der Lietzenburger Straße/Augsburgerstraße, also musste ich da hin. Ich kam dort an und fand keinen Parkplatz in unmittelbarer Nähe. Ich befuhr also die Nebenstraßen und registrierte viele Nobelkarossen, vor allem PS-starke Sportwagen, wie Ferrari, Porsche und so weiter. Ich parkte im Irgendwo und lief langsam zur Bar. Lange vorher hörte man Discomusik aus der Bar, wahrscheinlich, weil die Tür ständig auf und zu ging wegen regen Besucherandrangs und

genau vor der Bar parkte das geilste Auto: Es war ein 1958er Cadillac Eldorado Cabrio. Ich bin ja ein Fan von amerikanischen Autos, vor allem von Cabrios. Schließlich fuhr ich selbst ein geiles
Auto, einen Chevrolet Impala 1958 Cabrio. Nun musste ich erst
einmal an dem Türsteher vorbei. Unsere Blicke streiften sich und
ich glaubte, ihn des Öfteren schon mal in meinem Wohnbezirk in
Neukölln gesehen zu haben. Ich wurde reingelassen und wühlte
mich durch die Menschenmenge zur Bar, an einen Sitzplatz war
zunächst gar nicht zu denken. Nach kurzer Zeit stand plötzlich der
Türsteher neben mir, der mit dem Barkeeper kurz ein paar Worte
wechselte. Ich sprach ihn an. Ich fragte ihn, ob er vielleicht auch
in Neukölln wohne, denn ich glaube, ihn dort öfters gesehen zu
haben. Er bejahte meine Frage und fragte zurück, ob ich heute
mit einem Auto hier war. Diesmal bejahte ich seine Frage und er
sagte, falls ich bis zum Schluss heute hierbleibe, könnte ich ihn ja
mit nach Neukölln mitnehmen, denn sein Auto sei seit Tagen in
der Werkstatt. „Alles klar", antwortete ich ihm.

Ich sah mich nun, so gut es ging, um und mir fiel sofort eine
wunderschöne gut gewachsene Braut auf. Sie steckte in einem
hautengen kurzen roten Kleid und hatte fantastisch gewachsene
lange Beine, die in hohen Hackenschuhen steckten, also farblich
passend zum Kleid. Die Fantasie in meinem Kopf ackerte wieder. Ich stellte mir diese Braut so vor, wie sie mich sexuell am
besten erregen würde. Ich fragte den Barkeeper: „Wer ist diese Braut?" Er lachte und sagte, das sei keine Braut, das sei eine
Transe, Romy Haag. Ich war platt. Ich hatte mich tatsächlich an
einem Kerl aufgegeilt, das war für mich unglaublich. Aber diese Romy Haag war tatsächlich diejenige, die bald weltberühmt
wurde als Transe und auch als Sängerin. Sie war oft bei Dieter
Thomas Heck zur Schlagerhitparade. Romy Haag eröffnete unter
anderem später ein Cabaret in der Fuggerstraße, also nicht weit
weg vom Dandy-Club, in dem ich mich immer noch befand.

Nachdem ich nun langsam verarbeitet hatte, was ich gerade erlebt
hatte, gab es große Aufregung an der Tür. Alle Gäste drängten

zum Clubausgang. Der Türsteher war voll in Aktion. Da wollten zwei Typen, viel größer als der Türsteher und viel schwergewichtiger, in den Club, aber er ließ sie nicht rein und die beiden Typen nahmen wohl den Türsteher nicht ernst genug, sie unterschätzten ihn. Auf jeden Fall hatte er den ersten mit einem Schlag abgeschossen, der lag platt wie ein Spaten am Boden, und den anderen, viel größeren, viel schwergewichtigeren Typen, hatte der Türsteher fest umklammert, angehoben und über seinen Kopf hinweg nach hinten überstürzend auf die Straße fallen lassen. Dieser Türsteher hatte die Kraft eines Gorillas. So etwas hatte ich noch nie erlebt.

Alle bewegten sich zurück in die Disco. Die Zeit verging. Ich versuchte sogar, so gut es ging, mit einer Braut zu tanzen, die in Sichtweite nicht weit weg von mir saß. Unsere Blicke streiften sich gelegentlich, das signalisierte mir, dass eventuell ein Interesse an einem Kennenlernen bestand. Es kam dann auch bei einem gedrängelten Hin- und Hergehopse auf der viel zu kleinen Tanzfläche zu einem Gespräch. Wir hatten letztendlich beide den Eindruck gewonnen, als würde die Chemie zwischen uns stimmen. Aber plötzlich sagte sie, dass sie jetzt gehen muss. Sie hatte noch etwas anderes vor und gab mir ihre Telefonnummer. Sie hieß Doris. Sie sagte, wenn ich Interesse habe, sie wiederzusehen, könne ich sie ja mal anrufen und dann war sie weg.

Langsam wurde es früher Morgen. Der Besitzer des Clubs, René, der Türsteher und ich verließen als Letzte den Club. Natürlich stieg René in den Cadillac, der vor seinem Club stand, ein und sagte, dass er noch mal kurz zu seinem neuen Laden, eine Nachtbar in der Fasanenstraße, fahren möchte, die er mal Dolce Vita nennen und bald eröffnen wollte. Und der Türsteher staunte nicht schlecht, dass ich ebenfalls in ein amerikanisches Cabrio einstieg und erst einmal das Dach elektrisch einfahren ließ und wir bei guter Musik die Morgenluft tief einatmeten. Unterwegs auf der Nachhausefahrt kam ich mit Klaus Feldmann, so hieß der Türsteher, der Gorilla, ins Gespräch und irgendwie kam der Eindruck in mir auf, dass dieser Typ anders redete als man sich vorurteilsmäßig so einen Straßenschläger vorstellte. Man sagt ja immer, der erste Eindruck ist der beste. Ich hatte jedenfalls einen guten ersten Eindruck gewonnen, abgesehen von dem vorherigen. Zu Hause angekommen, fragte mich Klaus, ob ich ihn nicht mal einen Tag fahren könne. Er müsste mal einigen Leuten ein paar Besuche abstatten, so formulierte er das für jemanden, der nicht alles wissen musste. Ich war einverstanden. Zwei Tage später rief mich Klaus an, ob ich Zeit habe, und ich hatte Zeit. Klamottenmäßig waren wir beide mit Jeans und knappen T-Shirts bekleidet. Man sah uns an, dass wir beide Kraftsport machten, allerdings konnte ich mich hinter Klaus' breitem Rücken verstecken wie hinter einer deutschen Eiche. Und vor allem durften die Sonnenbrillen nicht vergessen werden, die so dunkle Gläser hatten, die wie schwarze Kohlen vor unseren Augen hingen. Ich stellte das Radio an und Jerry Lee Lewis hämmerte auf dem Piano „Good morning Miss Molly". Und an diesem Tag bestätigte sich mein erster guter Eindruck, den ich von Klaus gewonnen hatte. Überall, wo wir hinkamen, hätte man Klaus am liebsten den roten Teppich ausgerollt und ihn begrüßt wie einen Filmstar. Fakt war, Klaus war nicht nur ein Türsteher, nein, er war der Türsteher überhaupt. Er war der respektierteste Türsteher von ganz Westberlin, erfuhr ich. Viele hatten Klaus herausgefordert und alle hatten am Ende am Boden liegend Hundescheiße fressen müssen. Aber das für mich Entscheidende war, dass Klaus zwei Leben in seinem Körper auslebte. Einerseits war er ein stadtbekannter Straßenschläger und gefürchtet in der Rotlichtszene und andererseits half er jeder gebrechlichen Frau über die Straße, ohne dass die Frau ihn darum bat. Ich kann mich noch gut daran erinnern, wie dieser gefürchtete Straßenkämpfer mich eines Morgens anrief und mir den Rat gab, einmal aus dem Fenster zu schauen, damit ich den wunderschönen Regenbogen genießen konnte, der gerade über der Stadt in den schönsten Farben erstrahlte. Und wenn ich mit ihm im Sommer am Wasser war, fütterte er seelenruhig Enten und Schwäne, dafür hatte er extra etwas eingekauft.

Mittlerweile war Klaus' Auto repariert und wir trafen uns nicht mehr so oft, uns trennte auch einiges. Er war zwar im Milieu aktiv, aber nicht direkt vertieft in die Prostitution. Er setzte mehr auf Schlagfähigkeit, auf Kaltblütigkeit. Und Klaus war kein Typ, der für Sex jemals auch nur einen Pfennig bezahlte. Er war schon ein Frauenheld. Er besorgte es den Mädels gut, das sprach sich rum. Und durch den Status, den Klaus hatte, zog er sehr viele Mädels an. Das heißt, in einer Beziehung unterschieden wir uns beide wesentlich. Ich bezahlte auch für Sex und verspürte nie den Drang, ein stadtbekannter, gefürchteter Straßenschläger zu sein und Klaus vögelte nur mit den Frauen, die ihn einfach bewunderten und davon gab es ja reichlich.

In dieser wilden Zeit lernte Klaus viele Prominente kennen, wie die Schauspielerin Karin Baal, Gunter Philip, den Schlagersänger Bully Buhlan, auch Horst Buchholz, der bei Bruno in der Schillerpromenade gern ein Bier trank und einen eher schüchternen Eindruck machte, und Drafi Deutscher trat in verschiedenen Neuköllner Nachtlokalen auf. Und auf ihn musste Klaus immer aufpassen. Drafi hatte immer viel Blödsinn im Kopf. Klaus war jedenfalls stolz auf seinen Status. Fakt ist, diese Freundschaft zwischen Klaus und mir hält bis heute im Jahre 2022 an. Klaus wurde im Dezember 2021 85 Jahre alt und ich bin im Juli 2021 80 Jahre alt geworden. Wir sehen uns jetzt im Alter mehrmals wöchentlich. Darauf komme ich zum Ende meines Buches noch einmal zurück.

★★★★★

Ich möchte noch kurz in der heutigen Zeit 2022 bleiben, wo ich dieses Buch schreibe und durch Absprache mit Klaus Folgendes schreiben darf.

Die ganzen Schlägereien blieben ja nicht folgenlos. Die Nebenwirkungen waren fünfeinhalb Jahre Knast und die Richterin drohte Klaus im Wiederholungsfall eine sehr lange Haftstrafe an.

Das beeindruckte nun auch eine lebende Legende wie Klaus. Er zog sich sehr zurück aus der Szene, betrieb eine Gaststätte, heiratete und wurde Vater einer Tochter. Aber selbst im Knast eilte ihm sein Ruf voraus. Die Knastbediensteten respektierten Klaus. Er war immer ein aufrichtiger Kumpel, der Schlägereien nicht selbst ausgelöst hatte. Er genoss viele Privilegien. Seine Anstaltskleidung war neu und nicht, wie üblich, gebraucht. Er durfte in der Druckerei arbeiten und bekam beim Essen immer eine Kelle mehr. Später wurde ihm eine große „Arztzelle" (eine Art Krankenzimmer) zugewiesen und er durfte erst in Begleitung, dann sich alleine im Gefängniskomplex bewegen und die besten Jobs aussuchen. Er bekam Hofkommando, war Wagenwäscher und Badekalfaktor (Reinigung des Duschraums und Überwachung des Warmwasserverbrauchs).

Im Knast lernte Klaus Harald Juhnke kennen und freundete sich mit ihm an, der wegen einer kleinen Haftstrafe einsaß. Aber Klaus hatte ebenso Andreas Baader, der im Haus vier einsaß, damals noch wegen eines kleineren Vergehens, kennengelernt, bevor er Terrorist wurde. Andreas Baader war ein ruhiger Typ, sehr beliebt und hilfsbereit. Er verfasste für andere Gefangene zum Beispiel Gnadengesuche und Eingaben für das Gericht. Ich schrieb ja schon, dass sich Klaus nach dem Knast mehrheitlich zurückgezogen hatte aus der Szene, dennoch war er durch seine sportlichen Leistungen, auf die ich noch zurückkomme, beim Polizeisportverein bekannt und man setzte ihn nun nach dem Knast als Bodyguard ein, zuständig für Prominente bei Großveranstaltungen. Persönliche Kontakte hatte Klaus z. B. zu Thomas Gottschalk, Günther Jauch, Freddy Quinn und wieder mit Harald Juhnke, den er schon im Knast kennengelernt hatte, sowie Marianne Rosenberg, Dieter Thomas Heck und Gitte. Also war Klaus' Karriere nach dem Knast noch lange nicht beendet und mit 62 Jahren erlangte er sogar weltweit Anerkennung. Bereits in den jüngeren Jahren, also vor dem Knast und seiner Karriere als Türsteher, war Klaus Mitglied beim Sportclub Berolina 03, wo er Meister im Ringen und Gewichtheben wurde.

Mit 62 Jahren wurde er Mitglied beim KTV Sparta 1896 und fing wieder mit Kraftdreikampf an (Kniebeuge, Kreuzheben, Bankdrücken). Zwischenzeitlich wechselte er zum SV Siegfried-Nordwest und nur ein Jahr, nachdem er wieder zu trainieren angefangen hatte, wurde Klaus Mitglied der deutschen Senioren-Nationalmannschaft.

Klaus war mit 80 Jahren der älteste gelistete Kraftdreikämpfer der Welt in der Gewichtsklasse bis zu 105 kg gewesen. Und in 16 Jahren erzielte Klaus im Nationalkader bei Welt- und Europameisterschaften über 47 Medaillen (Gold-, Silber-, Bronze- und Ehrenmedaillen). Des Weiteren gehen 140 gewonnene Goldmedaillen bei nationalen Meisterschaften, 17 deutsche und 40 Berlin-Brandenburger Rekorde auf sein Konto.

★★★★★

Aber jetzt komme ich erst einmal wieder zurück zu der Zeit, wo ich Klaus kennenlernte. Wie gesagt, so oft trafen wir uns zu dieser Zeit nicht, da Klaus auch gerade einen Abstecher nach Hamburg-St.-Pauli machte. Man bot ihm im bekannten „Silbersack" eine Stellung als Geschäftsführer an.

Ich beschloss nun wieder einmal, ein neues Abenteuer zu erleben. Das Wochenende kam und wie immer zog ich mir meine guten Klamotten an, die Eindruck hinterlassen sollten, und wollte gerade meine Brieftasche in die Jackeninnentasche stecken, da entdeckte ich die Telefonnummer von Doris, die ich im Dandy-Club kennengelernt hatte. Aber das lag jetzt schon ein paar Monate zurück. Ich überlegte, rufe ich sie an oder nicht? Oder fahre ich gleich zum Palais Madame, eine Tanzbar in der Nürnbergerstraße? Ich glaubte auch gar nicht mehr daran, dass sie sich noch an mich erinnerte, aber ich entschloss mich dennoch, anzurufen. Sie meldete sich und wusste natürlich von gar nichts mehr. Aber ich half ihr erinnerungsmäßig auf die Sprünge. Sie erinnerte sich und sagte, dass es heute nicht geht, sie müsse noch ein bisschen Geld anschaffen in der Dolce Vita von René und ich sollte nächste Woche am Freitag mal anrufen. Ich sagte: „Alles klar und wir legten auf und ich fuhr ins Palais Madame." Das Publikum war altersmäßig gemischt, und zwischen 20 und 60 Jahren hatte man die Auswahl. Im Palais Madame angekommen, setzte ich mich an die Bar wegen des guten Überblicks und weil man selbst gut gesehen wurde. Im Palais Madame gab es übrigens auch Damenwahl. Ich wartete eigentlich immer eher darauf, bis ich aufgefordert wurde, weil ich dabei eher das Gefühl erlebte, dass man sich für mich interessierte, und nicht nur des Tanzens wegen, was natürlich sehr oft nicht der Fall war. Fakt ist, Frauen gehen mehrheitlich viel lieber tanzen als Männer. Ich bin sogar ein tanzfauler Typ, obwohl ich, wie ich es schon mal sagte, ganz gut tanzen konnte.

Die Zeit verging und ich fiel vor aufkommender Müdigkeit beinahe vom Barhocker. Ich glaube, wenn ich in einem richtigen Stuhl gesessen hätte, wäre mir das wirklich passiert. Dabei war ich noch drei Stunden vorher wie immer richtig aufgeregt gewesen, wieder einmal ein Abenteuer zu erleben. Dann sah ich, wie eine Frau aus der Tischreihenmitte der Bar aufstand und sich in Richtung Bar durchkämpfte, vor mir stehen blieb und mich zum Tanz aufforderte. Wir hatten uns kaum angefasst, da wurde sie schon sehr gesprächig und von einem gewissen körperlich gesitteten Abstand hielt sie auch nicht viel. Ich schätzte die Frau um die zirka 43 Jahre ein. Sie fragte mich listig aus, von vorne bis hinten. Sie wollte eigentlich nur herausfinden, ob ich mit ihr Sex erleben wollte, denn immerhin war diese Frau zirka 15 Jahre älter als ich. Ich gab ihr zu verstehen, dass ich mich über ein sexuelles Abenteuer mit ihr sehr freuen würde. Schnell verließen wir die Tanzbar und landeten bald in ihrer Wohnung, die nicht weit entfernt war. Nachdem sie als Erste ins Bad ging und dann ich, landeten wir beide im Schlafzimmer und ich erlebte ein Sexabenteuer, das man einfach nie mehr vergessen konnte. Sie hieße Erika, erwähnte sie zwischenzeitlich. Mit von hinten Vögeln lief nun gar nichts. Ich bekam schnell mit, dass sie die Spielregeln bestimmen wollte. Sie lag rücklings auf dem Bett und ich sollte in Liegestützstellung über ihr sein und sie benutzte nun meinen steifen Penis wie einen Dildo. Sie rubbelte sich mit meinem Penis an ihrer Klitoris zum Orgasmus. Man konnte annehmen, sie hätte ihren Plastikdildo wohl schon kaputtgerubbelt und ich wäre jetzt ein lebender Ersatz. Dann aber sagte sie: „Jetzt stecke ihn rein und fick mich." Als sie orgasmuserlebend wurde, sagte sie „zieh ihn wieder raus" und sie fing von neuem an mit der Rubbelei an ihrer Klitoris. Ich wurde in meiner Position immer zittriger und Spaß machte mir das auch nicht. Schließlich krachte ich voll auf ihrem Körper zusammen, so dass ihr beinahe die Luft wegblieb. Wie ein General herrschte sie mich nun an und sagte, hoch mit dem Arsch, fick weiter. Das war mir endlich zu viel. Ich kletterte runter von der Braut, griff nach meinen Klamotten und sagte zur ihr „fick dich selbst, dann weißt du, wie schwer das ist" und machte den Abflug. Dennoch musste ich anschließend innerlich schmunzeln auf meiner Nachhausefahrt.

Aber die Nacht war längst nicht vorbei. Um mein Zuhause in der Hermannstraße in Neukölln zu erreichen, benutzte ich eine Abkürzung vom Columbiadamm über die Fontanestraße und so weiter. Dann kam ich an der Kreuzung Malower/Ecke Weisestraße an, als ich eine Frau mutterseelenallein in dieser Nacht an einer Laterne stehend sah, die sich krampfhaft daran festhielt. Diese Frau erregte sofort mein Interesse. Das Jagdfieber stieg bei mir merklich an. Mein Gedanke war, diese Frau ist besoffen und sucht Halt an dieser Laterne und ich witterte ein neues sexuelles Opfer. Ich stieg aus und fragte höflichst: „Darf ich Ihnen helfen, gnädige Frau?" Sie lallte rum und fragte: „Gehst du mit mir in die Kneipe und gibst einen aus?" – „Natürlich", sagte ich, „dass mache ich doch gerne, aber vorher würde ich mit dir gerne ein bisschen Sex erleben und dann in die Kneipe gehen." Sie überlegte kurz und fragte mich: „Stört dich ein dicker Bauch?" Ich war nun etwas irritiert durch diese Frage, aber nicht abgeschreckt. Ich dachte so bei mir, wenn ich dich von hinten ansehe und von hinten einreibe, warum sollte mich dabei ein dicker Bauch stö-

70

ren? Ich antwortete also, aber nein, ein dicker Bau störe mich nicht. Wir bewegten uns in Richtung ihres Wohnhauses, dass drei Häuser entfernt von dieser Laterne war. Sie sagte nur noch: „Bei mir ist es ziemlich kalt zu Hause." Es war Spätherbst. Sie hatte wie ich zu Hause noch einen Kachelofen, der beheizt werden musste, was sie nicht getan hatte. Ich sagte zu ihr, das macht nichts, du brauchst dich ja nicht vollständig auszuziehen. Ich zog nun ihre Unterkörperbekleidung runter und dabei wurde mir jetzt klar, was sie mit einem dicken Bauch meinte. Sie war hochschwanger. Ich dachte so bei mir, oh Gott, besoffen sein, schwanger sein und mit einem Kerl vögeln, der dir gerade über den Weg läuft, das ist ja so ziemlich das Letzte. Was aber meine eigene Triebabreaktion nicht störte. Ich rieb sie nun wie immer von hinten ein, zog anschließend ihre Unterwäsche wieder hoch und wir verließen die Wohnung. Wieder unten angekommen sagte ich zu ihr, geh schon mal vor in Richtung Kneipe, ich muss noch mal kurz zum Auto. Ich stieg ein und fuhr weg. Aber ich fuhr keine 50 Meter weit, da meldete sich mein schlechtes Gewissen. Schließlich hatte ich der Frau mein Wort gegeben, mit ihr anschließend in die Kneipe zu gehen, und außerdem hatte ich durch diese Frau auch ein wahnsinnig schönes sexuell erlebendes Gefühl gehabt. Und wer wusste, was für ein Schicksal diese Frau gerade erlitt. Ich machte kehrt, erwischte sie noch und schlug ihr vor, dass ich eine Flasche Schnaps aus der Kneipe kaufe und wir bei ihr zu Hause was trinken. Sie war einverstanden.

Gesagt, getan, wieder oben in ihrer Wohnung angekommen, sah ich erst einmal zum Ofen. Brennholz, Kohlen und Kohlenanzünder lagen da. Ich beheizte ihn. Als ich damit fertig war, bemerkte ich, dass die Frau eingeschlafen war. Ich ließ die Flasche Schnaps ungeöffnet auf dem Tisch und verschwand endgültig.

Ich muss nun wieder einmal eine Zwischenbemerkung einflechten. Wir Westberliner waren ja eigentlich diejenigen, die eingeschlossen waren. Wir hatten kein Umfeld, wo man hinkonnte. Das heißt, wenn man 10 Jahre lang in West-Berlin um die Häuser zog, kannte man jeden Tanzschuppen und die speziellen Typen, die immer wieder überall auftraten, um Bräute abzuschleppen. Man grüßte sich gelegentlich von weitem oder sprach ab und zu ein paar Worte. Aber auch die Mädels, die Frauen, die regelmäßig tanzen gingen, wussten, woran sie waren, wenn diese Typen auftauchten, zu denen ich natürlich gehörte. Dass ich das jetzt so erwähne, hat seinen Grund. Denn nach zirka 14 Tagen, nachdem ich bei Erika fluchtartig die Wohnung verlassen hatte und ich wieder einmal im Café Keese war, traf ich jemanden, der genau wie ich ständig Sexopfer suchte und wir hielten beim entgegenlaufenden Rundgang kurz inne und kamen ins Gespräch. Ich erzählte ihm kurz von meinem Erlebnis mit Erika, ohne ihren Namen zu erwähnen, da ja dieses Erlebnis nicht alltäglich war. Dabei schmunzelte der Typ, mit dem ich mich unterhielt, die ganze Zeit. Ich fragte ihn: „Warum grinst du denn so?" Er fragte zurück: „Heißt die Braut vielleicht Erika?" Ich bejahte erstaunt. Daraufhin sagte er, über dieser Braut mussten wir alle schon mal rumturnen, die nehme jeden mit, den sie kriegen könne, von dem sie glaube, dass er gut in Liegestütze ist. Nun mussten wir beide lachen.

In der nächsten Zeit widmete ich mich wieder mehr dem Sport und nahm keine Autos mehr an, die ich nach Feierabend restaurierte. Der Freitag rückte immer näher, wo ich die Braut aus dem Dandy-Club anrufen sollte. Er kam, ich rief sie an und sie war bereit für ein Treffen. Ich fuhr zu ihr in die Fuggerstraße, die nicht weit weg war vom Dandy-Club. Sie wohnte in einem Appartementhaus mit Bad. So etwas kannte ich ja immer noch nicht, denn, wie gesagt, in meiner elterlichen Wohnung im Bezirk Neukölln gab es kein Bad und Innentoilette. Doris, so hieß die junge Frau, war sehr attraktiv. Ich hatte jetzt erst so richtig Gelegenheit, sie ausgiebig anzuschauen. Sie hatte ein sexy kurzes Kleid an und lief auch in ihrem Appartement in Hackenschuhen herum, jedenfalls, als ich sie besuchte. Sie verstand es, ihren Körper ins beste Licht zu rücken, ohne dass es körperlich anbiedernd wirkte. Sie hatte Stil und konnte mit Sprache umgehen.

Sie sagte: „Lass uns erst einmal einen Kaffee trinken, ich möchte dich noch ein bisschen besser kennenlernen." Den Anfang hatten wir ja im Dandy-Club gemacht. „Ich hoffe, du kannst abwarten, das zu erleben, was du erleben willst", sagte sie völlig unaufgeregt und schlug mir gegenübersitzend, sozusagen preisgekrönt, die Beine übereinander, wobei sie mir einen tiefen Einblick verschaffte und natürlich registrierte, dass ich nicht gerade in ihr Gesicht schaute. „Gefällt dir das, was du siehst?", fragte sie. Eigentlich wollte ich darauf antworten, frag doch nicht so dämlich, aber ich passte mich ihrer Redeweise an und antwortete: „Sieht alles nach Abenteuer aus." Wir unterhielten uns nun eine ziemlich lange Zeit und ich hatte das Gefühl, sie wollte herausfinden, ob ich genau wusste, was ich wollte und mir von Frauen nichts einreden lasse, um bei ihnen Erfolg zu haben. Und so ganz nebenbei offenbarte sie mir, dass sie mit aller Wahrscheinlichkeit Deutschland in einem halben Jahr verlassen werde und nach Amerika übersiedele. Sie hatte einen Amerikaner kennengelernt in Renés Nachtbar, der im Gefolge des amerikanischen Entertainers Sammy Davis Junior Berlin besuchte. Mit Sammy, sagte Doris, hatte sie ausgiebig getanzt. Jedenfalls hatte sich dieser Amerikaner in sie verliebt, der in Ohio eine Ranch hatte. In Renés Nachtbar hatte Doris auch Curd Jürgens und seine Simone kennegerlernt. Die Dolce Vita war schon eine angesagte Hausnummer in Berlin geworden. Natürlich verkehrten auch weniger bekannte Leute in dieser Bar. Aber die Mädels konnten fette Kohle in den Separees machen. Und wenn ein ganz dicker Fisch dabei war, nahm Doris ihn zum Schluss mit zu sich ins Appartement, das in ihrem Fall nicht weit weg war. Dass Doris in einem halben Jahr nach Amerika übersiedelte, war schon mal eine Ansage vorweg, was heißen sollte, nichts war von Dauer, was hier heute ablief. Aber nach einem One-Night-Stand sah das auch alles nicht aus. Auf jeden Fall, nachdem mich Doris nun ein bisschen ausgefragt hatte, und ich ihr über meine Zukunft etwas erzählte, dass ich bald zur Abendschule gehen werde, um meinen Meister zu machen, stand sie auf und sagte: „Ich gehe mal kurz ins Bad, du kannst ja schon mal auf der Schlafliege probeliegen."

Nach einer kurzen Zeit kam Doris aus dem Bad und präsentierte sich in voller Schönheit. Aber anders als man sonst solch ein Abenteuer anfängt, fragte sie mich, wie ich sie am liebsten genießen möchte. Was sich so anhörte, als wenn ich mich nur auf meine Sexualität konzentrieren sollte und nicht gleichzeitig auf ihre. Ich nahm ihre Worte an und sagte zu ihr: „Geh auf die Knie und bücke dich nach vorn, spreize aber nicht deine Beine, ich will nicht drunter wegsehen, und strecke mir deine wunderschöne, glatt rasierte Kathedrale entgegen. Ich werde dann in dich eindringen." Doris tat das und sagte „genieße es" und das tat ich. Ich konzentrierte mich jetzt nur auf meinen Orgasmus, ohne eine gewisse störende Zurückhaltung miteinzubeziehen, damit auch Doris orgasmuserlebend wurde. Es war eigentlich so, als wenn ich eine Prostituierte vor mir hatte, auf deren Sexualität ich keine Rücksicht nehmen musste. Nur der Unterschied zwischen Doris und einer Prostituierten war, dass sich Doris darauf freute, dass ich durch sie ein wunderschönes geiles Gefühl erlebte und die Prostituierte sich darauf freut, einen Batzen Kohle dafür zu bekommen. Fakt war, ich erlebte meinen Orgasmus, aber Doris nicht. Für einen Moment legten wir uns nebeneinander und sie fragte: „Wie war es? Hast du es genossen?" Ich antwortete: „Du bist doch wohl nicht taub geworden und hast meinen hörbaren Orgasmus nicht mitbekommen?" – „Ja", sagte sie, „aber ich will das von dir noch einmal hören, dass du es sagst, das gibt mir etwas als Frau." Ich sagte: „Es war so geil, mich nur auf meinen Orgasmus zu konzentrieren, ohne an irgendetwas anderes zu denken, noch nicht einmal an deinen Orgasmus. Aber ich verstehe das alles gar nicht. Was hast du davon, dass es für mich irre geil war, aber du selbst nichts davon hattest?" Doris sagte: „Es hat mir schon was als Frau gegeben. Ich habe als Frau einem Mann das gegeben, wonach es ihn trieb. Und jetzt kommt es darauf an, ob du mich öfter so genießen willst, denn ich selbst komme nie zu einem Orgasmus durch einen normal erlebten Geschlechtsverkehr. Da kann sich ein Mann noch so viel Mühe geben." Woran das lag, wusste sie nicht, auch ihre Ärztin fand darauf keine befriedigende

Antwort. „Aber dennoch werde auch ich orgasmuserlebend", sagte Doris, „und will es werden, aber das werde ich eben auf eine andere Art. Ich erkläre dir nun, wie ich orgasmuserlebend werde. Du musst mir einen Gummischwanz, den ich habe, anal einführen und dann dabei meine Klitoris oral belecken. Aber du musst das auch gefühlsmäßig gut hinbekommen, das ist sehr entscheidend. Wenn du das hinbekommst, dann machst du mich genauso sexuell glücklich, wie ich dich glücklich machte. Willst du das nun tun?" Ich antwortete, ich wüsste nicht, was ich lieber tun würde. Und als Frauenflüsterer habe ich das gut hinbekommen. Beide hatten wir uns sexuell völlig ausgelebt. Doris fragte noch: „Soll ich mich noch einmal bücken, willst du mich noch mal von hinten genießen? Mir reicht es, was ich durch dich erlebt habe." Und ich kletterte noch einmal von hinten auf Doris rauf. Anschließend sagte Doris, die meisten Männer kämen mit einer Frau nicht klar, wenn sie sie durch einen normalen Geschlechtsverkehr nicht orgasmuserlebend machen könnten. Sie glaubten, nicht genügend Leistung gebracht zu haben und fühlten sich dadurch nicht männlich genug. Unwillkürlich musste ich an Brigitte denken, die mir ihre Nachttischlampe um die Ohren geschlagen und rumgekräht hatte, was für ein männlicher Versager ich sei, weil ich sie nicht orgasmuserlebend gemacht hatte und wie ich Brigitte in aller Ruhe klar gemacht hatte, dass ich sehr wohl ein richtiger Mann sei, auch wenn ich sie nicht orgasmuserlebend hatte machen können. Ich sagte zu Doris: „Die Sache ist doch die, wenn wir Männer uns selbst einen runterholen und wir in unserer Fantasie unsere Traumfrau vor Augen haben, kommt doch auch kein Mann beim Wichsen auf die Idee, zuerst einmal die Braut geil zu machen, sie 10 Mal orgasmuserlebend zu machen und dann erst selbst einen erleben zu wollen. Wenn dem so wäre, dann hätten wir ja beim Wichsen am Ende nur noch Pelle in der Hand. Kein Mann, der um die Häuser zieht, um eine Frau abzuschleppen, denkt wirklich daran, endlich mal wieder eine Frau richtig orgasmuserlebend zu machen. Im Grunde genommen ist das mehr oder weniger ein notwendiges Übel, das man erfüllen muss, da ansonsten eine

Frau den Mann aus ihrem Körper jagt, wo er gerade drinsteckt. Es gibt nicht wenige Männer, die sagen, bei einer Selbstbefriedigung oder bei einer Prostituierten, wo sie auf die weibliche Sexualität auch keine Rücksicht nehmen brauchen, genießen sie am meisten ihren Orgasmus. Andererseits wollen Männer immer wieder hören, dass sie der beste Stecher sind. Damit glauben sie nun, Frauen sexuell gefühlsmäßig unter Kontrolle gebracht zu haben und hoffen nun, dass die Frau jetzt sexuell von ihnen abhängig ist, denn sozial sind Frauen immer weniger von Männern abhängig. Der Mann wirbt also durch eine sexuelle Leistung um die Frau. Fakt ist, dass es ein mehrheitlicher Irrglaube ist, wenn Männer glauben, dass die Frau nun ihr gefühlter Alleinbesitz ist, nur weil die Frau ihnen gesagt hat, dass er bis jetzt der beste Stecher, der beste Liebhaber ist, weil mehrheitlich gewertet Sex für Frauen eben nicht den gleichen Stellenwert hat wie für den Mann. Meistens ist das sogar so, dass der drittbeste Hengst, der eine Frau nur zweimal hintereinander orgasmuserlebend macht, eher bei einer Frau gut ankommt als der beste Hengst, der es schafft, eine Frau 10 Mal hintereinander orgasmuserlebend zu machen, weil der drittbeste Hengst in allen anderen Lebensbereichen einer Frau mehr bieten kann als nur Sex."

Heute, im Jahr 2022, sieht es eher so aus, dass Männer, die ja biologisch sowieso viel mehr sexuell von Frauen abhängig sind, was heißt, es gibt noch nicht einmal eine sexuelle Gleicherlebung, nun immer weniger eine Chance bekommen, eine Frau für ihre ganz andersartige Sexualität zu bekommen, weil Frauen sich immer mehr verweigern, weil sie einfach, um es mal sehr grob zu beschreiben, gar keinen Mann mehr brauchen. Sie sind sozial unabhängig geworden und erleben sich, wie schon gesagt, sexuell nicht gleich wie ein Mann, und sich nun immer mehr Männer, jedenfalls aus der europäischen Volksgemeinschaft, sich immer mehr den Frauen anbiedern, sich immer mehr zum Hampelmann machen und immer mehr zum Bettvorleger für Frauen werden wegen ihrer sexuellen Abhängigkeit von Frauen. Einige Männer erreichen dabei ihre Schmerzgrenze und sagen zunehmend, abgerechnet wird am Schluss und ein Mann muss tun, was er tun muss. Dann tötet er seine Frau und sich selbst, blöderweise noch sehr oft die Kinder. Wie gesagt, solche Fälle nehmen verstärkt zu. Das sind die Kollateralschäden einer Gleichberechtigung. Und kein Gesetz, das der Verstand beschlossen hat, kann diese Kollateralschäden verhindern. Ich glaube, dass viel mehr Frauen jedes Jahr von Männern getötet werden, als es bekannt gemacht wird, nur wegen der Gleichberechtigung und nicht daran gedacht wird, dass sich Männer und Frauen eben nicht gefühlsmäßig gleich erleben, weder wenn es um Sexualität geht oder sonst um etwas. Die neue Kultur der Gleichberechtigung schürt gefährliche Gefühle von Männern, die am Ende nun mal viel aggressiver sind als Frauen. Auch wenn es um Aggressionsgefühle geht, erleben sich Männer und Frauen eben unterschiedlich und Frauen können sich nicht wirklich gegen Männer durchsetzen. Und keine Erziehung und keine Strafandrohung werden das jemals ausrotten können.

Fakt war nun, dass Doris und ich durch diese Art von Sexualerlebung ein fast normales Verhältnis angefangen hatten und ich es schon bedauerte, dass Doris nach Amerika auswandern würde. Es war unglaublich, wie bereichernd so eine Art von Sexualerlebung in einer Beziehung sein konnte. Hatte z. B. die Frau mal Lust auf Sex, konnte man das als Mann zu jeder Zeit erfüllen, selbst wenn der Mann aus potenter Sicht mal nicht so gut in Form war. Und der Mann konnte zu jeder Zeit ebenfalls seine Sexualität erleben, selbst dann, wenn die Frau selbst keine Lust hatte. Wir verstanden uns beide nun so gut, dass ich sie sogar mit meinen Eltern bekannt machte und meine Eltern ab und zu in ihrem Appartement ein richtiges Wannenbad genießen konnten. Und an einigen Wochenenden fuhren wir alle zusammen in den Grunewald, zum Forsthaus gegenüber dem Grunewaldturm, und aßen im Freien. Gelegentlich kam ihr Freund aus Amerika, um vieles für die Übersiedlung zu regeln, denn an ihrem Vorhaben, nach Amerika überzusiedeln und auf einer Ranch zu leben, hielt sie fest, was mir immer weniger gefiel.

Dann war es soweit. Doris sagte, sie hatte mit mir eine wunderschöne Zeit erlebt, vor allem sexuell. Diese Zeit mit mir werde sie nie vergessen, aber sie erwartete einfach mehr vom Leben. Sie möchte auch mal Kinder haben, eine richtige Familie erleben, das sei schon mal alles gar nicht mit mir zu machen. Und die Sexualität habe bei ihr auch nicht den Stellenwert, wie er bei mir angelegt sei. Und sie werde wahrscheinlich ihrem zukünftigen Mann einen Orgasmus beim Geschlechtsverkehr vorspielen, das habe sie schon hier in Berlin getan. Nicht jeder Mann habe Verständnis für ihre Art von Sexualerlebung und so werde sie sich dann auch, wenn es sie mal überkomme, selbst befriedigen. Doris sagte, die sexuellen Gefühle ließen sowieso mit dem Alter nach und was bliebe dann noch übrig? Ich sei für sie eben zur richtigen Zeit der richtige Mann gewesen, aber es kämen auch noch andere Zeiten. Doris sprach über das Leben, als wenn sie es zum Ende erlebte. Sie sah einfach alles für sich voraus. Davon wollte ich nichts wissen, weil das für mich bedeutet hätte, mir vorzustellen, ohne meine Eltern zu leben, und das wollte ich solange wie möglich verdrängen. Ich weiß, dass ich über viele Dinge nicht das denke, was andere denken, nicht mehrheitlich das erleben will, was andere erleben, und ich auch nicht mehrheitlich so handeln will wie andere. Ich schreibe gerade darüber sehr viel. Ich will niemandem aufzwingen, so zu denken, so zu fühlen, so zu handeln. Ich will einfach nur über mein unnormales Leben schreiben. Was heißt, nicht verheiratet sein zu wollen, keine Familie mit Kindern haben zu wollen, nur seine Eltern zu lieben und sich nicht allzu sehr an jemand anderen zu gewöhnen, sich nicht von einem anderen Menschen abhängig zu machen, was mir ehrlich gesagt sehr schwerfällt, wie z. B. im Fall von Doris.

★★★★★

Ich mache jetzt einmal wieder einen Sprung von meinem 29. zu meinem heutigen 80. Lebensjahr, wo ich gerade dieses Buch schreibe und berichte, dass Doris des Öfteren nach längeren Zeitabständen aus Ohio anrief. Es ging ihr gut. Sie bekam auch zwei Kinder. Nach Berlin kam sie nie wieder. Ihre Eltern, zu denen sie schon damals, als ich sie kennengelernt hatte, keinen Kontakt mehr hatte, die geschieden und verstreut irgendwo in Westdeutschland lebten, besuchte sie nicht. Im Laufe der Jahre wurden ihre Anrufe immer seltener und mit 70 Jahren klagte sie zunehmend über gesundheitliche Probleme. Und von da an war Sendepause für immer. Ich recherchierte auch nicht nach. Ich wollte nichts Trauriges hören.

Ich komme jetzt wieder zurück zu der Zeit, wo mir Doris nach Amerika „entflohen" war. Ich erlebte jetzt eine Zeit, die ich so noch nie erlebt hatte. Jetzt auf einmal erlebte ich das erste Mal lebenszerstörende Gefühle, weil mich eine Frau verlassen hatte, von der ich zu einem sexuell langsam abhängig geworden war und die ich als Mensch sehr mochte. Ich verlor Doris, weil ich ihr nicht das bieten konnte, was sie vom Leben erwartete. Auch meine Eltern vermissten Doris sehr. Kurzum, Doris war nun ein Teil meines Lebens, das ich verloren hatte, aber bis heute nie vergessen habe.

Wie gesagt, ich war 29 Jahre alt und sann mal wieder verstärkt wegen Doris über mein Leben nach. Die Zeiten, wo ich auf dem Drogenstrich verkehrte, lagen auch schon hinter mir und ich nahm mir vor, alles wieder einmal abzufahren, denn diese Mädels und ihre Schicksale gehörten zu meinem Leben. Mir fehlte der Umgang mit diesen drogenabhängigen Mädels. Egal, ob eine Junkie-Braut beim Sex einschlief oder sich eine Spritze mit aufgekochtem Heroin von einem Löffel in einer Spritze aufzog und sich in meinem Auto auf der Beifahrerseite mit Sichtkontakt eines kleinen Spiegels in meiner Sonnenblende die Spritze in den Hals jagte. Sie alle gehörten zu meinem Leben. Tatsache war, dass die meisten Drogenabhängigen einen guten Grundcharakter hatten. Allerdings musste man den erkennen. Dazu braucht man gute Menschenkenntnisse, was ich von mir behaupten möchte. Eigentlich lernt man einen Menschen nach zirka 25-30 Jahren erst richtig kennen. Dann weiß man, woran man bei einem Menschen ist, egal, was er sagt oder nicht sagt. Ein guter Charakter macht für mich jedenfalls den Wert eines Menschen aus und nicht, was für ein Statussymbol er ist oder ob er einige Jahre im Knast war. Wer sagt, ein drogenabhängiger Mensch ist ein minderwertiger Mensch und eine Karrierefrau oder ein Karrieremann ist ein höherwertiger Mensch, der ist ein Idiot. Wenn eine Karrierefrau oder ein Karrieremann seine Karriere ausnutzt, um selbst immer mehr Macht und Einfluss in seinem Leben zu erreichen, indem er andere Menschen ausnutzt, also seine Karriere missbraucht, der ist für mich ein minderwertiger Mensch. Schon der Philosoph Arthur Schopenhauer schrieb vor zirka 180 Jahren sinngemäß: Der menschliche Egoismus ist kolossal, er überragt die Welt, alles für mich und nichts für den Anderen ist sein Wahlspruch, und weil kein Tier so ist, ist der Mensch deshalb auch weniger tierisch, dafür umso mehr teuflisch. Zitat Ende. Genau aus diesem Grund sagte einmal der verstorbene FDP-Politiker Günter Rexrodt sinngemäß, Sozialismus sei mit den Menschen nicht zu machen, weil der Mensch nun mal so sei, wie er sei. Also ganz im Sinn von Arthur Schopenhauer. Was heißt, der Mensch ist mehrheitlich eher schlecht als gut, das brachte Arthur Schopenhauer eher keine Sympathie ein zur damaligen Zeit.

Alkoholiker sind auch keine minderwertigen Menschen. Alkoholismus ist eine Krankheit, die auch Jesus hätte bekommen können, wenn es diesen Alkoholkonsum gegeben hätte. Diese Krankheit hat mit dem Charakter eines Menschen nichts zu tun. Nur leider zerstört diese Krankheit ebenso das familiäre Umfeld, zerstört andere Menschen mit. Ich hatte im Übrigen ein paar Jahre später den einzigen alkoholfreien Sexclub in Berlin und dadurch viele Gäste, die trockene Alkoholiker waren, die mir von ihren Problemen berichteten.

Aber das Leben geht weiter, sagte ich mir, und heute war Cabriowetter. Ich bekleidete mich mit Jeans, einem T-Shirt, einer Lederweste und natürlich einer Sonnenbrille und fuhr endlich zur Handwerkskammer zur Obentrautstraße und meldete mich zu dem Abendkurs an, um mal meine Meisterprüfung zu bestehen. Anschließend fuhr ich zum Drogenstrich, wo ich lange nicht mehr gewesen war.

Es dauerte nicht lange, und ich fuhr von der Potsdamer Straße in die Kurfürstenstraße rein bis zur Frobenstraße, aber keine Junkie-Braut war zu sehen. Niemand saß oder hing auf der Bürgersteigkante rum. Zunächst dachte ich erst einmal an das Gute, was heißt, vielleicht drücken die Mädels nicht mehr so viel wie früher oder sind in Therapie. Selbst die Betreiber von den Straßencafés kannte ich nicht mehr in diesem Kiez, bis auf einen, und wir begrüßten uns so, wie sich Freunde nun mal begrüßen, die sich lange Zeit nicht mehr gesehen haben. Er sagte, dass drei Mädels tot sind. Sie hätten sich den Goldenen Schuss gesetzt. Einige versuchten auszusteigen mit Hilfe von Methadon und andere versuchten in den neuen Wohnungspuffs unterzukommen. Wir quatschten bis in die Nacht hinein und ich fuhr erst gegen Morgen nach Hause.

Fakt war, dass sich zunehmend eine ganz neue Prostituiertenszene in Westberlin ausbreitete. Es breiteten sich immer mehr sogenannte Wohnstubenpuffs aus, die nur durch tagtägliche Anzeigen in einer Tageszeitung auf sich aufmerksam machen konnten. Allerdings mit verklausulierten Texten, wie z. B. „Drei schlanke Modelle verwöhnen Sie bei …" und so weiter. Die Tagespresse konnte ja damals offiziell noch keine Werbung für Prostituierte machen. Damals füllten solche Anzeigen mindestens drei Seiten einer Tagespresse und zirka über 1.000 Prostituierte, vor allem Westberlinerinnen mit einer noch eher kleinen Anzahl von polnischen Mädels, schafften nun in Westberlin für wenig Geld an. Berlin wurde zum Prostituiertenmekka und das förderte enorm den Sextourismus. Aber diese ausufernde Prostitution war nur möglich durch den Siegeszug der Pille, wo Mädels, wo Frauen keine Angst mehr erleben brauchten, ungewollt schwanger zu werden. Die Pille war gut, auch für einen großen Teil von uns

Männern, die wie ich keine Kinder haben wollten, was für unser Land auf alle Fälle nicht gut ist. Und die Pille und die ganzen Puffs waren gut für Männer, die zunehmend auf einmal immer mehr Probleme mit Frauen bekamen durch die Gleichberechtigung, die ohne die Pille sich niemals so hätte entfalten können. Dazu zitiere ich einmal etwas aus der Presse aus dem Zusammenhang. Heute sind es die Männer, die unterdrückt werden. Ein Verhaltensforscher stellte fest, der schwedische Mann ist in Gefahr, gefühlsmäßig kastriert und unterdrückt zu werden. In Schweden begehen mehr Männer als Frauen Selbstmord, werden zu Alkoholikern oder Kriminellen. Für einige schwedische Männer ist der Staat im Streben um die Gleichberechtigung über das Ziel hinausgeschossen. In Deutschland ist es nicht anders, sage ich mal.

Eines Tages rief Chris mich an. Auch Chris, die zunächst mit immer mehr Mädels ihr Gewerbe, so möchte ich es mal benennen, als Chefin erweiterte, mit der ich immer seltener Kontakt hatte, lernte einen Freier kennen, einen vermögenden Mann, der ihr eine völlig andere Lebensperspektive anbot. Sie sollte ihr Abitur machen, Innenarchitektur studieren und in allem würde er sie natürlich unterstützen und wollte dann mit ihr zusammen Karriere machen. Dieser Freier hatte Chris als durchsetzungsfähige Chefin eines sexuellen Unternehmens kennengelernt, die selbst mit keinem Freier mehr Sex erlebte. Auch mit Chris sprach ich mich aus, die ich bis dahin immer wieder von hinten einreiben hatte können aus purer Freundschaft, die mir nun sagte: „Achim, es war eine schöne Zeit mit dir und ich habe dir viel zu verdanken, du hast mir vertraut und hast erkannt, dass ich mehr drauf habe als nur den Rock hochzuheben. Und du hast mich gefördert. Du hast mir die Chance eröffnet, Geld zu machen, ohne nur mit Freiern aufs Zimmer zu gehen. Ich konnte viel, viel Geld dadurch ansparen und ich werde immer an den Tag denken, wo ich dich im Cheetah das erste Mal angesprochen habe und alles an dem Tag in einem Park endete, wo du mir den Rock hochgeschoben hast und mich von hinten eingerieben hast und du mir dezent den Rock wieder runtergezogen hast. Aber jedes Lied hat mal ein Ende. Dieses Leben kann ich so nicht bis ans Lebensende fortführen, das kann nicht meine Zukunft sein. Vielleicht rufe ich dich mal an, wenn ich in eine seelische Krise gerate, denn du kennst mich besser als jeder andere."

Das war es dann. Erst Doris, dann Chris, beide Mädels hatten mir ganz klar bewiesen, dass Sexualität bei ihnen keinen so großen Stellenwert im Leben hatte.

Ich kam tatsächlich jetzt schon in die Jahre, wo ich nicht nur immer wieder Neues, Schönes erlebte, sondern vieles Schöne auch verlor durch meinen Lebenswandel. Ich durfte mich einfach nicht sexuell längere Zeit von einem bestimmten Frauenkörper abhängig machen, weil ich mich durch eine sexuelle Abhängigkeit auch an die Frau, an den Menschen, gewöhnte, der in diesem Körper drinsteckte. Aber ich stellte ebenso immer wieder fest, dass ich niemals die Lebenserwartung einer Frau erfüllen konnte und vor allem nicht mochte, ich wollte wie ein Mann leben. Ich musste das alles erst einmal in Ruhe verarbeiten und flüchtete zunehmend in meinen Fitnessraum und trainierte wie bekloppt. Erst nach langer Zeit entschloss ich mich, wieder einmal eine Diskothek aufzusuchen, mal sehen, was so abläuft.

Ich fuhr zur Diskothek Sound. Es dauerte nicht lange und ich lernte eine Braut kennen, die mich wiederum fragte, ob ich nicht Lust auf Sex mit ihr hätte. Sie sah zugegebenermaßen sexuell stark erregend aus. Ich muss nun Folgendes zwischendurch anmerken. Ich schreibe natürlich nicht über jedes sexuelle Erlebnis, sondern nur von denen es etwas eher Außergewöhnliches zu berichten gibt, wie heute wieder einmal. Die Braut sagte, sie wohne in Neukölln in der Pannierstraße zur Untermiete. Ich sagte, das passe ja gut, ich wohne auch in Neukölln. Wir fuhren nun los zu ihr. Sie wohnte im ersten Stockwerk. Ihr Zimmer hatte Fenster zur Straßenseite. Mir fiel sofort ein großes landschaftliches Gemälde auf, das an der Wand hing, aber nur, weil es eingerahmt war von einem sehr verschnörkelten, goldfarbenen Gipsstuckrahmen. Das Gemälde war mit Rahmen zirka 1,10 m mal 0,90 m groß. Auf alle Fälle erlebte ich eine irre Sexualität mit der Braut und als ich das vierte Mal orgasmuserlebend wurde, wurde ich plötzlich unterbrochen, weil jemand irgendetwas gegen die Fensterscheiben geworfen hatte. Das brachte mich voll aus der Sache und ich lief zum Fenster und öffnete es. Unten auf der Straße standen zwei Typen und riefen zu mir rauf: „Wie lange machst du noch, Alter, wir wollen auch noch vögeln." Ich sagte spontan: „Noch eine halbe Stunde." Das war mir ja klar, eine junge Braut, die so gut aussah und so geil war wie sie und einfach selbst die Männer abschleppte, war mit dem mehrheitlichen Teil der Frauen nicht zu vergleichen. Sie erlebte sich eigentlich nicht anders als ich. Und ich bin auch nicht zu vergleichen mit den mehrheitlichen Männern, die letztendlich alle heiraten und angeblich Kinder haben wollen. Auf jeden Fall gehörte diese Braut zu den Frauen, über die man als Mann am Stammtisch immer wieder spricht und die man bis ins hohe Alter immer noch in Erinnerung behält. Man kann eigentlich sagen, normal erlebende Frauen sind doch eher langweilig. Ich fragte die Braut nun: „Was hältst du davon, wenn du mir das Bild verkaufst, ich gebe dir einen Hunni cash." Sie willigte ein, obwohl das Bild ihr gar nicht gehörte, denn es war ein Teil ihres gemieteten Zimmers. Ich zog mich an, fragte nach ihrem Hausschlüssel und sagte ihr: „Ich gebe den Schlüssel den beiden Typen, die bringen ihn wieder zu dir rauf, dann brauchst du nicht mit runterkommen und brauchst noch nicht mal den Slip anzuziehen und kannst breitbeinig so liegen bleiben." Das freute die Typen bestimmt, und ich buckelte mich mit dem Bild ab. Die beiden Typen bekamen Augen wie Setzeier, als sie mich mit dem Bild sahen. Ich verfrachtete das Bild auf der Rücksitzbank meines offenen Chevis und fuhr weg. Ich glaubte daran, diesen Bilderrahmen bestimmt mal gut gebrauchen zu können.

Wieder verging einige Zeit, wo ich unbedeutende, aber notwendige sexuelle Abreaktionen jetzt auch in den neuen Wohnstubenpuffs erlebte, über die man nicht weiter berichten muss. Darüber hinaus besuchte ich fleißig die Abendkurse bei der Handwerkskammer wegen meiner Meisterprüfung und hielt Ausschau nach einem VW-Käfer, an dem ich eine meisterliche Leistung beweisen musste. Das Auto musste entsprechende Lackschäden aufweisen und durch einen Prüfer für ausreichend beschädigt befunden werden.

Jetzt aber beschreibe ich ein neues Abenteuer, das den stärksten Eindruck in mir hinterlassen hat. Also, eines Tages rief mich ein Freund an, der mich fragte, ob ich nicht Lust auf eine Woche Urlaub auf der italienischen Insel Ischia hätte, er bezahle mir die Reise. Er wollte nicht alleine verreisen. Ich überlegte nicht lange und willigte ein, das hatte einen Grund. Ich wollte einmal die Stadt Neapel erleben und von Ischia aus ist man mit der Fähre schnell in Neapel. Natürlich war klar, dass ich die Reise selbst bezahle. Als wir beide nun nach kurzer Urlaubsvorbereitung nach Neapel geflogen waren und mit der Fähre am Urlaubsort Ischia angekommen, so gegen Nachmittag, und wir unser Gepäck in die Schränke einsortiert hatten, gingen wir erst einmal Italienisch essen. Beim Chef der Pizzeria tauschte ich gleich DM in Lira um. Ich hatte nun DM und Lira in der Tasche und mein Freund sagte, er sei völlig fertig für heute und werde am frühen Abend schlafen gehen. Mir war gar nicht danach. Im Gegenteil, ich überraschte ihn nun damit, dass ich sagte: „Ich nehme die Fähre heute noch nach Neapel und vielleicht übernachte ich dort." Wir liefen nun nach dem Essen zum Hafen und ich löste ein Ticket. Gesagt, getan. Kurz nach 17.00 Uhr war ich durch ein schnelles Tragflächenboot schnell in Neapel und ich kam mir plötzlich vor, als wenn ich heute, im Jahr 1970, in eine völlig andere Welt eingetaucht war. Männer liefen teilweise mit einem Messer am Hosengürtel hängend herum oder mit einem Schlagstock. Der Müll stapelte sich an der Bürgersteigkante, wenn da jemand einen Toten reingeworfen hätte, dann wäre der irgendwann einmal mit dem Müll mitentsorgt worden, wenn die vielen Köter ihn nicht vorher aufgestöbert hätten. Jugendliche wollten mir als Tourist bleischwere vergoldet aussehende Armbänder und

Halsketten mit einem 750er-Stempel andrehen für 15 DM. Und, wie gesagt, Straßenköter, die zu niemandem gehörten, waren fast genauso zahlreich in Neapel wie Bewohner. Sie liefen wie die Chefs über die Fahrbahn. Ein Autofahrer, der deshalb plötzlich abrupt stoppen musste, stieg wütend aus mit einem Knüppel in der Hand und rannte fluchend den Kötern nach, wodurch der ganze nachfolgende Autoverkehr zum Erliegen kam. Und wer in eine Bank wollte, musste wenigstens durch drei Schleusen hindurch. Auf den Anhängerkupplungen von Straßenbahnen sprangen Kinder auf und fuhren mit, 13- bis 15-jährige Jugendliche rasten mit schweren Motorrädern durch Neapel und die Farben einer Ampel interessierten auch niemanden. In den schmalen Gassen, die man nur zu Fuß durchlaufen konnte, wurden Wäscheleinen von einem Haus zum gegenüberliegenden gespannt, um Wäsche zum Trocknen aufzuhängen. Ich dachte nur, was für ein Unterschied zu Berlin. Das Sprichwort „Neapel sehen und sterben" trifft wirklich zu.

Es wurde nun langsam dunkel in Neapel, die Nacht kündigte sich an und nun geschah etwas, was ich im Leben sehr selten erlebte. Ich bekam plötzlich eine Erektion am Tag, nicht zu vergleichen mit der sogenannten Morgenlatte, ohne an Sex zu denken oder weil mich eine Neapolitanerin sichtlich erregte. Ich hätte jetzt selbst einen der vielen Straßenköter vögeln können. Mir war alles egal, wo ich ihn jetzt reinstecken konnte. Das Naheliegendste war natürlich, ich finde Prostituierte. Und ich suchte nun die entsprechenden Straßen. Und plötzlich war ich in solch einer angekommen. Es war, wie gesagt, schon ziemlich dunkel. Ich konnte alles eher nur schemenhaft erkennen, die Straßenbeleuchtung war sehr schlecht. Vor jedem Hauseingang stand irgendetwas Weibliches, aber es waren erschreckenderweise Frauen, die so breit wie groß waren, da hätte ich ja eher Lust auf einen der vielen Straßenköter gehabt. Aber auf einmal sah ich vor einem Hauseingang eine schlanke Braut, lange Beine, hohe Hackenschuhe, kurzer Rock und lange Haare, die für mich allerdings bedeutungslos waren. Geld hatte ich schon lose in der Tasche. Ich hoffte, dass es keine sprachlichen Probleme gibt. Ich fragte einfach nur: „What Money?" Und eine tiefe Stimme aus einem tiefen Wald sagte: „Ah, Deutsch, 30 DM." Nun war ich auf einmal ganz stocksteif, nicht nur im Unterleib, denn diese Braut war ein Kerl. Ich hatte nur einen Gedanken, wenn mein Kopf das nicht völlig verarbeitet, dass das ein Kerl ist, und der Schwanz steif bleibt, dann lasse ich es darauf ankommen. Alles lief so blitzschnell ab, was schon einen Eintrag im Guinness-Buch der Rekorde wert war. Der Typ zog mich blitzartig in den Hausflur rein, ich konnte dennoch mitbekommen, das links von mir in der Hausflurecke Hunde schliefen, die kaum eine Reaktion zeigten, und vor uns eine kleine Wendeltreppe zum ersten Stockwerk führte und in einer Wandnische eine Madonnenfigur stand, die beleuchtet war. In dieser Zeit lief schon alles ab und wie immer hieß es, hoch den Rock und rein den Stock, was in diesem Fall der Typ alles alleine hinbekam. Und erst als alles sehr schnell vorbei war und der Typ längst abgehauen, stand ich noch draußen vor dem Haus und dachte an den Spruch „wenn die Pfeife steht, ist der Verstand im Arsch", nur mit dem Unterschied, dass in diesem Fall nicht der Verstand im Arsch war, sondern meine Pfeife. Ich übernachtete nun in Neapel in einem Hotel, das eher einer billigen Absteige glich und ich bekam kein Auge zu. Mich beschäftigte zu sehr, was gerade geschehen war. Und außerdem liefen ständig Leute umher in den Fluren vor meiner Zimmertür und ich dachte, dass ein Hotelmarathon in dieser Nacht stattfand. Ich rechnete immer damit, dass gleich die Tür aufgeht und mir nicht gerade jemand gute Nacht wünscht.

Zurück in Berlin dachte ich nun über das Erlebnis nach, als ich einen Mann in den Hintern gevögelt hatte und ausgerechnet ich, der doch eher abstoßende Gefühle, Ekelgefühle erlebte durch Homosexualität. Nicht vor dem Menschen, der diese Sexualität auslebt, aber gegen ein Ekelgefühl kann man sich nicht wehren. Das geht leider nicht. Genauso kenne ich viele meiner Freunde, die noch nicht einmal ihrer eigenen pflegebedürftigen Mutter den Hinter abwischen können, was wiederum für mich nie ein Problem war. Egal, ausgerechnet ich hatte nun einen Kerl gevögelt. Ich sage nun, dass daran nur mein Gefühl, mein Geschlechtstriebgefühl, schuld war, über das ich keine Kontrolle mehr hatte. Fakt war aber was ganz Entscheidendes: Ich vögelte gefühlt eine Frau anal. Mein Verstand schaffte es gar nicht, mir auszureden, dass dies keine Frau ist, weil alles zu blitzschnell ablief. Ich kam erst wieder zu mehr Verstand und beziehungsweise ich wurde erst wieder Herr über mich selbst, als alles längst vorbei war.

Aber so ganz unnormal war das, was sexuell über mich kam, nun auch wieder nicht. Ich zitiere einmal einen Wissenschaftler aus dem Zusammenhang. „Die Sexualität ist unsere produktivste und aktivste Lebensfunktion. Sie ist Motor und Antrieb unserer Existenz. Man führe sich einmal vor Augen, dass die Sexualität die stärkste Kraft ist, über die wir verfügen, man könnte auch sagen, die über uns verfügt." Zitat Ende (Dr. med. Peter Schleicher).

Nun muss man wissen, dass ich auch in Berlin sehr vereinzelt Frauen anal vögelte, wenn sie es wollten, was eher selten vorkam. Aber es ist tatsächlich so, dass selbst durch einen Analverkehr einige Frauen orgasmuserlebend werden. Auf jeden Fall war ich, was Analverkehr anbelangt, durch Frauen etwas eingevögelt und dachte jetzt nur noch an den Spruch: „Ein Chinese sagt, Loch ist Loch und vögelt den Bullen die Nase."

Gefühle haben wirklich die Macht über uns Menschen. Sie bestimmen darüber, wie wir etwas erleben und wie wir handeln. Hirnforscher haben wirklich Recht. Wir hatten in Berlin damals eine Bar, die hieß das Eldorado in der Martin-Luther-Straße, wo nur Transvestiten, also Männer in Frauenkleidern, zum Barpersonal gehörten, die schwul waren und herumliefen in Strapsen, an denen Nylonstrümpfe hielten und sie stöckelten in hohen Hackenschuhen umher und trugen Perücken. Vom Aussehen her sahen sie perfekt weiblich aus und sexy. Nur wenn sie ihr Sprechwerk in Betrieb setzten und eine tiefe Stimme aus dem tiefen Wald einen anblaffte, dann wusste man, wer wirklich auf dem Barhocker saß. Aber viele heterosexuelle Männer, die nicht wussten, was in dieser Bar abgeht und schon ziemlich besoffen so eine Bar besuchten, glotzten nur und hörten kaum und als sie dann einen geblasen bekamen, strahlten sie über das ganze Gesicht und lallten rum von wegen, so schön sei das noch nie gewesen. Kein Wunder, sage ich nur, wer sonst als ein Mann weiß am besten, wie man einen Männerschwanz bläst?

Ich finde es nun natürlich auch abenteuerlich und lebensbejahend, wenn ich Mädels, Frauen in Bars, Diskotheken oder auf anderen Tanzböden kennenlerne und mit ihnen am Kennenlerntag dann Sexualität erleben kann. Natürlich ist es prickelnder, wenn man weiß, dass man selbst gewollt wird. Aber solche Erlebnisse erlebt man eben nicht jeden Tag oder jede Woche. Und diese wenigen Erlebnisse decken niemals meine sexuelle Triebhaftigkeit ab. Und noch nicht einmal der schönste Frauenbrecher kommt immer, wenn er will, zum Stich. Und nicht selten wird man auch auf dem Tanzboden von Frauen verarscht. Das heißt, Frauen machen einem schöne Augen, lassen sich in den Busenausschnitt glotzen, schlagen aufreizend die Beine übereinander, geben dem geilen Mann also Zucker, saufen nun einen Cocktail nach dem anderen, den ich bezahle und zum Schluss haut die Braut alleine ab nach Hause und denkt sich dabei, habe wieder einen Idioten kennengelernt, der mir einen schönen Abend finanziert hat. Mit diesem Geld, was ich für die Cocktails ausgegeben habe, hätte ich zwei Prostituierte bezahlen können, mit denen ich zusammen aufs Zimmer gehen kann und Spaß haben, stattdessen bin ich einen Haufen Kohle losgeworden und muss mir nun noch selber einen runterholen. Da kann man dann nur noch sagen: „Ach, wie schön, dass niemand weiß, dass ich Rumpelstilzchen heiß."

Um es kurz anzumerken, ein Leben mit meiner Sexualität war ohne Prostitution nicht vorstellbar. Die Prostitution gehörte zu meinem Leben. Man konnte jeden Tag, jede Stunde, immer wieder einen neuen Frauenkörper genießen, wenn man das Geld dazu hatte, und ich verdiente gutes Geld. Auf die Prostitution besann ich mich auch wieder einmal mehr, als ich im Café Keese keine Braut begeistern konnte, die mit mir heute noch Sexualität erleben wollte. Also verließ ich nicht gerade freudestrahlend in den frühen Morgenstunden das Café Keese. Es schien ein schöner warmer Sommertag zu werden. Ich ließ das Stoffdach meines Cabrios einfahren, stellte das Radio an und die Platters sangen gerade „Only You". Ende der Sechzigerjahre fiel so ein amerikanisches Cabrio noch richtig auf. Ich fuhr in Richtung Kudamm und wollte mal sehen, was für Sex anbietende Bräute noch rumflanierten. Ich fuhr über den Kudamm zur Tauentzienstraße in Richtung Wittenbergplatz, weil ich wusste, dass an der Ecke Nürnbergerstraße immer Prostituierte standen. Als ich an der Kreuzung angekommen war, setzte fast meine Atmung aus und gleichzeitig hatte ich beinahe Gas und Bremse meines Autos verwechselt, denn ich sah etwas, woran ich nicht glauben konnte. Da stand eine Prostituierte, die sah aus wie das achte Weltwunder. Diese Braut sah einfach von Kopf bis Fuß wie eine Sexgöttin aus. Diese außerirdische Braut, ihr Körper, ihre Bekleidung, ihre langen blond gefärbten Haare bis zur Taille, diese Braut kann man einfach nicht beschreiben. Für mich als jetzt schon alter Prostituiertenexperte stand fest, das ist die am besten aussehende Prostituierte in ganz Westberlin. Meine Bewunderung war grenzenlos und man glaubte gar nicht, wie gefährlich das war, wenn man einen Menschen so bewunderte. Man kann sich solch einem Menschen aus Bewunderung heraus unterordnen und zwar willig. Und ausgerechnet ich sage das, der sich niemals einer Frau unterordnen will, jedenfalls nicht, wenn es sich um eine Geschlechtstrieb erlebende Beziehung zu einer Frau handelt. Wohl kann ich mich beruflich ohne Sexualität erleben, mich einer weiblichen Chefin unterordnen. Als ich nun langsam, sehr langsam an dieser Außerirdischen vorbeifuhr, hatten wir beide ziemlich langen Augenkontakt. Was sind das für große dunkle Augen, dachte ich, dabei hatte mich noch nie ein

Gesicht von einer Frau sexuell gereizt. Ich holte mir ja auch keinen runter, wenn ich mir einen Otto-Katalog ansah mit vielen hübschen Gesichtern. Ich holte mir aber durch Pornohefte einen runter, wenn ich mir viele schöne weibliche Unterkörper ohne Gesicht ansah. Aber das hieß ja nicht, dass man ein Gesicht einer Frau nicht wunderschön finden konnte, selbst wenn es einen Mann sexuell nicht erregte.

Jedenfalls stand fest, mit dieser Braut wollte ich aufs Zimmer gehen. Das Geile an der Prostitution ist ja, dass man für 60-100 DM so eine Göttin sexuell genießen konnte. Wäre diese Prostituierte jetzt keine Prostituierte gewesen, sondern ein Filmsternchen, dann hätten nur reiche, mächtige und einflussreiche Männer durch ihren Status Glück gehabt, solch eine Frau sexuell genießen zu können. Sie müssten schon einen höheren Preis für solch ein Filmsternchen bezahlen.

Ich parkte meine Karre nun zirka 300 Meter weiter entfernt von dieser Braut, stieg langsam aus und bewegte mich genauso langsam in Richtung achtes Weltwunder. Durch die 300 Meter Entfernung hatte ich längere Zeit, sie zu bewundern, wie sie da stand mit ihrer kurzen Nerzkappenjacke. Ich hatte nun, bevor ich vor ihr stand, noch genügend Zeit, mir selbst eine Frage zu stellen. Ich fragte mich, wieso schafft so eine perfekt aussehende Braut auf der Straße an und steht bei jedem Wetter auf der Straße? Diese Braut könnte doch, wenn sie nur ein wenig Intelligenz hätte, als Edelprostituierte in der sogenannten besseren Gesellschaft richtig Karriere machen. Und in mir machte sich der Verdacht stark, dass mit dieser Braut irgendetwas nicht stimmen musste. Als ich bis auf zirka 100 Meter Abstand an sie rangekommen war, hatte sie mich von jetzt an im Visier, und das noch lächelnd. Dann stand ich endlich vor ihr und bewunderte sie so sehr, dass ich auf einmal Lampenfieber bekam. Ich dachte gar nicht mehr an Sex. Wieder erlebte ich Gefühle in mir, die ich nie zuvor erlebt hatte. Aber ich ließ trotzdem den Harten raushängen und wollte kurz und trocken fragen: „Was ist dein Preis?" Dazu kam ich aber gar nicht, da sie mich zuerst ansprach und wie immer die ganze Zeit über lächelnd sagte: „Ich hatte gehofft, dass du zurückkommst. Ich freue mich." Ich stand nun da wie blöde und fragte mich, in welchem Film bin ich hier eigentlich? So hatte mich noch nie eine Prostituierte „an den Haken gehängt". Ich dachte nun, dass diese Braut überprofessionell ist und mich versucht, auf dem Zimmer so einzuseifen, dass sie mich dann ausnimmt wie eine Weihnachtsgans und ich ohne Schuhe zurück zum Wagen laufen muss. Aber jetzt traf mich vollends der Schlag, denn diese Außerirdische sagte nun: „Gib mir 50 DM und lass uns aufs Zimmer gehen." Jetzt hätte ich einen Notarztwagen gebraucht. 50 DM waren völlig unterbezahlt. Wie besoffen schlich ich nun der Braut hinterher bis aufs Zimmer. Ich gab ihr den Fuffi und sie stöckelte erst einmal zum Pensionsbetreiber und bezahlte davon die Zimmermiete.

Als das achte Weltwunder dann zurückkam, fragte ich sie völlig entnervt: „Sag mal, was passiert hier eigentlich? Das ist doch alles nicht normal. Was willst du von mir? Ich bin doch nicht Deutschlands erotischster Mann." Sie sagte: „Nun beruhige dich, entspann dich und wir ziehen uns aus." Mein Gott, dachte ich, wie schön, wie sexuell erregend ist dieser Körper gewachsen. Und was ich jetzt mit Miss Außerirdisch erlebte, war beileibe nicht außerirdisch, im Gegenteil, es war das menschlichste Gefühl, das man erleben konnte. Sie schmiegte ihren Körper an meinen Körper, als wolle sie in meinen Körper rein. Ich spürte ihre Sehnsucht nach Innigkeit, nach Vertrautheit, nach Geborgenheit und ging nun als erfahrener Frauenversteher auf ihre Gefühle ein. Ich spürte, was in ihr vorging, eine orgasmuserlebende Sexualität war völlig nebensächlich. So etwas hatte ich auch noch nie erlebt. Ich erlebte Gefühle mit einer Prostituierten, die mit Orgasmusgefühlen nichts zu tun hatten, das war völlig nebensächlich. Es gab natürlich für ihre Sehnsucht nach diesen Gefühlen auch einen Grund, das erfuhr ich dann ein paar Stunden später.

Am Ende der Zimmerzeit sagte mir Moni: „Hole mich in anderthalb Stunden ab, dann fahren wir zu mir. Aber halte nicht vor der Pension, das darf niemand wissen." Ich hielt mich nun die ganze Zeit am Kudamm auf. In einem Lokal, das noch offen war, trank ich mehrere Kaffee und dachte nur daran, was für ein schönes Leben ich doch führte, das zugegebenermaßen für viele Männer eben nicht so schön und aufregend war und sie lieber schreiende Kleinstkinder pampern wollten oder gerne bei der Geburt ihres Kindes zusehen, sie das als aufregender erlebten. Und dann gibt es nach zwei Jahren die Scheidung und wer denkt als Vater dann noch an das Kind? Ich sage, eher wenige. Auf jeden Fall war ich in anderthalb Stunden wieder vor Ort bei Moni beziehungsweise parkte ich in Nebenstraßen. Und als Moni die Pension verließ und sie mit mir Blickkontakt hatte, lief sie mir nach. Leider hatte das dennoch eine von Monis Kolleginnen, so möchte ich sie mal nennen, mitbekommen, die nicht gerade die beste Freundin von ihr war.

Moni hatte in der Bismarckstraße, in der Nähe vom Café Keese, eine Appartementwohnung. Dort angekommen, tranken wir erst einmal Kaffee und Moni aß etwas. Anschließend ließen wir unsere Klamotten fallen und huschten unter ihre Schlafdecke und kuschelten. An Vögeln dachte zumindest Moni nicht, denn in den letzten vergangenen neun Stunden hatte Moni mit 10 Männern gevögelt und nun eher das Bedürfnis erlebt, davon abzuschalten. Ich fragte Moni noch einmal: „Warum gerade ich?" Moni sagte: „So richtig erklären kann ich dir das auch nicht. Als ich dich sah, dachte ich, der sieht einerseits aus wie ein Zuhälter und auf solche Typen stehe ich. Aber dennoch erlebte ich ein Gefühl durch dein Gesicht, dass ich mich an dich anschmiegen wollte. Du hast für mich gewertet zwei Gesichter. Du hast die richtige Mischung zwischen Zuhälter und Seelenversteher, und ich habe mich nicht getäuscht in dir. Du bist voll auf meine Gefühle eingegangen, die mit hartem Sex nichts zu tun haben. Vögeln tue ich jeden Tag mit mehreren Typen." Ich dachte jetzt so bei mir, immer ist das Gesicht eines Mannes ausschlaggebend, ob eine Frau mit einem Mann Kontakt aufnehmen will. Bei Männern ist der Körper einer Frau ausschlaggebend, ob er den Kontakt mit einer Frau sucht. Männer und Frauen sind einfach zu verschieden, aber sie ergänzen sich immer wieder. Nur die Schraube, die man in eine Mutter eindreht, hält als Beispiel zwei Bretter zusammen. Eine Schraube und eine Mutter nur für sich alleine sind vollkommen nutzlos. Moni sagte nun auch, sie sei gerne Prostituierte und sie genieße ihren Status, den sie als Prostituierte hatte. Sie sei schon eine Persönlichkeit unter den Prostituierten und sie stehe auf Zuhältertypen und schaffe gerne an. Sie selber habe auch einen Zuhälter, sagte sie. Ups, dachte ich, das ist nicht mehr lustig.

Und nun erzählte mir Moni die ganze Story. Also, sie sei in Flensburg zu Hause und ihr Vater ein sehr bekannter und beliebter Pastor. Und wenn es jemals rauskomme, dass seine Tochter anschaffen geht und einen Zuhälter hat, gebe es für ihren Vater unüberwindbare Probleme. Deshalb könne sie weder in Flensburg noch in Hamburg anschaffen, denn die Flensburger fuhren wegen der Sexualität auch verstärkt nach Hamburg. Darauf habe ihr Zuhälter nun Rücksicht genommen und sie nach Berlin geschickt. Die Zuhälter seien in Deutschland mehr oder weniger alle vernetzt. Ihr Zuhälter kenne den Pensionsbetreiber, vor dessen Pension sie anschaffe. Sie sei ständig unter Kontrolle und ab und zu kämmen angebliche Freunde ihres Zuhälters vorbei und fragten scheinheilig, wie es ihr gehe. Das Problem, das sie mit ihrem Zuhälter habe, bestehe nun darin, dass er höchstens alle 8-10 Tage mal nach Berlin komme, sie abkassiere, vögele und vielleicht mal mir ihr essen gehe. Aber sie habe auch noch ein anderes Gefühlsleben, das völlig auf der Strecke bleibe. Sie brauche Innigkeits-, Geborgenheits- sowie Zugehörigkeitsgefühle. Moni sagte, ihr Zuhälter reagiere einfach nicht auf ihre menschlichen Gefühle, die nichts mit sexuellen Gefühlen zu tun hätten. Ich fragte Moni: „Wie stellst du dir das denn mit uns beiden vor, wie es weitergehen soll?" Sie antwortete: „Ich möchte für dich anschaffen und mich von meinem Zuhälter trennen." Ich begriff nun einfach nicht, wie einfältig Moni war. Zu einem Zuhälter sagt man nicht einfach „Auf Wiedersehen", zumal Moni im Schnitt zwischen 12.000-15.000 DM im Monat anschaffte. Ich sagte nun zu Moni: „Das kann nie funktionieren, du hast mir doch durch deine Story bewiesen, dass dein Lude dich in der Hand hat. Er kann dich erpressen ohne Gewaltanwendung. Selbst wenn du nicht mehr nach Flensburg zurückkehren würdest und in Berlin bleibst, kann er in Flensburg rumposaunen, was er will, und damit deinen Vater natürlich in Schwierigkeiten bringen. Wenn du dich von deinem Zuhälter trennen willst, was nicht einfach wird, musst du dich erst einmal von deinem Vater abkoppeln. Das heißt, du musst ihn seinem Schicksal überlassen. Bist du dazu bereit?" − „Nein", sagte sie, „das darf niemals geschehen." − „Also", sagte ich, „ist die Sache jetzt geklärt. Ich bin jetzt nur gespannt, wann dein Lude hier bei dir aufkreuzt. Diesmal wird es keine 8-10 Tage dauern." Und bei dem Gedanken war mir nicht gerade wohl zumute, muss ich sagen.

Ich sagte jetzt zu Moni: „Schlaf dich aus. Ich komme wieder zu dir in zirka drei Stunden vor deiner Schicht, dann fahren wir raus zum Grunewald und gehen im Forsthaus essen." − „Ja", sagte Moni, „darauf freue ich mich." Aber bevor ich nun ging, sagte sie zu mir: „Nimm das Geld." Das waren 840 DM, das hatte sie diese Nacht angeschafft. Ich überlegte kurz und nahm das Geld. Wobei nicht ein einziger Gedanke bei mir aufkam, dieses Geld für mich zu verwenden. Dieses Geld gehörte immer Moni.

Als ich nach Hause fuhr, überlegte ich, was ich machen würde, denn ganz sicher würde ich mit Monis Zuhälter oder mehreren Zuhältern aus Flensburg aneinandergeraten. Monis Zuhälter würde garantiert nicht alleine nach Berlin kommen. Ich konnte meinen Freund Klaus einspannen, verwarf aber diesen Gedanken gleich wieder. Ich musste mit dem Problem alleine fertig werden. Ich konnte niemals jemand anderen für mich in Gefahr bringen, so dass er schwere Körperverletzungen erlitt oder womöglich noch in den Knast wanderte. Ich besorgte mir also umgehend eine Waffe auf dem Kiez, die ich ab jetzt, wenn ich zu Moni ging, hinten in den Hosenbund steckte und darüber eine Weste zog.

Als ich am Nachmittag wie versprochen drei Stunden vor Monis Nachttätigkeit bei ihr war, sagte sie, ihr Zuhälter habe sich für morgen angekündigt. „Alles klar", sagte ich. Nachdem wir nun drei Stunden zusammen gewesen waren, fuhr ich sie bis vor die Pension, denn Geheimhaltung gab es nicht mehr. Am anderen Morgen in der Frühe holte ich sie auch wieder ab. Zurück in ihrem Appartement gab sie mir dieses Mal 950 DM. Sie sagte, sie hätte diese Nacht zahlungskräftige Freier gehabt. Ich blieb nun an diesem Tag bei Moni und wartete mit ihr gemeinsam auf das, was uns erwarten würde. Ich fragte sie noch einmal, ob sie hundertprozentig wisse, was sie wolle und ob sie voll das Risiko in Kauf nehmen könne, dass ihr Vater Probleme bekomme. Dieses Risiko aber wollte sie weiterhin nicht eingehen. Daraufhin entwickelte ich meine Strategie. Dann, so gegen 12.00 Uhr mittags – und ich musste jetzt tatsächlich an den Film „12 Uhr mittags" denken – wurde die Tür von Monis Appartement aufgeschlossen. Rein kamen drei Typen und eine Braut. Wie Fahrradspeichen sahen die jedenfalls nicht aus. Auf alle Fälle hieß es jetzt „the show must go on". Der Erste, ich nahm an, das war Monis Lude, kam langsam auf mich zu und fragte abschätzig: Wer bist du eigentlich? Ich antwortete cool: Ich bin Rasputin. Nun geriet er außer Kontrolle und genau das wollte ich erreichen. Denn solche Ausraster kann man gut kontrolliert auszählen. Als er auf mich zulief, ging ich ihm einen Schritt entgegen, womit er gar nicht gerechnet hatte, und mit einem rechten Aufwärtshaken, ansatzlos aus der Hüfte heraus, schoss ich ihn ab. Ich traf ihn voll an seiner linken Kinnspitze. Er fiel um, wie ein Sack Reis in China. Daraufhin wollten die beiden anderen Typen mich gemeinsam angreifen. Blitzschnell griff ich hinter mir zu meiner Waffe und hielt diese den beiden sehr überraschten Typen vor ihre Fressen. Erst einmal stoppten beide, dann sagte einer: „Das traust du dich nicht, auf uns zu schießen." Ich sagte: „Lass es doch darauf ankommen, du Haufen Scheiße." In dem Moment rappelte sich der Niedergeschlagene auf, dem ich sofort erst einmal noch einen Elfer trat, was ich sonst verabscheute. Aber hier ging es darum, für wie gefährlich man mich einschätzte. Jedenfalls war der Elfer so erfolgreich, dass er jetzt vollends in der Ecke lag. Immer noch waren die beiden anderen Typen so beeindruckt, dass sie nicht wussten, wie sie reagieren sollten. Dass ich schießen würde, glaubten sie mir wohl jetzt und nun pokerte ich hoch. Ich sagte zu den beiden: „Was haltet ihr davon, dass wir uns jetzt mal alle wie Männer ein bisschen unterhalten? Und ich werde jetzt die Waffe beiseitelegen, was haltet ihr davon?" Und langsam legte ich meine Waffe nun auf einen Stuhl. Ich gewann diese Pokerrunde. Wir redeten. Ich sagte zu den Typen: „Euch müsste doch klar gewesen sein, dass man solch eine Braut wie Moni nicht 8-10 Tage immer alleine lassen kann, denn Prostituierte sind keine Fickmaschinen, die man an- und abschalten kann, bis sie genug Geld gedruckt haben. Prostituierte sind Frauen, die Gefühle erleben." Und plötzlich riss die mitgekommene Braut, die zu einem der beiden Zuhälter gehörte, ihren Mund auf und schrie ihren Zuhälter an und sagte: „Der Typ hat Recht." Und dafür bekam sie gleich mal was aufs Maul. Ich wollte etwas darauf sagen, aber das war nicht meine Partie. Jedenfalls machten die Typen mir klar, wenn Moni jetzt nicht mit zurück nach Flensburg käme, dann bekäme ihr Vater als Pfarrer große Probleme, aber auch Moni würde in Berlin niemals mehr völlig befreit anschaffen gehen, egal, wer sich von jetzt an hinter sie stelle. Das war mir von vorneherein klar gewesen. Deshalb war ich dafür, dass Moni mit zurück nach Flensburg geht, denn ich war kein Zuhälter und wollte auch keiner werden und vor allem, ich hatte keine Leute hinter mir außer Klaus Feldmann. Ansonsten war ich ein Einzelgänger, der das Abenteuer mit dem weiblichen Geschlecht suchte. Dennoch sagte ich den Typen ganz cool: „Wenn Moni mich anruft und ich höre, dass ihr ihr auch nur ein Haar krümmt wegen dem, was passiert ist, dann gibt es richtig Krieg zwischen euch Flachlandzuhältern und uns Berlinern. Gebt mir jetzt euer Wort, dass der Film zu Ende ist." Wir gaben uns die Hand und das war es. Ich umarmte Moni ein letztes Mal und sagte: „Rufe an, wenn du Ärger bekommen solltest." Denn eine Duftmarke hatte ich wohl überzeugend hinterlassen. Und dann machte ich den Abflug. Aber zuvor hatte ich unbemerkt Moni einen Briefumschlag in ihre Handtasche gesteckt, darin war das Geld, das sie angeschafft und mir gegeben hatte.

Zwei Monate später rief mich Moni an und sagte, dass ihr Zuhälter und sie sich eine Hafenkneipe gekauft hätten, sie den Laden führe und ihr Vater damit keinen Ärger bekommen habe. Moni sagte, sie sei ihrem Zuhälter auch nähergekommen. „Achim, vielen Dank für alles und Lebewohl. Und vielen Dank für das Geld, das du mir zurückgegeben hast, was ich aber nicht wiederhaben will, denn ich habe mich sehr wohl gefühlt mit dir." Und dann war auch sie raus aus meinem Leben.

★★★★★

Und nun erlebte ich in meinem 29. Lebensjahr das stärkste lebenszerstörende Verlustgefühl, das ich je erlebt habe. Von dem ich mich nie mehr richtig völlig erholt habe. Mein Vater verstarb völlig unerwartet mit 60 Jahren. Er verstarb, weil die Bauchaorta aufriss und er innerlich verblutete. Damals gab es noch keine Stents. Ich werde natürlich jetzt nicht darüber schreiben, was ich gefühlsmäßig durchlebte. Aber meine feste Burg, bestehend aus meinem Vater und meiner Mutter, war zur Hälfte eingestürzt und ich hatte nun nicht nur über mein bisheriges Leben bis zum 29. Lebensjahr philosophiert, nein, nun stellte ich generell die Frage nach dem Sinn des Lebens. Ich fragte mich jetzt, was hatte für meinen Vater sein Leben bedeutet, der nur für seine Familie gesorgt hatte? War die Familie sein Lebenssinn gewesen?

Mein Vater erlebte leider nicht mehr, dass ich am 25.06.1970 meine Meisterprüfung bestand und auch nie das Glück erlebte, in eine Neubauwohnung einzuziehen. Ich hatte das Glück, durch Beziehungen 1970 in ein neues fertiggestelltes Haus in Berlin-Buckow, in der Zadekstraße, einziehen zu können. Mein Vater erlebte nie, in einer Wohnung mit Innentoilette und Bad sowie Zentralheizung und Fahrstuhl zu leben. Nun zog ich mit meiner Mutter in diese Wohnung ein, um die ich mich ab jetzt verstärkt kümmern musste. Meine Sexualität war auf Sparflamme gestellt, gelegentlich ging ich in den Puff.

★★★★★

Ich versuche jetzt erst einmal, über zirka drei Jahre eine Kurzübersicht zu geben, was nach meiner Meisterprüfung folgte. Bis zu dem Tag, an dem ich meinen Neuköllner Freund Hans, genannt Henne, mit dem ich zusammen aufgewachsen war, fragte, ob ich in seinem Haus, in dem auch gewerbliche Ladenräume vorhanden waren, ein Bordell eröffnen darf.

Zunächst aber erst einmal Folgendes: Im Norden von Berlin, genauer gesagt in Berlin-Hermsdorf, bekam ich eine Anstellung als Autolackiermeister. Ich lernte in zirka drei Jahren die meisten Autowerkstattbesitzer und Autohändler kennen, die in unserer Firma lackieren ließen. Ich freundete mich mit allen an. Das waren anschließend meine Stammkunden, als ich in Reinickendorf in der Flottenstraße eine Autolackiererei kaufte, die einmal zu Opel Schüler gehörte, eine Opel-Vertragswerkstatt. Ich war jetzt selbständig. Meine Werkstatt lief hervorragend. Ich arbeitete sonnabends und sonntags. Erwähnen möchte ich noch, dass ich in der Firma auch Lehrlinge ausgebildet hatte und mit einem Lehrling, der heute 66 Jahre alt ist, bin ich immer noch befreundet. Er nahm immer an meinem Leben teil. Ich nahm ihn auch damals mit in meine Firma, dann als Geselle. Er hatte vor allem ein gutes Verhältnis zu meiner Mutter. Er war für meine Mutter fast so etwas wie ihr zweiter Sohn.

Leider war ich nur ein paar Jahre selbständig und wurde dann gekündigt. Das ganze Grundstück, auf dem sich die Lackiererei befand, wurde verkauft. Ich hatte ohnehin immer nur einen Jahresvertrag gehabt. Ich arbeitete anschließend vorwiegend wieder als Arbeitnehmer.

Ich komme jetzt zurück zu dem Tag, der meinen zweiten Lebensabschnitt einläutete. Ich fragte Henne, ob ich in seinem Mietshaus in Neukölln in der Mainzer Straße einen Puff eröffnen darf. Er willigte ein und machte mir ein sehr freundschaftliches Mietangebot. Nun kam das schwierigste Problem überhaupt auf mich drauf zu. Die Frage hieß nun, was für ein Gewerbe melde ich an? Man konnte ja um 1972 herum kein Bordell mit Prostitution anmelden. Prostitution war ja nur geduldet und auch nicht in jedem Wohnbezirk. Man konnte höchstens eine Pension eröffnen und stundenweise Zimmer vermieten. Aber diese Auflagen zu erfüllen war viel zu kostspielig und alles zu aufwendig. Einige machten auf Sexkino. Jedenfalls versuchte man, Auflagen zu umgehen, wenn es möglich war, und ich ließ mir etwas Besonderes einfallen. Ich stellte einen Coca-Cola-Automaten auf und ich machte einen alkoholfreien Privatclub für Frauen und Männer auf. Damit umging ich z. B. eine Ausschankgenehmigung und brauchte keine getrennten Männer- und Frauentoiletten einbauen. Das heißt, der, der zu mir kam, bekam eine Clubkarte und dann kostete eben eine Büchse Coca-Cola 15 DM, die zumindest jeder Gast aus den Automaten ziehen musste, wenn er mit einem Mädel aufs Zimmer ging. So also brauchten mir die Mädels kein Geld zu geben und ich war kein Zuhälter. Normalerweise mussten jetzt die Mädels ihre Einnahmen versteuern. Das Finanzamt kam manchmal vorbei, aber das Problem, das ein Finanzamt hatte, war, dass sie nie wissen konnten, was die Mädels überhaupt verdienen. Selten traf das Finanzamt zum zweiten Mal dieselbe Braut in meinem Club an. Man konnte schon satirisch sagen, dass der Staat mit Recht ein Zuhälter sein durfte.

Ich muss erst einmal erklären, warum ich nun selbst einen Puff eröffnen wollte. Bislang war ich nur Freier gewesen und wollte das bleiben, was heißt, dass ich auch für die Mädels bezahlte, die bei mir anschafften. Ich wollte jedenfalls niemals das schnelle Geld machen. Meine finanzielle Grundversorgung blieb zunächst noch meine Lackiererei, die ich aber bald verlor, und gute Arbeitsstellen, die ich danach hatte. Drei Vorteile ergaben sich daraus: Erstens, ich brauchte nirgendwo anderes hinzufahren, um mit Prostituierten Sex zu erleben, was ich dennoch ab und zu tat. Zweitens zahlte ich jetzt statt wie üblich 50 DM sehr oft weniger Geld. Und drittens gab es mal die eine oder die andere Braut, die auf Bordellbetreiber stand, weil Puffbesitzer mit einer dicken Karre vor der Tür für viele Mädels ein Statussymbol sind. Und weil viele Mädels stolz waren, mit ihrem Chef zu vögeln. Für das Geschäft war das aber nicht gut. Das stört das Klima in einem Puff unter den anderen Mädels.

Bevor ich nun über viele erwähnenswerte Erlebnisse aus meiner Bordellzeit schreibe, möchte ich anmerken, dass ich eine Vorliebe für Altfranzösisches habe. Ich richtete mir meine Zimmer dementsprechend ein, mit rot-goldener Samttapete, Kristallkronleuchtern und Kristallwandarmleuchten, roten Lampenschirmchen und bunten Teppichlagen. Mein Freund Horst, der Möbeltischler, der mir vor vielen Jahren Tipps gegeben hatte, um meine Klassenkameradin Eva auf die Matte zu bekommen, baute mir einen Tresen, wo man allerdings nur Alkoholfreies draufstehen hatte. Nachdem der Laden nun gut angelaufen war, eröffnete ich nach zirka anderthalb Jahren einen neuen Laden, einen neuen Puff in Kreuzberg in der Mittenwalder Straße 44. Wieder einmal hatte ich durch gute Beziehungen eine sehr günstige Gewerbeladenwohnung bekommen. Dieser Puff lag in zentral besserer Lage als mein Laden in der Mainzer Straße in Neukölln. Dieser Laden wurde unter Club 44 schnell bekannt.

Aber nach zirka 11-12 Jahren war für mich Schluss mit lustig. Ich verkaufte alles, denn die tödliche Seuche AIDS zerstörte ab zirka 1983 fast das ganze Prostitutionsleben, denn für die meisten zahlungskräftigen älteren Männer, die mit jungen Mädels Sex erleben wollten, war der Umgang mit Kondomzwang ein großes Problem. Man war ja schon froh, im Alter überhaupt noch einen hochzubekommen, und Viagra war noch kein so richtiges Thema, zumal man Viagra anfangs nur durch ein Rezept vom Arzt bekommen konnte. Und viele, vor allem Ehemänner, trauten sich gar nicht, ihren Hausarzt oder ihre Hausärztin danach zu fragen. Viele jüngere Männer sagten, wenn sie sich Plastik über ihren Schwanz ziehen müssten, dann könnten sie ja gleich eine Plastikpuppe vögeln. Wenn ich heute als 80-Jähriger über die Zeit von zirka 1968-1983 schreibe, wo es noch kein AIDS gab und die Geschlechtskrankheiten durch Penicillin in den Griff zu bekommen waren, kann sich heute niemand so richtig vorstellen, wie ich in dieser Zeit die Prostituiertenszene erlebte. Mindestens drei ganze Zeitungsseiten einer Berliner Tageszeitung waren vollbedruckt mit Anzeigen von Bordellen, und das jeden Tag und was für Modelle (so beschrieb man in einer Zeitung Prostituierte), ob schlank oder mollig, ob jung oder alt, ihre Dienste anboten. Ich schätze, dass um die tausend Prostituierte in Westberlin ihre Dienste anboten. Das alles ist heute Schnee von gestern.

Auch Hamburg mit St. Pauli veränderte sich. Aus St. Pauli ist mehr oder weniger eine verlassene Goldgräberstadt geworden, wo nur noch Erinnerungen aufflammen, wie Türsteher vor den Bars versuchten, durch Versprechungen, was einen alles erwartet, Freier lockten. Dieses ganze St.-Paul-Flair ist vorbei. Kriminelle, die mit Drogen handelten, vor allem nicht deutsche Kriminelle eroberten jetzt St. Pauli und die ganze Szene ist nun viel brutaler geworden, bis hin zu Tötungen. Bandenkriege werden jetzt ausgetragen.

Nun aber mache ich Schluss mit dem Abgesang dieser Szene und berichte wieder über die gute Zeit, als ich meine Bordelle eröffnete und alles noch in Ordnung war.

TEIL II

★★★★★

Bordellzeit

Interessant ist nun die Frage, ob Männer, die in einen Puff gehen, eine besondere Gruppe von Männern ist, die sich unterscheiden von den Männern, die nie in einen Puff gehen. Ich werde diese Frage jetzt beantworten und dabei eine Ausnahme machen, denn ich zitiere ganz einfach einen Professor, der im Auftrag der Bundesregierung Deutschland 150 Besucher von Prostituierten befragt hat, warum sie in einen Puff gehen. In der Regel stimmen diese Befragungen alle nicht, weil ein Interviewer alle Antworten so manipulieren kann, dass am Ende seine eigene Wahrheit dabei herauskommt. Und zweitens werden die Befragten öffentlich nie die volle Wahrheit über ihr Sexualleben aussprechen. Ich, als ehemaliger Bordellbetreiber, brauche keine Männer befragen, warum sie in einen Puff gehen. Ich weiß das eben, weil ich es erlebt habe, tagtäglich. Ich muss aber ehrlicherweise zugeben, dass dieser Professor, Dieter Kleiber heißt er, eine Umfrage mit 150 Besuchern, die zu Prostituierten gehen, sehr gut recherchiert hat und ich jetzt einfach diesen Pressebericht wortwörtlich zitieren werde. Also ich zitiere: „Worüber Frauen schon lange rätseln, hat jetzt ein Berliner Psychologe wissenschaftlich untersucht. Warum gehen Männer ins Bordell? Ein Professor hat 150 Besucher von weiblichen Prostituierten befragt. Heraus kamen drei verschiedene Freiertypen."

„Der Frauenheld: Diese Kunden beschreiben sich selbst als Draufgänger, Eroberer, Casanova, Lebenskünstler, Macher oder auch als Mann der Welt. Beim Besuch im Bordell ist für sie das Wichtigste die Selbstbestätigung.

Der Pechvogel ist genau das Gegenteil: Er sieht sich als Schwächling, Versager, Verlierer. Er handelt aus der Not und holt sich für Geld bei den Liebesmädchen, was er sonst offenbar nicht kriegen kann.

Der Familienvater ist ganz bieder, vor allem Hausherr und Vaterfigur. Ein Professor von der Uni Kiel sagt, bei dieser Gruppe ist meistens das Problem, dass ihre eigenen Frauen immer Migräne haben, wenn es um Sex geht, und anderswo kommen sie nicht zu Zuge, weil sie nicht mehr attraktiv genug sind.

Weitere Gründe, denen fast alle Männer zustimmen: Ich bin mit meinem Sexleben unzufrieden, wünsche es mir häufiger und abwechslungsreicher. Viele finden Prostituierte auch attraktiver als andere Frauen. Eine Anziehungskraft, die offensichtlich immer wieder wirkt. 8 % der Befragten, also von 150 Freiern, waren über 500 Mal bei Prostituierten, und ein Drittel bis zu 100 Mal." Zitat Ende.

Ich stimme in allem dieser Studie zu.

Ich beschreibe jetzt also einige Erlebnisse mit diesen Freiern. Ich beschreibe aber auch die weibliche Sexualität, denn Prostituierte sind ganz einfach nur Frauen. Und eigentlich müssten Frauen selbst über ihre Sexualität schreiben. Dennoch ist die Beschreibung der weiblichen Sexualität aus Männersicht, aus der Sicht eines Bordellbetreibers, immerhin nicht uninteressant.

Sehr viele Männer haben Angst vor Frauen, Angst vor der weiblichen Sexualität, vor allem sogar Angst vor Prostituierten, und trotzdem ziehen Prostituierte die Männer gleichzeitig magisch an, genau wie in der Studie von Prof. Dieter Kleiber richtig beschrieben wurde. Viele Männer haben tatsächlich eine sogenannte Schwellenangst, in einen Puff einzutreten. Es gibt viele Männer, die ihren ganzen Mut zusammennehmen, um auf die Puffklingel zu drücken, um hereingelassen zu werden. Dass viele Männer vor der weiblichen Sexualität Angst haben, das war nicht immer so. Das ist auch ein neues kulturelles Phänomen. Unsere Kultur, die Gleichberechtigung fördert die männliche Angst vor der weiblichen Sexualität. Viele beruflich und finanziell gut abgesicherte Frauen sagen heute: „Ich brauche keinen Mann mehr und wenn ich mir schon einen Mann nehme, den ich nicht brauche, dann muss er mich so behandeln, wie ich das will." Was heißt, auch die weibliche Sexualität befriedigen können, ansonsten wird der Mann entsorgt.

Es gab Zeiten, es gab Kulturen, wo Männer überhaupt keine Angst vor der weiblichen Sexualität hatten. Ich denke z. B. an die früheren Eskimokulturen, da wurde kulturell eine Gastprostitution ausgelebt, da bot jeder Mann seine Frau immer einem Gast an, der seine Frau vögeln konnte. Und wenn der Gast dies aber nicht wollte, war der Mann, oder besser ausgedrückt, der Besitzer dieser Frau, auch noch beleidigt. Eifersucht erlebten z. B. diese Männer überhaupt nicht. Das lag daran, dass die eigene Frau sowieso nicht abhauen konnte, denn sie war der Besitz eines Mannes, genau wie sein Boot es war. Allerdings kam es vor, dass ein Gast die Frau sich auf den Buckel schnallen wollte und sie klauen wollte. Dann allerdings kämpfte der Besitzer der Frau, um sein Eigentum wiederzubekommen. Und im 15. Jahrhundert hatte man weibliche Orgasmen, wenn sie sich lautstark äußerten, als hysterische Krise bezeichnet. Aber aufgepasst, heute noch im Jahre 2022 gibt es Kulturen, wo Zwangsverheiratungen stattfinden. Da hat kein Mann Angst vor der weiblichen Sexualität. Da finden kulturell sogar Vergewaltigungen statt. Angst vor der weiblichen Sexualität haben vor allem Männer, die glauben, dass ihr Penis zu klein ist, oder weil sie zu schnell orgasmuserlebend werden. Auf alle Fälle stehen Männer heute in unserer Kultur viel mehr unter sexuellem Erfolgsdruck, es der Frau richtig besorgen zu können, als früher.

Es gibt aber genauso viele Männer mit großem Selbstvertrauen, mit großem Selbstbewusstsein, die an der Tür eines Bordells klingeln, das von der Straße her begangen werden kann, und es stört sie nicht, wenn man vielleicht von Bekannten gesehen wird. Aber ein Ladenbordell ist auch durch einen Hauseingang, durch einen Seiteneingang, begehbar. Den nutzen die Freier, die nicht wollen, dass man sie sieht. Es könnte ja sein, dass Bekannte sie sehen und denken, der muss in einen Puff gehen, weil er sonst keine Frau findet.

Als ich nun selbst einmal durch einen Hausflur, durch einen Seiteneingang, meinen Laden begehen wollte, lief vor mir ein Typ, der eigentlich in meinen Club wollte, sich aber nicht traute, zu klingeln, weil ich das ja mitbekommen hätte und er nun die Treppen rauflief und man annehmen konnte, er besuche einen Mieter. Ich hinterher und im 4. Stock, wo es nicht mehr weiterging, sagte ich zu ihm, kannst jetzt wieder runterlaufen. Das fand er gar nicht wo witzig und betrat erst gar nicht meinen Club. Diese Sorte von Männern wollen sowieso am liebsten gar nicht in einem Puff von anderen Gästen gesehen werden und gleich aufs Zimmer gehen und da warten, bis sich alle Mädels vorgestellt haben und sie sich entscheiden können.

Man muss dazu sagen, dass in diesen Zeiten, also vor AIDS, mehrheitlich vor allem in den Wohnstubenpuffs, ohne Kondom Sex ausgelebt wurde. Das erlebte man nicht derartig bei den professionellen Straßenprostituierten.

Es gibt nun wirklich viele Männer, die sich durch Prostituierte angezogen fühlen und gleichzeitig Angst haben, zu versagen. Aber gerade bei Prostituierten brauchen Männer eigentlich keine Versagensängste erleben, denn sie bezahlen doch nicht dafür, dass auch die Mädels orgasmuserlebend werden, sondern nur sie selbst als zahlender Gast sollen das. Tatsache ist, dass ausgerechnet die Freier mit einem eher sehr kleinen Penis und kurzer Ausdauer für die Mädels die liebsten Freier sind. Das ist leicht verdientes Geld. Prostituierte wollen doch nicht am Tag von 10 Freiern mit Riesenschwanz und langer Ausdauer durchgevögelt werden und dann vielleicht am Ende ihrer Schicht mit dem Notarztwagen nach Hause gefahren werden. Die allerwenigsten Mädels gehen in die Prostitution, weil sie das Angenehme mit dem Nützlichen verbinden wollen. Natürlich gibt es das, aber auf keinen Fall mehrheitlich. Fakt ist, dass Prostituierte, die Geld verdienen wollen, keine männliche Leistungskraft, wie z.B. Ausdauer, wünschenswert finden, in ihrer Arbeitszeit zumindest nicht, und deshalb während ihrer Tätigkeit ihren Freiern einen Orgasmus vortäuschen, damit dieser schneller fertig wird und sich nicht so viel Mühe geben muss. Denn es gibt viele Männer, auch die ältesten und die hässlichsten, die glauben, eine hübsche junge Prostituierte orgasmuserlebend machen zu können.

Ich möchte nun ein sehr diskutierbares Erlebnis beschreiben: Ein Mann betrat meinen Club. Er wollte mit einem Mädel aufs Zimmer. Aber er fragte erst einmal alle Mädels, ob überhaupt eine mit ihm aufs Zimmer gehen wolle, denn er habe ein Problem. Er habe einen Riesenschwanz. Daraufhin forderten die Mädels den Typen auf, erst einmal zusammen aufs Zimmer zu gehen. Eine Braut sagte nun: „Hol doch mal dein Gerät raus, lass mal sehen." Und der Typ holte seinen Schwanz raus und die Braut, die ihn dazu aufgefordert hatte, befühlte das Ungetüm, das wuchs und wuchs und nicht aufhörte, zu wachsen. Und sie sagte dann: „Mit mir nicht." Aber ich hatte ein Mädel, das eher unattraktiv aussah, selten ein Mann mit ihr aufs Zimmer ging, die auch nur in einem Puff Kohle machen wollte, um ihre Schulden zu bezahlen. Der Typ sagte, er bezahle das Doppelte, was verlangt werde. Also ging dieses Mädel mit dem Riesenschwanz aufs Zimmer. Anschließend kam sie ziemlich zerstört raus mit dem Gast, der sogar das Dreifache bezahlte und sich sehr bedankte. Dann verabschiedete sich der Gast. Anschließend löste diese Situation eine heftige Diskussion aus zwischen den Mädels und einige Gästen, die anwesend waren. Es ging jetzt um die Frage, war das eine vereinbarte Vergewaltigung aus finanziellen Gründen? Denn obwohl der Gast sehr vorsichtig vorging, erlitt dieses Mädel Schmerzen, die sie nie erleben wollte. Sie sagte, sie sei zu diesem Deal gedrängt worden durch ihre Schulden. Fakt war, es gab keine Einigung darüber, ob das eine vereinbarte Vergewaltigung gewesen war. Diese Frage blieb offen. Nun könnt ihr Leser und Leserinnen darüber diskutieren. Noch einmal, obwohl der überaus nette Gast beim Sex dem Mädel Schmerzen bereitete, und er das wusste, erlebte er in diesem Moment völlig unbeeindruckt sein sexuelles Lusttriebgefühl. Das ist das Groteske an dieser Situation.

Fakt ist einmal mehr, es gibt genauso viele Männer, die sich männlich erleben, wenn sie durch eine Prostituierte nur ihre eigene sexuelle Lust ausleben, natürlich ausgelöst durch einen attraktiven sexuell erregenden weiblichen Körper. So erleben sich meiner Meinung nach die meisten Männer, die Prostituierte besuchen. So erlebe ich mich ja auch. Ich muss heute noch, wo ich dieses Buch schreibe, lächeln, wenn ich an folgendes Erlebnis denke:

Eines Tages geht ein Freier mit einem Mädel aufs Zimmer, und wie üblich wollte das Mädel dem Gast einen Orgasmus vorjaulen. Da sagte der Typ plötzlich, sie solle ihre Schnauze halten und nicht solch einen Krach machen, er wolle in Ruhe seinen Orgasmus erleben, dafür bezahle er. Die Braut war danach völlig zerstört. Ich kann aus langjähriger Bordellzeit nicht feststellen, dass es irgendeine mehrheitliche sexuelle Besonderheit gab. Man kann sagen, nichts war unmöglich. Toyota. Es gab die unmöglichsten Situationen.

Ich möchte jetzt ein eher witziges Erlebnis beschreiben, das ich durch einen Gast erlebte. Eines schönen Tages unterhielt ich mich in meinem Aufenthaltsraum, man könnte es eigentlich auch als Kontaktraum beschreiben, mit einigen Gästen und Mädels, als ein ziemlich unscheinbarer Typ in aller Ruhe sagte, ihm täusche keine Frau einen gewaltigen Orgasmus vor. Er wisse immer, was wahr oder unwahr sei. Wir mussten nun alle eher lachen, nur der Typ nicht. Wir wussten, das mit der Orgasmusvortäuschung funktioniert ganz gut. Da sagte der Typ ganz cool: „Wir können ja um 50 DM wetten, dann brauche ich heute nicht bezahlen, wenn ich aufs Zimmer gehe." Ich fragte den Typen: „Wie willst du mir das denn beweisen, ob Orgasmus oder nicht Orgasmus?" Er antwortete ganz cool: „Ich erkläre dir das ganz einfach nur und du entscheidest." Natürlich waren wir alle gespannt und ich besiegelte die Wette mit einem Handschlag. Er sagte nun: „Wenn eine Frau einen gewaltigen Orgasmus erlebt, geht das einher mit einer verstärkten Herztätigkeit. Ich brauche also nur meine Hand auf ihre Herzstelle legen, und wenn ich nichts spüre, dann hat die Braut einen Orgasmus vorgetäuscht." Fakt war, wir waren alle sprachlos, mussten aber zugeben, dass dieser Gast Recht hatte. Also Wette verloren. Daraufhin suchte er sich ein Mädel aus, mit dem er aufs Zimmer ging und sagte zugleich: „Du weißt, jaule mir gar keinen Orgasmus vor." Wieder mussten wir alle lachen.

Am drolligsten fand ich es immer, wenn Mädels sagten: „Das ist ein Stammgast von mir, der geht mit keiner anderen aufs Zimmer." Fakt ist nun Folgendes: Ein Gast kam in mein Bordell, egal, wie man ein Bordell jetzt nennen will. Man kann ein Bordell auch Puff oder Club nennen, egal. Und dieser Gast fragte nach einer ganz bestimmten Braut, mit der er sonst immer in meinem Club aufs Zimmer ging. Diese Braut war an diesem Tag aber nicht da und er ging wieder. Die Braut, zu der er wollte, sagte am anderen Tag: „Nun, das ist ein Stammgast von mir, der geht mit keiner anderen aufs Zimmer." Das ist natürlich Blödsinn, welcher Freier bleibt denn einer Prostituierten treu, wenn schon Ehemänner nicht treu sind ihren Frauen gegenüber? Männer erleben sich nun mal mehrheitlich sexuell anders als Frauen. Dafür verantwortlich ist der anteilsmäßig unterschiedliche Hormonstatus. Wie gesagt, dieser Gast verließ meinen Club. Aber ich lief ihm nun nach. Ich ahnte, was Sache war. Es gab ganz in der Nähe noch einen anderen Puff und in den ging er. Da hatte er wieder eine Braut, mit der er allein aufs Zimmer ging und mit allen anderen nicht. Der Vorteil, den dieser Freier sogar meist erfolgreich dadurch erlebte, bestand darin, dass ihn seine Stammbräute besonders gut behandelten, besser jedenfalls als die anderen Freier.

Im Übrigen sagten mir die Mädels, die schwierigsten Freier seien die, bei denen man tatsächlich sexuell etwas empfinde, denn das gebe es natürlich auch. Wenn Prostituierte sagen, ihr Job sei ein Job wie jeder andere, ohne Gefühlserlebung, dann ist das nur ein Selbstschutz, damit ihre eigenen Typen, die zuhause sitzen, nicht eifersüchtig werden. Mir sagten die Mädels, wenn ihre eigenen Typen wüssten, was manchmal bei ihrem Job so abgehe, dann würden sie durchdrehen. Auf jeden Fall wollen die Freier, bei denen die Mädels etwas empfinden, was natürlich nicht die

Regel ist, das ist klar, alle eine Sonderbehandlung erleben. Am liebsten wollen sie gar nicht mehr zahlen. Ein Mädel aus einem anderen Puff, aus einem Sexkino, erzählte mir Folgendes: Es kam ein junger Mann ins Kino, sah sich einen Film an und ging dann mit ihr aufs Zimmer. Dabei bekam sie selbst eine sexuelle Lust, was der Typ nicht mitbekam. Jedenfalls wurde er eher schnell orgasmuserlebend, zog sich an, aber verließ noch nicht das Kino. Er sah sich weitere Filme an. Nun sprach die Braut diesen jungen Mann noch einmal an, ob er nicht erneut mit ihr aufs Zimmer gehen wolle. Antwort: ja, würde er wollen, aber er habe kein Geld mehr. Daraufhin nahm die Braut den Typen mit aufs Zimmer, ohne dass er dafür bezahlen musste. Und dann erlebte auch sie ihre sexuelle Befriedigung. Am anderen Tag war der junge Mann wieder da und wollte mit ihr aufs Zimmer und sie sagte, es koste nun 50 DM. Bezahlen, das wollte der junge Mann nicht mehr. Er konnte es nicht fassen, dass sie heute keine Lust auf Sex hatte und er bezahlen sollte. Wutentbrannt verließ er das Kino und kam nie wieder. Für Sex mit dieser Braut, wo er eine Leistung erbracht hatte, wollte er nicht mehr bezahlen. Er war jetzt in seiner männlichen Geschlechtsehre verletzt worden.

Ich will diesbezüglich ein weiteres Erlebnis beschreiben, dieses Mal erlebt in meinem Club. Ich hatte einmal eine Braut, man könnte sagen, das war ein Starmodell, die viele Gäste hatte und sie wurde nie bei einem ihrer Gäste orgasmuserlebend und täuschte nie einen Orgasmus vor. Diese Prostituierte behandelte ihre Gäste alle gemeinsam so, als wären sie ihre Freunde. Man hatte den Eindruck, sie vögele aus Freundschaft mit ihren Gästen – und dabei sah sie aus wie ein Filmstar. Ich hatte nun meistens meinen Club am Sonntag zu und bot ihr an, an diesem Tag dürfe sie alleine im Club nur ihre Gäste bedienen, für alle anderen Gäste war geschlossen. Das funktionierte recht gut. Die Gäste warteten geduldig im Kontaktraum und spielten unter anderem Karten. Und dann kam der Tag, an dem schlagartig alles vorbei war. Die Gäste, die geduldig im Aufenthaltsraum warteten, trauten ihren Ohren nicht. Plötzlich hörten sie einen Aufschrei, so als wäre gerade ein Kalb abgestochen worden. Die Braut war bei einem ihrer Gäste orgasmuserlebend geworden. Die Folge war, am nächsten Sonntag kam keiner ihrer Gäste mehr, außer der Typ, bei dem sie orgasmuserlebend geworden war.

Tage später traf ich auf der Straße einen von ihren ehemaligen Gästen und fragte ihn, warum er nicht mehr komme. Herumdrucksend antwortete mir der Typ nun: „Entweder waren wir alle nicht leistungsstark genug gewesen, um die Braut auch orgasmuserlebend zu machen, oder sie wollte durch uns andere nicht orgasmuserlebend werden. Und das verletzt bei uns wartenden Männern die männliche Geschlechtsehre. Die Braut behandelt uns nicht mehr alle gleich."

Da muss man schon staunen, was ein einziger weiblicher Orgasmus auslösen kann.

Es ergibt sich die Frage, gibt es eine weibliche Geschlechtsehre? Ich sage, ja, die gibt es natürlich. Dabei stellen wir uns doch mal folgende Situation vor: Eine Ehefrau geht fremd, dann wird der Ehemann, wenn alles rausgekommen ist, bestimmt irgendwann mal die Frage stellen: Und, wie war er denn? Hat er es dir gut besorgt? Das heißt, der gehörnte Ehemann fragt nach der Leistung seines Nebenbuhlers. Er fragt weniger, wie sein Nebenbuhler aussieht. Dazu passt nun folgender Pressebericht. Ich zitiere: „Betrogener Ehemann erstach Nebenbuhler. Sein Nebenbuhler sagte: ‚Du Weichei. Ich bin der bessere Liebhaber deiner Frau.' Daraufhin nahm der gehörnte Ehemann ein Messer und erstach seinen Nebenbuhler."

Erwischt die Ehefrau ihren Mann, der fremdgegangen ist, fragt die Ehefrau, ob ihre Nebenbuhlerin jünger ist, ob sie schlanker ist, also ob sie eine bessere Figur hat, ob sie größere Titten hat. Sie weiß, dass ihr Ehemann solche Dinger gerne anfasst. Ich will sagen, sie fragt eher nach dem Aussehen ihrer Nebenbuhlerin als nach einer Leistung. Denn Leistung beim Sex kann nur ein

Mann leisten, die Frau genießt nur die männliche Leistung. Die betrogene Ehefrau weiß ganz genau, dass nur das Aussehen einer anderen Frau, vielleicht auch eine vermehrte Willigkeit zum Sex, für ihren Mann gefährlich wird. Noch deutlicher erkennbar wird das in einem Puff, wo die Mädels nur mit ihrem Aussehen gegenseitig konkurrieren, wo Mädels als Beispiel sagen „der Freier steht auf mich, weil ich so große Titten habe" oder „der Freier steht nur auf schlanke Mädels".

Fakt ist, dass der Status einer Frau, der Erfolg einer Frau, selbst wenn sie die Kaiserin von China wäre, dies einen Mann überhaupt nicht sexuell inspiriert, wie es aber umgekehrt der Fall ist. Selbst eine gut gewachsene, junge, drogenabhängige Frau, die nicht mal ihren Namen richtig schreiben kann, reizt einen Mann sexuell viel mehr. Ich zitiere einmal, was die Presse schreibt: „Männer und Frauen betonen stets, dass sie einen Partner wollen, der genau so intelligent und schön ist. Das ist alles Quatsch. Laut einer aktuellen Studie sind die Kriterien die gleichen wie in der Steinzeit. Männer legen bei Frauen Wert auf gutes Aussehen. Frauen achten bei Männern auf ihren Status."

Ich möchte noch einmal darauf hinweisen, auch ein Frauenheld erlebt einen Status, der Frauen anzieht. Diese Heldenhaftigkeit bezieht sich aber nur darauf, dass der Mann ein guter Liebhaber ist, was nicht gleichzusetzen ist mit Männlichkeit. Männlich erlebt sich der Mann, wie ich es schon einmal beschrieben habe, wenn er einen steifen Penis bekommt, in die Frau eindringt und in ihr orgasmuserlebend wird. Ein guter Liebhaber braucht er deshalb lange nicht zu sein.

Fakt ist, genau wie jeder Mann einer Frau widersprechen müsste, wenn sie sagt, dass man kein richtiger Mann sei, wenn man ihre Sexualität nicht richtig befriedigen könne, genauso müsste eine nicht orgasmuserlebende Frau den Männern, die meinten, dass eine nicht orgasmuserlebende Frau keine richtige Frau sei, antworten, dass sie sehr wohl eine richtige Frau sei, denn sie brauche zur Fortpflanzung neuen Lebens keinen Orgasmus. Sie müsste dem Mann eher vorwerfen, kein richtiger Mann zu sein, weil er kein Selbstwertgefühl erlebe, nicht selbst wisse, ob er ein richtiger Mann sei, und ständig die Bestätigung einer Frau brauche.

★★★★★

Ich komme zu etwas anderem. Dass ich selbst zu den mehrheitlichen Männern gehöre, die sich am stärksten sexuell erregen beim Anblick einer Frau von hinten in entsprechender Stellung, dürfte kein Geheimnis mehr sein. Ich werde jetzt ein Erlebnis beschreiben, was letztendlich dazu führte, dass ich auch mit älteren bis ganz alten Frauen, bis über 90-Jährigen, Sex erleben kann und will, was meine überwiegenden Freunde nicht verstehen, weil sie ganz einfach keine Erfahrungen mit älteren Frauen haben und erleben wollen. Oder weil sie sich durch etwas ganz anderes an einer Frau sexuell erregen als nur das Anstarren von hinten in gebückter Stellung. Vielleicht erregen sich viele Männer durch Frauen sexuell, wenn Frauen mit den Augenwimpern klimpern, da stößt ein altes Gesicht wirklich ab. In der Sexualität gibt es eben nichts, was es nicht gibt. Wenn man erfolgreich ein Bordell betreiben will, muss man den Gästen nach gewisser Zeit neue Mädels vorzeigen. Und neue Mädels bekommt man ganz einfach, wenn man in der Tageszeitung eine Anzeige aufgibt, wie z. B. diese: „Suche drei schlanke oder mollige Modelle." So einfach war das immer. Und wie schon einmal angemerkt, hatte ich sonntags meist geschlossen, war aber selbst fast immer anwesend, weil ständig etwas zu reparieren war. Ich hatte nun inseriert und ausgerechnet am Sonntag bekam ich einen Anruf von einer Frau, die meine Anzeige gelesen hatte, ganz in der Nähe wohnte und fragte, ob sie einmal vorbekommen könne, um sich vorzustellen. Ich willigte ein.

Bald darauf klingelte es, ich öffnete die Tür und glaubte in diesem Moment, mir fällt mein Fuß ab. Vor mir stand eine Frau, ich schätzte sie auf zirka 70 Jahre. Immerhin war sie eher groß und schien schlank zu sein. Mir war natürlich klar, das geht gar nicht. Diese Frau könnte ich niemals meinen Gästen vorzeigen, denn wer bezahlte für Sex mit solch einer alten Frau?

Noch einmal: Ich weiß zwar, dass es nichts gibt, was es nicht gibt, was die Sexualität anbelangt. Ich bin der beste Beweis, aber es könnten eher mehrere Tage vergehen, ehe jemand ein sexuelles Interesse an solch einer Frau hat und dafür bezahlt. Dennoch interessierte mich diese Frau. Dabei hatte ich sie schon längst hereingebeten und vorgeschlagen, dass ich erst einmal Kaffee koche und wir uns unterhalten. Gesagt, getan. Ich fragte sie, wo und wann sie denn mal in diesem Gewerbe tätig gewesen war? Sie antwortete, dass sie noch nie in diesem Gewerbe tätig gewesen war. Aber sie wolle ihre Rente aufbessern, denn sie sei topfit und wolle noch viel unternehmen. Und sie sei auf die Idee gekommen, sich etwas zu verdienen, als sie einmal per Zufall durch die Kurfürstenstraße in Tiergarten habe laufen müssen und da eine Frau stehen gesehen habe. Sie sei ungefähr in ihrem Alter gewesen, habe angeschafft und sich dabei gedacht, wenn es Männer gebe, die für Sex mit dieser Frau bezahlen, dann habe auch sie noch eine Chance. Nur auf der Straße herumlaufen wolle sie nicht. Ich musste zugeben, das war nachvollziehbar. Aber auf der Straße irgendwo zu stehen, weit ab von den eher jüngeren Mädels, sozusagen als Einzelgängerin, ist schon eine ganz andere Hausnummer, als in einem Bordell tätig zu sein. Ich fragte sie nach ihrem tatsächlichen Alter und völlig selbstbewusst antwortete sie, dass sie 74 Jahre alt ist. Auf jeden Fall passte diese Frau nicht in meinen Club. Man weiß ja eigentlich als Mann, wie solche Frauen in diesem Alter völlig unbekleidet aussehen durch Saunabesuche oder FKK-Strände. Allerdings erlebt man diese Frauen nicht in meiner Lieblingsstellung. Das will wohl niemand sehen, wenn man schon im Stehen oder Laufen diesen nicht mehr straffen Hintern ansieht. Aber genau das wollte ich jetzt einmal. Denn diese Chance, eine 74-Jährige Frau zu bitten, dass sie sich mal nach vorne bückt auf Knien und ich mal ihre Vagina in der Stellung ansehen kann, diese Chance hat man wohl nicht alle Tage. Ich habe ja noch nicht einmal alles beschrieben, was Wissenschaftler herausgefunden haben, wenn Männer die Geschlechtsteile einer Frau anstarren. So schreibt ein Wissenschaftler zum Thema biologische Wurzeln im Sexualverhalten der Menschen Folgendes, ich zitiere wieder nur aus dem Zusammenhang: „Das Präsentieren der Vulva (weibliches Geschlechtsorgan) in der Öffentlichkeit ist tabuisiert, heißt, verboten, denn es hat Aufforderungscharakter." Zitat Ende. Das heißt ganz klar, wer das weibliche Geschlechtsorgan voll anstarrt, wird erregt und aufgefordert, in das Geschlechtsorgan einzudringen.

Und ich wollte jetzt einfach mal wissen, ob mich beim Anstarren einer 74 Jahre alten Vagina, die zwischen faltigen Arschbacken saß, sie mich zum Sex aufforderte.

„Kein Aufforderungscharakter und nicht identisch ist es zum Beispiel, wenn es um das Nacktbaden bei Völkern geht oder um den ungezwungenen Umgang mit Nacktheit in der Familie und den Freikörperkulturen, weil die äußeren weiblichen Geschlechtsorgane beim Menschen im Stehen und Sitzen nicht sichtbar sind, weil beim Menschen durch die Evolution, durch die Menschheitsgeschichte, durch das Aufrechtgehen, durch die Kippung des Beckens nach vorne, weiter das Geschlechtsorgan bauchwärts zwischen die Beine gedrückt wird. Dagegen ist die weibliche Afterregion bei den Schimpansen, also unseren Artverwandten, unbehaart und immer sichtbar."

Das heißt, sie senden ein Aufforderungsgefühl zum Geschlechtsverkehr. Das heißt, wenn ich eine Frau von hinten, die sich nach vorne beugt, anstarre, errege ich mich immer und fühle mich immer zum Sex aufgefordert. Die alles entscheidende Frage heißt nun, noch einmal gefragt, erlebe ich ein Aufforderungsgefühl, wenn ich bei dieser alten Frau von hinten in gebückter Stellung ihr Geschlechtsorgan voll anstarre? Ich machte der Frau folgenden Vorschlag. Ich bot ihr 50 DM an, wenn sie mit mir jetzt aufs Zimmer geht und mich wie einen Freier bedient. Sie war einverstanden. Auch ich bezahlte im Voraus. Sie konnte die 50 DM behalten. Wir gingen nun aufs Zimmer, zogen uns beide aus und ich bekam den Körper einer 74-Jährigen zu sehen, wie man ihn, wie schon gesagt, durch Saunen und FKK-Stränden zu sehen bekommt. Was heißt, dieser Körper sah eben nicht mehr straff und faltenlos aus, aber immerhin war sie schlank und hatte sogar Taille. Ich sagte nun zu ihr: „Drehe dich um, knie dich auf die Liege, bücke dich nach vorne und stütze dich auf deinen Ellbogen beziehungsweise Unterarmen ab." Das tat sie dann auch, immerhin war sie sehr fit. Und was ich jetzt nun zu sehen bekam, veränderte meine ganze sexuelle Einstellung in meinem mir noch zur Verfügung stehenden Leben gegenüber älteren bis ganz alten Frauen. Denn durch diese gebückte Stellung, wo diese Frau mir ihren Hintern regelrecht entgegenstreckte, wurde der Hintern prall und faltenlos. Bei dieser Stellung spannten sich die ganzen Falten weg und ihre Vagina sah genauso auffordernd aus wie die von einer vierzigjährigen Frau oder noch jüngeren Frau. Mir schien es, als wenn eine Vagina überhaupt nicht altert. Ich hatte tatsächlich den Eindruck gewonnen, dass alles um die Vagina herum, also der ganze übrige Körper, einschließlich des Gesichtes, altert, nur nicht die Vagina. Auf jeden Fall erlebte ich eine sexuelle Erregung. Ich fühlte mich aufgefordert, in diese 74 Jahre alte Vagina einzudringen und erlebte ein wunderschönes geiles Gefühl und wurde natürlich auch orgasmuserlebend. Das hätte ich nie im Traum gedacht, bevor diese Frau an meiner Tür geklingelt hatte, um sich vorzustellen.

Anschließend bewegten wir uns wieder zur von Angesicht-zu-Angesicht-Stellung, wobei wir uns beide gegenseitig befühlten. Und wenn ich meine Augen geschlossen hätte, dann hätte ich glauben können, dass eine 20-Jährige tätig wäre. Auch oral wusste sie genau, was einen Mann erregt. Ich war ganz einfach restlos begeistert. Dennoch war es unmöglich, diese Frau meinen Gästen anzubieten, weil eben sehr viele Männer sich nicht nur durch diese Stellung von hinten sexuell erregen und auf ganz andere Körperteile fixiert sind, wobei dann meist das alte Gesicht doch störend wirken kann. Ich versuchte, ihr das so weit wie möglich beziehungsweise so gut wie möglich zu erklären und machte ihr gleichzeitig einen anderen Vorschlag. Ich bot ihr an, einmal in der Woche zu ihr zu kommen, mit ihr Sex zu erleben und sie dafür sehr gut zu bezahlen, womit sie ihre Rente im Monat gut aufstocken könnte. Natürlich könne sie immer auch versuchen, anderswo anzuschaffen. Mein Vorschlag gefiel ihr. Ich gebe zu, wir waren uns beide sehr sympathisch. Doch ich unternahm noch ein Experiment mit dieser 74-jährigen Frau. Ich ließ sie in meinen Club kommen, völlig unbemerkt von den Gästen und führte sie sofort in eines meiner Zimmer. Ich bat sie, sich noch einmal zu bücken auf der Liege, auf den Unterarmen stützend, dann deckte ich ihren Körper mit einem Tuch so ab, dass nur noch ihr Unterkörper sichtbar war. Zuvor zog ich ihr noch schwarze halterlose Strümpfe an, weil lediglich die Oberschenkel von hinterer Ansicht zu den Kniekehlen hin etwas faltiger wurden, was den Gesamtanblick zwar nicht zerstörte, dennoch auf eine ältere Frau schließen ließ. Durch die dunklen Strümpfe war das also nicht mehr sichtbar. Ich holte vier Gäste aus meinem Kontaktraum und bat sie, das Alter dieser Frau zu schätzen. Und wer dem Alter der Frau am nächsten kam, dem bezahlte ich jetzt ein Mädel aus meinem Club. Tatsächlich schätzten die vier Männer diese Frau zwischen 38 Jahre und 48 Jahre alt ein und waren vollkommen geplättet, als ich sie dann abdeckte und alle mitbekamen, wie sehr sie sich verschätzt hatten. Einer sagte nun, wenn man so eine alte Frau auf der Straße sieht, womöglich noch mit einem Rollator, würde sich niemand vorstellen können, dass sie noch sexuell erregend aussieht. Und der Gast, der nun dem Alter der Frau am nächsten war, ging sogar mit dieser Frau aufs Zimmer und war anschließend begeistert.

Ich habe diese Frau zwei Jahre lang besucht. Wir haben öfter mal kleinere Ausflüge unternommen und sind essen gegangen. Ich erlebte mit ihr eine völlig unkomplizierte Zeit. Dann erkrankte sie an Bauchspeicheldrüsenkrebs und verstarb jämmerlich. Ich hatte lange Zeit zu tun, um diese Frau aus meinem Kopf einigermaßen herauszubekommen. Ich denke heute noch sehr oft an sie.

Ich hatte nun eigentlich ein gutes Gespür dafür, wie ich mit den Mädels, die bei mir arbeiteten, umzugehen habe. Ich war guter Freund und blieb gleichzeitig Respektsperson. Gelegentlich musste man Entscheidungen treffen, die erkennen lassen, wie weit die Mädels gehen können, denn Gutmütigkeit wird meistens ausgenutzt. Auf alle Fälle darf man als Bordellbetreiber niemals den Eindruck vermitteln, dass man den Mädels vertraut, dann fangen sie an, einen zu bescheißen. Dennoch führten wir sehr offene Gespräche. So kam es dazu, dass mir die Mädels folgende Frage stellten, die ich noch heute nicht überzeugend beantworten kann. Selbst Wissenschaftlern würde dies schwerfallen. Die Mädels fragten mich: „Achim, wie kommt es eigentlich, dass ihr Männer euch so stark sexuell erregt, vor allem, wenn ihr voll unser Geschlechtsteil, unsere Vagina, anstarrt, die wir durch bestimmte Körperstellungen euch so richtig anpreisen?" Die Mädels sagten gleichzeitig, sie verstünden das deshalb nicht, weil sie sich niemals so sexuell erregten, wenn sich ein Mann in allen Stellungen verbiege. Sie fragten mich noch einmal: „Was ist so sexuell erregend an unserer Vagina?" Ich konnte diese Frage einfach nicht beantworten. „Ich weiß das nicht, das ist einfach so", antwortete ich nur. Und mir fiel wieder Sigmund Freud ein, der ja schon 1904–1905 schrieb, dass der Anblick der Genitalien die stärkste sexuelle Erregung hervorrufe, obwohl man die Genitalien nicht als schön empfinden könne. Wenn Sigmund Freud vom Anblick der Genitalien schreibt, meint er eigentlich nicht nur den Anblick der weiblichen Genitalien, aber ich wusste damals nicht, dass Sigmund Freud auch homosexuell gewesen war.

Ich hatte das Glück, den weltbekannten Psychoanalytiker Professor H. J. Eysenck, der mehr als zwanzig viel diskutierte Bücher geschrieben hat, während meiner damaligen Bordellzeit kennenzulernen. Professor Eysenck war an dem Institute of Psychiatry OE Crespigny Park in London SE 5 tätig. Ich hatte ihm einmal einige Erfahrungen aus der Prostitution zugesandt, die er sehr interessant und glaubwürdig fand und ich ihm nun behilflich sein sollte bei einem neuen Buch, das er über die Prostitution schreiben wollte. Professor Eysenck kannte selbst das Phänomen, dass sich ein Mann schnell und eher anfänglich aggressiv erregt beim Anschauen weiblicher Geschlechtsorgane, so wie es schon Sigmund Freud um das Jahr 1904 beschrieben hatte.

Professor Eysenck glaubt nun, dass Männer eine eher anfängliche aggressive Sexualität erleben, nicht so aber die Frauen. Professor Eysenck glaubt, dass es wahrscheinlich daran liegt, dass sich beim Mann seine Geschlechtshormone schneller und aggressiver aufbauen als bei einer Frau. Aber 100% klären konnte Professor Eysenck diese Frage nicht. Professor Eysenck sagte sinngemäß, eine Frau wird meistens erst dann sexuell erregt, wenn ein guter Liebhaber einen guten sexuellen Anfang mit einer Frau hinbekommt. Bis dahin können Frauen jederzeit aussteigen aus einem Sexerlebnis, bevor es richtig angefangen hat, weil sie eben noch nicht so erregt sind. Selbst ein schmutziger Fleck auf der Unterhose ihres erwartungsvollen Liebhabers, auf den sie natürlich neugierig ist, kann eine Frau so abstoßen, dass sie aufsteht und wegrennt. Aber wehe dem, der erwartungsvolle Liebhaber hält, was er verspricht, dann kann eine Frau so sehr sexuell erregt werden, dass sie von einem Orgasmus in den anderen fällt und sich so lautstark erlebt, dass die Nachbarn glauben, ein neuer Krieg ist ausgebrochen. Eine Frau kann so willenlos werden, dass sie nicht aufhören will, sich zu erleben, was plötzlich den Mann überfordern kann. Ein Mann könnte sich so willenlos niemals erleben, er wäre funktionsunfähig. Professor Eysenck sagt, ein Mann kommt am Anfang gewaltig, wird dann langsamer und eine Frau kommt am Anfang langsam und wird dann gewaltig.

Das, was ich eben beschrieben habe, gilt mehrheitlich, nicht jedoch im Einzelnen. Aber wenn wir von männlicher und weiblicher Sexualität sprechen, können wir nur immer von einer Mehrheitlichkeit, einer männlichen Mehrheitlichkeit und mehrheitlicher weiblicher Sexualität sprechen.

Ich erlebte Professor Eysenck um das Jahr 1976 und erst zirka 35 Jahre später konnte ich mehr zu dieser Frage, warum sich Männer so schnell sexuell erregen beim Anblick weiblicher Geschlechtsorgane, was sagen, wenn man einen wissenschaftlichen Vergleich mit Ratten anerkennt, aber keine Aussage erhält über die weibliche Ratte.

Ich lese in der Presse, ich zitiere jetzt völlig aus dem Zusammenhang: „Im Gehirn, im Hypothalamus, dem vegetativen Steuerungszentrum und Lustzentrum Nucleus Accumbens, geht sexuelle Erregung mit einem Anstieg der Glücksdroge Dopamin einher. In der Gegenwart einer paarungswilligen weiblichen Ratte etwa klettert der Dopamin-Spiegel des Männchens um 90%. Bei der anschließenden Kopulation werden noch einmal zehn Prozent zugelegt. Bei allen Spezies, die daraufhin untersucht wurden, hemmt der wiederholte Koitus (Geschlechtsverkehr) mit dem gleichen Weibchen den sexuellen Appetit des Männchens. Doch die Präsentation einer frischen Sexualpartnerin bringt schlagartig die eingeschlafene Libido auf Trab. Neurobiologische Experimente haben gezeigt, dass die wiederholte Paarung mit dem gleichen Weibchen den Dopamin-Spiegel des Männchens in den Keller treibt." Zitat Ende. So viel zum Rattenexperiment.

Es ist schon bedauerlich, wenn man in der Jugend sofort einen sexuell erregenden Rausch im Kopf bekommt, wenn man sich ein weibliches Geschlechtsorgan angesehen hat und wenn man sich im Alter das gleiche schöne Geschlechtsorgan ansieht, nun keine sexuelle Erregung mehr erlebt und alles so sexuell erregend geworden ist, als würde in China gerade ein Sack Reis umfallen.

Ich möchte an dieser Stelle dennoch von einer gewissen mehrheitlich erlebten sexuellen männlichen Begehrlichkeit schreiben, die ich trotz aller Verschiedenheit erkennen konnte. Ich habe beobachtet, dass bevorzugt die Stellungen der Mädels von hinten von Männern begehrt wurden. Die Frage heißt, gibt es dafür einen biologisch-instinktiven Grund?

Ich zitiere einmal die Siegerin Miss Po International, Angela Dawson, 23 Jahre alt. Sie sagte: „Ich habe überhaupt nichts dagegen, dass meine Formen bewundert werden, aber ich finde es irgendwie pervers, dass Männer bei einer Party am liebsten hinter mir stehen. Sie kann es immer noch nicht fassen, dass sie mit ihrem Allerwertesten beim starken Geschlecht mehr Aufsehen erregt als mit ihrem anmutigen Gesicht und ihrem wohlgeformten Busen." Die Frage stellt sich nun, was überhaupt finden Männer am weiblichen Hintern so erregend?

Darauf antworten Wissenschaftler, ich zitiere: „Die Vorliebe des starken Geschlechts für die hinteren Rundungen der Frau geht auf vorgeschichtliche Zeit zurück. Unsere Vorfahren, die vor acht Millionen Jahren lebten, liefen noch auf allen Vieren herum und in dieser Stellung war der Blick des Mannes, der einer Frau folgte, naturgemäß auf ihren Po gerichtet. Und wenn die Frau dann verweilte und unter all ihren Reizen dafür sorgte, dass bei ihm alles zum Besten stand, nahm er sie von hinten. Ganz so, wie das heute noch Männer tun, wenn sie einen besonders tiefen Einblick hinterlassen wollen."

Und ich füge hinzu, dass diese Stellung dazu für einen Mann sehr bequem ist. Ich behaupte nun, wenn rein fantasiemäßig heute im Jahr 2022 das weibliche Geschlecht zwischen 14 und 100 Jahren nur auf allen Vieren sich auf der Straße fortbewegen würde, ohne Unterleibsbedeckung, und jeder Mann voll die weiblichen Geschlechtsorgane anstarren könnte, dass kein weibliches Wesen auch nur 50 Meter weit kommen würde, ohne dass ein Mann auf sie raufklettern würde. Wollen wir wetten? Zudem hat sich Angela Dawson, Miss Po International, von der Sache her die gleichen Fragen gestellt, die mir die Mädels aus meinem Club stellten, nämlich: Warum erregt ihr Männer euch so, wenn ihr unser Geschlechtsteil anstarrt?

Ich lese auch in der Presse: „Ein Studie zeigt, Männer achten zuerst auf die weibliche Rückseite. Es heißt, ein wohlgeformter

Frauenhintern zieht die Blicke der Männer magisch an. Selbst der Busen liegt weit abgeschlagen. Nun liest man deckungsgleich, in der Frühzeit bevorzugten die Menschen beim Sex die Stellung von hinten, was heute noch üblich ist. Auch bei Stars ist die Rückseite populär. Ob Jennifer Lopez oder Mariah Carrey, sie alle wissen, ein einladendes Hinterteil lässt die Fotoapparate garantiert klicken."

Aber die Mädels aus meinem Club sagten ja, dass der Anblick der männlichen Genitalien keine oder selten eine sexuelle Erregung auslöst. Denn noch einmal: Es gibt ja nichts, was es nicht gibt. Vielleicht hätte ich eine Gegenfrage stellen müssen, die geheißen hätte: Würdet ihr eine sexuelle Erregung erleben, wenn ein normaler, gut gewachsener Männerkörper sich mit einem steifen Schwanz präsentieren würde? Denn eines ist ganz klar, eine Vagina, die man anstarrt, ist immer funktionsbereit und löst deshalb einen Aufforderungscharakter aus. Aber ein schlaffer Männerschwanz, der durch die Gegend baumelt und funktionslos ist, fordert doch eine Frau nicht zum Sex auf. Noch einmal: Warum also soll so ein trauriges hängendes Stück Pelle bei Frauen, wenn sie es anstarren, eine sexuelle Erregung auslösen? Wenn dem so wäre, dann könnten sich ja Frauen am FKK-Strand ständig sexuell erregen, denn verstecken durch die Beine der Männer kann sich kein Männerschwanz, wie umgekehrt bei Frauen die Vagina, die einen Mann tatsächlich erregt, wenn er sie voll anstarren kann. Andererseits haben mir die Mädels aus meinem Bordell, die tagtäglich steife Schwänze berührten, auch nicht gesagt, dass sehr steife Penisse eine sexuelle Erregung auslösen können. Fakt ist, selbst wenn erst ein steifer Schwanz einen Aufforderungscharakter hat für eine Frau, können Männer ja nun nicht ständig mit einem Steifen durch die Welt laufen und sich Frauen deshalb nicht sexuell erregen. Denn nur umgekehrt wird ein Schuh draus. Zuerst erregen sich Männer durch Frauen und bekommen dabei einen Steifen. Denn wenn der steife Schwanz keine Leistung bringt, gibt es auch keinen weiblichen Orgasmus.

So ist z. B. Fakt, dass mehrheitlich Frauen, die zu den Chippendales in die Show gehen, nicht deswegen hingehen, um sich aufzugeilen, sondern nur wegen des Riesenspaßspektakels. Natürlich sagen Frauen, dass die Chippendales sehr gut aussehen. Aber sie erleben bei deren Anblick keine sexuell erregenden Unterleibsgefühle. Es ist einfach so, dass ein gut trainierter muskulöser Männerkörper mehrheitlich keine sexuellen Gefühle bei Frauen auslöst, selbst wenn diese Männer ihre Hose runterziehen würden und alles durch die Gegend hängen ließen. Nur das Gekreische von Frauen würde hysterisch werden. Fakt ist, dass die gleiche Situation, ausgelöst bei den Chippendales, deckungsgleich mit der Situation in meinem Bordell war. Selbst in meinen Puff kamen gut gewachsene muskulöse Freier, die genauso aussahen wie die Chippendales. Auf das Aussehen von Männern komme ich noch einmal zurück.

Ich kann zu dem, was ich gerade beschrieben habe, noch ein gutes Beispiel bringen. Es gab einmal am Bahnhof Zoo eine Peepshow, wo nur Männer auftraten. Da tanzten in jeder Beziehung gut gebaute Männer für 5 DM zirka fünf Minuten lang an einer Stange hoch und runter, ziemlich akrobatisch. Und diese Show ist Pleite gegangen wegen zu wenig weiblichem Interesse, obwohl es nur diese einzige Show in Berlin gab. Es wurde sogar versucht, Puffs zu betreiben, wo Frauen hingehen, sich einen Typen aussuchen, um sich für 50 DM mal 20-30 Minuten durchvögeln zu lassen. Nach dem Motto: Hoch den Rock und rein den Stock. Und das alles ohne Knutschen. Aber all diese Versuche scheiterten kläglich. Sie scheiterten schon allein an den männlichen Prostituierten, weil ja Männer sich selbst immer zuerst sexuell erregen müssen durch die Frauen, um überhaupt einen Steifen zu bekommen. Und wenn vor allem nur hässliche, unattraktive Frauen, die ansonsten keinen Mann finden, in einen Puff gehen, bleibt die Pelle einfach hängen bei Männern, da hilft auch nicht Viagra. Ich habe noch nie eine Frau erlebt, die sich selbst befriedigt hat durch das Umblättern von Pornoheftseiten, weil Frauen sich nicht durch das Ansehen von abgebildeten Männern mit steifen Schwänzen sexuell erregen, sich aber umgekehrt Männer selbst befriedigen durch das Umblättern von Pornoheftseiten, weil sie sich Frauen in entsprechenden Körperstellungen ansehen, auch ohne Gesicht.

Die Frage heißt nun, erregen sich Frauen mehrheitlich beim Ansehen von Pornofilmen? Vereinzelt wird das sicher eher erlebt als durch das Ansehen von Pornoheften, aber wie sieht es mehrheitlich aus? Es gibt schon einen Unterschied, wenn sich Frauen ein Pornoheft ansehen oder einen Pornofilm. Beim Ansehen eines Pornofilms versuchen sich Frauen in die Situation der Frauen in diesem Film hineinzuversetzen, was sie jetzt wohl empfinden, sich weniger auf den Mann konzentrieren, wie der aussieht, höchstens wie er die Frau sexuell in reizbare Stimmung versetzt. In den meisten Fällen gefällt den zusehenden Frauen dieses „Rumgehacke" auf einem Frauenkörper eher nicht. Für die weibliche Sexualität ist dabei vielfach ein gut geschriebenes Buch, wo ein Arzt in Weiß mit stahlblauen Augen und wallender Haarpracht mit einem steifen Schwanz vaginal ausfüllend in sie eindringt und mit leichtem Druck bis zum Gebärmuttermund vordringt und sie dann krachend ihren Orgasmus erlebt, sexuell erregender, als zuzusehen, wie ein von oben bis unten tätowierter Pornostar wie ein Köter mit raushängender Zunge und Schaum vor dem Mund auf einer Frau rumhackt. Es muss für Frauen anders erlebbare Pornofilme geben. Vor allem spielt bei einer Frau das Gesicht eines Pornodarstellers eine sehr gewichtige Rolle.

Fakt und sehr beliebt in meinem Club war auch eine vorgetäuschte „Lesbo-Show". Ich habe mir extra dafür eine Drehbühne bauen lassen. Diese gespielte Lesbo-Show hat sich nicht unterschieden von einer Show, die tatsächlich von lesbischen Mädels ausgeführt worden wäre. Von eingeführten Dildos in die Vagina bis oral erlebtem Vaginasex, alles wurde sehr gut durchgespielt. Und die Männer saßen um die Bühne herum und erregten sich durch das Anglotzen der Körper von Mädels durch sehr viele vaginale Einblicke und meistens gingen die Männer anschließend mit den Mädels aufs Zimmer. Selbst wenn diese Mädels wirklich lesbisch gewesen wären, würde das die meisten Männer nicht davon abhalten, durch lesbische Frauen ihren sexuellen Trieb abzureagieren. In der Tat gingen ohnehin einige lesbische Mädels anschaffen, wo kein Freier etwas mitbekommen hat.

Eine sehr interessante Frage wäre nun, würden sich Frauen an Männern aufgeilen, an schwulen Männern, die sich das Gehirn aus dem Kopf vögeln? Wie umgekehrt sich Männer aufgeilen an Frauen, die ihre lesbische Sexualität ausleben? Wohl kaum, behaupte ich mal, oder irre ich mich vielleicht?

Apropos Homosexualität. Ich möchte dazu kurz etwas anmerken. Wohlwissend, dass ich in Neapel ein Erlebnis mit einem Mann hatte. Unsere Regierung sagt doch immer, es darf keine Diskriminierung von Schwulen in Deutschland geben und dass es das eigentlich weltweit nicht geben dürfte. Nun ist mir Folgendes aufgefallen: In fast jedem deutschen Krimi erleben wir Sexszenen durch heterosexuelle Menschen, also durch Männer und Frauen. Es wird fast alles gezeigt und es wird vor allem lustvoll gestöhnt, bis sich die Balken biegen. Aber eigenartigerweise gibt es keine Krimis zu sehen, keinen Tatortkrimi, wo schwule Hauptkommissare laut stöhnend einen schwulen Staatsanwalt vögeln. Liegt es vielleicht daran, dass sehr viele Zuschauer so etwas gar nicht sehen wollen und die öffentlich-rechtlichen Medienanstalten das berücksichtigen, weil sich zu viele heterosexuelle Menschen davor ekeln würden, abschalten und die Einschaltquoten sinken? Oder haben die Medien, die voll gegen Diskriminierung von Homosexuellen sind, Angst vor einem Shitstorm, den sie garantiert bekommen würden, sowie Hassmails? Was heißt, so einfach ist das alles gar nicht, Diskriminierung von Homosexuellen völlig abzuschalten. Fakt ist, niemand hat etwas gegen die Menschen, die diese Sexualität ausleben. Es fällt nur sehr schwer, diese Sexualität völlig von den Menschen zu trennen. Es geht tatsächlich nur um diese Sexualität, die bei vielen heterosexuellen Männern Ekelgefühle auslöst und niemand kann diese Ekelgefühle verbieten. Ein

Ekelgefühl zu erleben, ist keine Straftat. Um nun keine Ekelgefühle erleben zu müssen, muss man versuchen, sich selbst keine Homosexszenen anzusehen. Man muss den für viele heterosexuellen Menschen eher ekelauslösenden Szenen aus dem Weg gehen beziehungsweise, wenn nötig, den Fernseher abschalten. Ich schildere mal ein vergleichbares Beispiel. In der U-Bahn oder S-Bahn, wo Maskenpflicht ist, steigen Menschen ein, die einfach keine Maske tragen. Das erlebe ich tagtäglich. Es bleibt mir nun nichts anderes übrig, als mich jetzt von diesen Menschen zu entfernen. Ich muss diesen Typen aus dem Weg gehen. Auf jeden Fall sollte man nicht den homosexuellen Menschen diskriminieren, nicht beleidigen, der ja nichts dafür kann, dass er das homosexuelle Gefühl in sich erlebt, das ihm zum großen Teil schon angeboren ist. Beleidigungen, Diskriminierung sind eine Straftat. Andererseits sollten Homosexuelle nicht öffentlich zu sehr provozierend auftreten, nach dem Motto: Wir sind alle schwul und das ist gut so. Damit schüren sie unnötig die Ekelgefühle von vielen Menschen, die dann eskalieren können. Fakt ist, auch Ekelgefühle sind uns Menschen unausrottbar angeboren, genau wie Homosexualität. Beide Gefühle können nicht verboten werden, aber man muss sie nicht unnötig schüren. Es wird also immer eine Anzahl von Menschen geben, die sich vor dieser Sexualität ekeln. Keine kulturelle Erziehung kann das verhindern. Um ehrlich zu sein, mir tun homosexuelle Menschen leid, denn eines wird nie gelingen, man wird niemals alle heterosexuellen Menschen so umerziehen können, dass sie Homosexualität gefühlsmäßig als etwas Normales empfinden können. Man weiß zwar, dass es Homosexualität gibt, woran ein Mensch nicht selbst Schuld hat, man kann also Homosexualität vom Verstand her anerkennen, aber gefühlsmäßig nicht umsetzen in etwas Normales, weil der Sinn des Lebens, um es mal vorwegnehmend zu beschreiben, darin besteht, durch einen Geschlechtsverkehr die eigenen Gene an die Nachkommen zu vererben und somit die menschliche Spezies nicht ausstirbt. Das gewährleistet Homosexualität eben nicht. Sehen wir einmal von künstlichen Befruchtungen ab, die man in unserem modernen Zeitalter durchführen kann. Und Gefühle kann man niemals umerziehen. Man kann niemals ein Gefühl, das man als unnormales Gefühl erlebt, in ein normal erlebendes Gefühl umerziehen. Man kann Gefühle höchstens mit einer Erziehung zusammen mit einer Strafandrohung unterdrücken, aber sie bleiben bestehen und können nicht ausgerottet werden und schlagen immer öfter wieder durch. Genauso wie man das Vergewaltigungsgefühl niemals ausrotten kann, trotz Erziehung und sogar durch eine Androhung der Todesstrafe. Die biologischen Wurzeln schlagen immer wieder durch.

Niemand kann mir jetzt vorwerfen, dass ich etwas Falsches geschrieben habe. Ich rechtfertige, was ich geschrieben habe, durch die Wissenschaft, durch Hirnforscher: „Freude und Trauer, Liebe und Hass, Wut und Angst, Zorn, Begeisterung, sexuelle Erregung, Aggressivität, Angespanntheit, Glück und Furcht und Ekel sind Gefühle und die haben die eigentliche Macht darüber, wie wir etwas erleben und wie wir handeln. Verstand und Vernunft prägen das menschliche Verhalten in viel geringerem Ausmaß als wir gemeinhin vermuten. Gefühle sind Zustände, die wir nicht direkt beeinflussen oder steuern können." (Apothekenumschau)

Ich komme nun zurück zur heterosexuellen Sexualität. Es gibt ein indisches Liebesbuch, das Kamasutra. Da heißt es, dass es 36 verschiedene Vaginatypen gibt. Das Kamasutra beschreibt dementsprechend sehr viele sexuelle Stellungen, durch die man jede Stelle in der Vagina angeblich erreichen kann, die einen weiblichen Orgasmus auslöst. Ich halte diese Festlegung mit der Zahl 36 natürlich für Blödsinn. Dennoch erlebe ich ein wenig Übereinstimmung mit dem Kamasutra, nur ich drücke mich etwas anders aus. Ich bezeichne die weibliche Sexualität als einen Dschungel, als ein großes Abenteuer, und wenn man ein guter Liebhaber sein will, muss man als guter Abenteurer durch diesen Dschungel hindurch.

Ich zitiere an dieser Stelle etwas aus der Presse vom 23.11.2021, Überschrift: „Was nützt der Orgasmus der Frau?" „Also, beim Mann ist die Sache schnell erklärt. Sein lustvolles Kommen, sein

Orgasmus, steht unmittelbar im Dienst der Fortpflanzung. Bei Frauen indes ist der Orgasmus ein Mysterium. Für die Fortpflanzung zwingend notwendig ist er nicht. Eine Frau kann mit Orgasmus nicht häufiger schwanger werden als ohne Orgasmus. Laut Befragungen erleben nur 26% der Frauen beim Sex regelmäßig einen Orgasmus und 16% hatten dieses Gefühl noch nie erlebt und noch immer ist die Suche nach den Wurzeln des weiblichen Höhepunktes arm an Daten und Belegen." Zitat Ende. Das passt doch, wenn ich schreibe, dass die weibliche Sexualität ein Abenteuer ist und nur ein guter Abenteurer kann ein erfolgreicher Held werden, ein Frauenheld. Wenn angeblich 16% der Frauen sagen, dass sie noch nie einen Orgasmus erlebten, dann heißt das doch nicht, dass es an der Frau selbst liegt. Ich sage, das heißt nur, dass Männer es nicht schafften, diese Frauen orgasmuserlebend zu machen. Es liegt meistens nur an den Männern. Ich komme noch darauf zurück. Dass vor allem 16% der Frauen noch nie einen Orgasmus erlebten, das halte ich eher für unwahr. Man könnte eher sagen, dass zirka 16% der Frauen eher selten einen Orgasmus erleben oder zu lange brauchen, um einen Orgasmus zu erleben. Wenn es nun heißt, dass zirka 16% der Frauen keinen Orgasmus erleben, dann frage ich mich, ob sich das nur auf einen normal erlebenden Geschlechtsverkehrakt bezieht, was dann aber noch lange nicht heißen muss, dass die Frau nicht orgasmuserlebend werden kann, da es ja noch andere Möglichkeiten gibt, eine Frau orgasmuserlebend werden zu lassen. Viele Wege führen nach Rom. Das beste Beispiel ist doch Doris, mit der ich eine ganze Zeit zusammen war, die auf normalem Weg, also durch einen normal erlebten Geschlechtsverkehr auch nicht orgasmuserlebend wurde, dann aber auf eine andere Art dennoch. Dass eine Frau weder durch einen normalen Geschlechtsverkehr noch über ihr äußere sichtbare Klitoriseichel einen Orgasmus erlebt, diese Frauen kann ich persönlich an einer Hand abzählen.

Nach meinen Erfahrungen behaupte ich, dass es viele Frauen gibt, die nicht wissen, was ihre Körper für sexuelle Gefühlsausbrüche erleben können, weil sie diese Gefühlsausbrüche nur durch einen Mann erleben können, der ein guter Liebhaber ist. Und wenn ein Mann das nicht immer schafft und auch mehrere Männer das nicht schaffen, eine Frau viel schneller zum Orgasmus zu bringen und viel häufiger, als sie es je erlebt haben, dann weiß eben eine Frau nicht, wie sie sich eigentlich wirklich sexuell erleben könnte, weiß nicht, was wirklich in ihr steckt. Die Frau kann das nicht immer selbst herausfinden.

Dazu nun ein Erlebnis aus meinem ehemaligen Bordell: Ich hatte ein Mädel, die ihren Job seit sechs Jahren betrieb. Wir hatten beide ein gutes Vertrauensverhältnis und deshalb erfuhr ich von ihr, dass sie zum Sex selten Lust hat, noch nicht einmal so richtig mit ihrem Freund, weil sie immer viel zu lange brauche, durch richtigen Geschlechtsverkehr zum Orgasmus zu kommen. Sie müsse sich immer sehr stark dabei konzentrieren, dass es sehr oft in Stress ausarte und sie deshalb sehr oft abbreche. Und in einem Puff mit einem Gast ginge das schon mal gar nicht wegen der zu knappen Zimmerzeit. Aber eines Tages kam dieses Mädel völlig verstört aus dem Zimmer von einem Gast und verstand die Welt nicht mehr. Sie sagte, dass sie eben bei diesem Gast, der sie wie die meisten Gäste gar nicht interessiert hatte, innerhalb von 10 Minuten zweimal zum Orgasmus gekommen sei. Das Mädel war völlig von der Rolle. Ich fragte sie nun aus Interesse, ob sie wisse, woran das liege. Sie sagte, in der Regel sei das so, wenn sie Sex mit ihrem Freund habe und er mit seinem Penis in sie eindringe, erlebe sie sehr wohl einen Reiz, wenn er ihre Scheidenwand berühre. Dieser Reiz sei aber immer nur sehr kurzlebig und nicht so extrem. Dieser Reiz sei sofort wieder weg, wenn sich ihr Freund zurückziehe. Und meist reiche das eben nicht aus, um zum Orgasmus zu kommen. Und dieser Gast mache mir ihr die Löffelstellung und könne bei dieser Stellung seinen Unterkörper wahnsinnig schnell rhythmisch bewegen, das heißt, der Gast berühre ihre Scheidenwand und sie erlebe wieder diesen Reiz, aber bevor dieser Reiz wieder weg sei, sei der Mann schon wieder da und löse ihn noch stärker aus, bis er schließlich so stark werde, dass sie einen Orgasmus erlebe.

Das muss man sich einmal vorstellen, das erlebte eine Prostituierte, die jeden Tag mit zirka fünf Männern aufs Zimmer ging und nach so langer Zeit das erste Mal so schnell orgasmuserlebend wurde.

Ich möchte mehr über den weiblichen Orgasmus schreiben. Zunächst einmal folgt jetzt etwas aus dem Internet (Stand 2011). Anschließend beschreibe ich, was ich selbst erlebte mit Frauen.

Es gab ja zumindest bis 1998 keine einheitliche Meinung darüber, ob der weibliche Orgasmus unabhängig erlebt werden kann, einmal ausgelöst durch die Klitoris, die eher außerhalb des Scheideeingangs erkennbar erlebt wird und durch eine richtige vaginal ausgelebte Geschlechtsverkehrserlebung, wobei der Orgasmus nicht durch die Klitoris erlebt werden kann.

Seit 1998 aber ist alles anders. Man meint, schlauer geworden zu sein. Ich fasse zusammen. Bis 1998 war nur die Klitoriseichel bekannt, ein etwa erbsengroßes Gewebe am oberen Ende der inneren Schamlippen. Man fand heraus, der volle Umfang der Klitoris besteht aus einem etwa 6−9 cm großen Schwellkörper, der sich teilweise an die Vorderwand der Vagina anschmiegt und dessen 6−9 cm langer Schenkel bis tief ins Innere der Vagina reicht. Helen O'Connell fand heraus (1998-2004), dass die Klitoris nicht nur aus der Eichel besteht, sondern ein weitläufiges Schwellkörpergewebe ist, das den gesamten Genitalbereich der Frau umfasst und was, so glaube ich, das Wichtigste ist, dass nämlich die Klitoris sich auch um die Harnröhre schmiegt. Das ist wichtig, wenn ich auf den G-Punkt der Frau eingehe.

Äußerlich sichtbar also sind nur der Schaft und die hochempfindliche Eichel, die als Teil der Vulva an der vorderen Umschlagfalte der kleinen Schamlippen liegen und von der Klitorisvorhaut teilweise oder gänzlich bedeckt sind. Zusammen umfassen sie nur ein Zehntel des Gesamtvolumens der Klitoris. Die gesamte Klitoris ist stark mit Nervenenden ausgestattet. Das ganze System ist besonders berührungsempfindlich und empfänglich für sexuelle Reize. Die Klitoris besitzt ca. 8.000 Nerven und Sinneszellen. Durch Stimulation der Klitoris gelangen die meisten Frauen zum Orgasmus. Insbesondere die Klitoriseichel, in der sich die Nervenstränge der zwei Schenkel treffen, ist hochempfindlich.

Ich fasse nun für mich wertend das alles so zusammen: Jeder, oder sagen wir mal, überwiegend jeder Orgasmus, der auch durch einen Penis in der Vagina ausgelöst wird, ist ein klitoraler Orgasmus, wenngleich nur durch die Reizung der Scheidenwand, wo die besonders reizbaren Stellen herausgefunden werden müssen, wo also die Schwellkörper der Klitoris sich stärker als an anderer Stelle angeschmiegt haben. Es gibt wohl eher keine zwei verschieden erlebenden unabhängige Orgasmen, obwohl es Wissenschaftler gibt, die meinen, dass bei einem vaginal erlebten Orgasmus auch andere sensorische Nervenleitungen einbezogen sind als bei einem Orgasmus, der wesentlich durch die Reizung der Klitoris entsteht.

Ich kann bestätigen durch Aussagen von Frauen, mit denen ich Sex erlebte, dass noch andere Berührungsstellen im hinteren Bereich der Vagina Orgasmen auslösen können, unabhängig von der Klitoris.

Ich komme noch einmal auf das indische Liebesbuch Kamasutra zurück, das beschreibt ja viele Liebestechniken. Ich glaube, dass es eine Stelle gibt in der Vagina, die sehr selten wirkungsvoll von einem Penis, egal durch welche Stellung auch immer, gereizt werden kann, sondern nur eher mit der Hand erreicht und dann die Frau den stärksten ejakulierenden Orgasmus erleben kann. Ich bin rein zufällig durch meine routinemäßig erlebten Sexabenteuer auf diese Stelle gestoßen, die der deutsche Gynäkologe Ernst Grafenberg 1950 in der Vagina der Frau entdeckte und fortan wird diese Stelle der G-Punkt genannt, der Anfangsbuchstabe „G" von Grafenberg.

Ich war dabei, Sex mit einem Mädel auszuleben und wir befanden uns in gegenüberstehender Position. Ich ging nun mit einem Teil meiner Hand direkt nach dem Scheideneingang sofort ganz dicht hoch an die vordere Scheideninnenwand, praktisch in Richtung Harnröhre. Und Helen O'Connell schreibt ja, dass die Klitoris sich um die Harnröhre gelegt hat, und ich deshalb die Klitoris gereizt habe. Dabei drückte ich noch teilweise die Harnröhre weiter nach oben. Ich behaupte nun, dass Frauen durch diese Reizung die stärksten sexuellen Gefühle erleben, die zu einem Orgasmus stärksten Ausmaßes führen. Ich achtete darauf, dass ich rhythmisch, von langsam nach schneller werdend, diese Stelle reizte. Und es geschah etwas Ungeheuerliches, das ich so noch nie erlebt hatte: Gleichzeitig mit einem wollüstigen orgasmuserlebenden Aufschrei des Mädels ergoss sich ein Schwall von Flüssigkeit aus ihrem Körper, der schon wasserfallartige Symptome auswies und das Mädel plötzlich auf einem nassen Teppich stand. Ich machte nur eine kleine Pause, fing das gleiche Spiel von vorne an, wieder erlebte das Mädel einen gewaltigen Orgasmus und wieder ergoss sich die gleiche Menge von Körperflüssigkeit. Und das erlebte sie auch noch ein drittes Mal und, wie ich es empfand, mit dem gleichen Verlust von Körperflüssigkeit. Aber jetzt bekam das Mädel plötzlich mit dem Kreislauf zu tun und ich holte sofort etwas zum Trinken. Ich glaube, sie hatte so viel Körperflüssigkeit verloren, dass sie fast dehydrierte. Im ersten Moment dachte ich, ihre Blase hatte sich entleert. Aber das, was sie an Körperflüssigkeit verlor, erschien mir viel mehr zu sein und zweitens, diese Flüssigkeit war völlig geruchlos, sie war wie Wasser, nichts roch nach Urin.

Ich wusste nun die ganzen Jahre nicht, was das für eine Körperflüssigkeit war, und vor allem, wo sie herkam. Erst heute, durch das Internet, weiß ich mehr darüber bzw. etwas mehr, denn es ist bis heute immer noch unklar, woher die ejakulierte Flüssigkeit stammt und wie der Vorgang der Ejakulation genau abläuft. Und eine Ejakulation soll es ja wohl sein. Dazu lese ich im Internet: „Obwohl in Sexmagazinen mitunter gerne der Eindruck vermittelt wird, dass nahezu jede Frau ejakulieren kann, entspricht das nicht der Tatsache, viel eher handelt es sich bei der weiblichen Ejakulation um ein ausgesprochenes Minderheitenprogramm."

Bekannt soll dennoch sein, dass die Freisetzung dieses Sekrets durch die Paraurethraldrüsen erlebt werde und eine wässrige Flüssigkeit sei. Das Ejakulat werde beim Orgasmus durch winzige Ausgänge in den Endabschnitten der Harnröhre sowie rechts und links derselben ausgesondert. Ich stelle nun fest, dass ja genau das der Bereich ist, den ich ständig mit einem Teil meiner Hand bei dem Mädel gereizt habe.

Wenn nun Wissenschaftler schreiben, dass mitunter gerne der Eindruck vermittelt wird, dass nahezu jede Frau ejakulieren kann, entspricht das nicht der Tatsache, viel eher handelt es sich bei der weiblichen Ejakulation um ein ausgesprochenes Minderheitsprogramm, dann glaube ich, dass auf alle Fälle mehr Frauen ejakulieren würden, wenn der Mann den Abenteuerort weiblicher Sexualität besser erforschen würde. Bis zu meinem 80. Lebensjahr habe ich das bei insgesamt nur vier Frauen so extrem erlebt beziehungsweise solche sturzartigen Körperflüssigkeitsverluste, dass die Frauen zum Teil selbst erschrocken waren, weil auch sie das zum ersten Mal so erlebten. Und, wie gesagt, über diese Körperflüssigkeitsverluste erfuhr ich erst im Jahr 2006 durch das Internet mehr und ich anfangs glaubte ich, dass diese Frauen bei ihrem Orgasmus einfach urinierten, was ich wiederum anzweifelte, weil das alles völlig geruchlos war. Es gibt viele Frauen, die beim Sex sehr nass werden und man als Mann glauben kann, dass sie ausläuft. Aber das war schon eine andere Hausnummer. Ich schließe nicht aus, dass ich selbst Schuld daran hatte, solche extremen Ejakulationen bei nur vier Frauen ausgelöst zu haben. Ich werde immer bei meiner Meinung bleiben, wenn Frauen sagen, sie haben noch nie einen Orgasmus erlebt, dass zu 99% der Mann daran Schuld hat, weil er nicht der richtige Frauenflüsterer ist. Vielleicht war auch ich nicht immer so einfühlsam. Vielleicht wollten Frauen nicht, dass ich mit meinem Finger in sie eindringe oder ich fand den G-Punkt nicht schnell genug oder reizte ihn nicht rhythmisch einfühlsam, denn darauf kommt es an. Diesen G-Punkt nur zu treffen, reicht nicht aus.

Das Allerschärfste aber ist nun, dass diese Frau, die ich am gewaltigsten so erlebte mit mehreren Orgasmen in kurzen Zeitabständen und auch jedes Mal sturzflutartig Körperflüssigkeit abspritzte, sage und schreibe 83 Jahre alt war. Und durch Gespräche, die ich mit dieser Frau heute noch führe, weil ich gut befreundet mit ihr bin und sie heute 87 Jahre alt ist, weiß ich, dass sie sich auch noch mit 87 Jahren so erlebt mit einem Mann, der 30 Jahre jünger ist. Ich schreibe bald über sie und ich bat sie sogar, mir schriftlich zu bestätigen, dass ich die volle Wahrheit über sie geschrieben habe. Und ich schwöre, diese 83-jährige Frau hat sich von den hunderten von Frauen, mit denen ich in meinem Leben Sex auslebte, am gewaltigsten erlebt. Sie ist tatsächlich so etwas wie ein achtes Weltwunder, schon des Alters wegen. Diese Frau gehört zum Höhepunkt in meinem Leben, das ich selbst erst im Alter erlebte. Ich danke dem Leben, solch eine Frau kennengelernt zu haben. Bei ihr habe ich sogar durch meinen Penis bei einer ganz bestimmten Stellung diese Körperflüssigkeitsverluste ausgelöst. Vielleicht liegt es doch daran, dass es 36 verschiedene Vaginatypen gibt, wie es das indische Liebesbuch Kamasutra beschreibt.

★★★★★

Wer nun glaubte, dass ein Bordellbetreiber und Freier, der ich ja gleichzeitig auch bin, nun ständig neue Erlebnisse beschreiben kann, die er ja erleben muss, weil ja jeden Tag zig Männer mit zig Frauen Sex ausleben in seinem Puff, der irrt ein bisschen. Einerseits stimmt das schon, kein sexuelles Zusammenspiel ist gleich dem anderen. Aber so unterschiedlich, dass man nun darüber etwas schreiben muss, was andere Menschen, was Leser vielleicht interessiert, ist das alles wieder nicht. Diese Sexualität erlebt sich ja nicht viel anders, als wir sie alle im normalen Alltag erleben, allerdings weniger ohne weiblichen Orgasmuszwang. Es gibt allerdings noch Erlebnissituationen, die interessant sind. Ich kann zum Beispiel beweisen, durch Prostituierte, dass es eine mehrheitlich verschieden erlebte Sexualität gibt zwischen Europäern und den Menschen, die eher aus den arabischen Regionen zu uns eingewandert sind, was die anfängliche sexuelle Erregbarkeit anbelangt, was schon mal in einem Puff zu Auseinandersetzungen führte. Und dass diese sexuelle Verschiedenheit zu den bekannten Vorfällen führte, die in einer Silvesternacht auf dem Kölner Domplatz eskalierten. Aber wer glaubt schon einem ehemaligen Bordellbetreiber. Man hält diese Typen ohnehin für Idioten. Dennoch, ihr Leser und Leserinnen könnt euch selbst ein Urteil bilden, wenn ihr das gelesen habt.

Ich komme nun darauf zurück, dass mehrheitlich Männer aus den türkisch-kurdischen Regionen eine anfänglich mehrheitlich aggressivere Sexualität erleben als die meisten Europäer. Ich hatte in meinem Club vielfach junge Türken als Gäste, die für eine Abreaktion wie die Deutschen 50 DM bezahlen mussten, sie aber schon teilweise fertig wurden, bevor sie die Hose runtergelassen hatten, sage ich mal leicht zugespitzt. Und die sich über den Preis aufregten, weil die Prostituierte noch gar nicht richtig tätig werden konnte. Noch einmal: Ich spreche von einer Mehrheit von Türken. Es gibt natürlich viele Türken, die sich auch ganz anders erleben. Fakt ist, dass die Türken mehrheitlich schneller aufbauend hintereinander vögeln können als die meisten Europäer. Aus diesen Gründen nun, weil sich Türken mehrheitlich so erleben, gab es zumindest einen Puff in Neukölln in der Donaustraße, wo Türken nur 30 DM für einmal bezahlen brauchten und die Mädels zirka 15 Türken am Tag zur Abreaktion brachten. Allerdings hielten die Mädels das nicht monatelang aus. Auf alle Fälle wurde das nicht aus lauter Ausländerfreundlichkeit so ausgelebt, das kann sich ja wohl jeder vorstellen.

Mir ist nun ein Erlebnis in Erinnerung geblieben, das mir eine befreundete Prostituierte schilderte. Sie hatte mit einem Türken zweimal für 60 DM ausgehandelt und der Puff war ausnahmsweise mal an dem Tag ohne eine männliche starke Schutzperson, die im Streitfall schlichten konnte. Dieser Türke wurde dann das erste Mal sehr schnell orgasmuserlebend, aber das zweite Mal hackte er auf die Braut fast zeitlos rum und wurde nicht fertig. Es reichte der Braut und sie warf ihn aus sich raus. Das gefiel dem Türken gar nicht. Ausgehandelt waren zweimal für 60 DM. Basta. Also holte er die Polizei, die hörte sich alles an und obwohl ich mir innerlich sicher bin, dass die Polizei dem Türken Recht gegeben hätte, sagten sie ihm, dass Prostitution nicht legal anerkannt ist und deshalb ausgehandelte Vereinbarungen sittenwidrig sind, also ungültig. Heute ist das alles anders. Heute ist Prostitution legal in Deutschland und ausgehandelte Vereinbarungen gelten.

Auf alle Fälle war es nun für mich nicht verwunderlich, als ich von diesen sexuellen Übergriffen von Nordafrikanern in einer Silvesternacht auf dem Kölner Domplatz hörte und einiges im Fernsehen erlebte. Ich sage, diese Grabscher wurden wahrscheinlich beim Begrabschen der Mädels mehrheitlich orgasmuserlebend. Da war kein unbekanntes Phänomen, was da in der Silvesternacht passierte, das passierte schon auf dem berühmt gewordenen Tahir-Platz in Kairo bei Demonstrationen ausgelöst durch den Arabischen Frühling, der vorzeitig in Frost verblühte, wo zunehmend immer mehr Frauen demonstrierten. Auch in diesem Gedränge kam es zu sexuellen Übergriffen.

Ich komme nun der allerwichtigsten Erkenntnis, die ich durch meinen Club erfahren habe und auch durch Freunde von mir außerhalb der Prostitution. Ich bin zu der Erkenntnis gelangt, dass Rassismus von weißen Männern zu schwarzen Männern unter anderem sehr viel mit Sexualität zu tun hat. Studien darüber kenne ich allerdings nicht. Und gleich die erste Frage, die ich stelle, wird über alles entscheiden, sage ich mal. Zuvor Folgendes: Es gibt Vorurteile gegenüber Schwarzen, man sagt, Schwarze hätten mehrheitlich große Schwänze und seien ausdauernder beim

Sex als Europäer, als Deutsche. Das sagt man jedenfalls den Japanern, den Asiaten, nicht nach. Ich frage, wie viele Männer glauben diesem Vorurteil? Zweitens, sollte sich bestätigen, dass viele weiße Männer glauben, dass die meisten Schwarzen stärker gebaut sind und ausdauernder als Weiße, dann stelle ich die zweite Frage, eine sehr entscheidende: Was denken deutsche Männer mehrheitlich, wenn sie eine junge weiße Frau herumturteln sehen mit einem Schwarzafrikaner auf der Straße und was denken weiße Männer, wenn sie eine junge Frau mit einem Japaner oder Vietnamesen herumturteln sehen? Ich bin mir sicher, dass viele weiße Männer, die eine weiße Frau mit einem Schwarzafrikaner herumturteln sehen, denken, die will den Hengst, die will richtig durchgevögelt werden. Und wenn weiße Männer weiße Frauen mit einem Japaner oder Vietnamesen herumturteln sehen, werden sie sich wahrscheinlich gar nichts dabei denken. Habe ich nun Recht oder habe ich nicht Recht?

Ich hatte Mädels im Laufe meiner Bordellzeit, die Erfahrungen mit Schwarzafrikanern gesammelt hatten und mehrheitlich sagten, dass die Vorurteile zutreffend sind. Ich erlebte nicht gerade selten, dass weiße Männer, weiße Gäste, die mitbekommen hatten, dass die Mädels mit Schwarzen aufs Zimmer gingen, weniger selbst mit diesen Mädels aufs Zimmer gingen. Das waren vor allem die weißen Männer, die es trotz Bezahlung für Sex den Mädels immer auch gut besorgen wollten. Viele weiße Männer glaubten nun, sexuell nicht mithalten zu können mit Schwarzen und es dann eher auslassen, mit diesen Mädels aufs Zimmer zu gehen.

Ich habe als Beispiel erlebt, wie ein weißer Gast, der in der Regel immer mit einer ganz bestimmten Braut aufs Zimmer ging, eines Tages auf sie warten musste, weil sie mit einem anderen Gast auf dem Zimmer war, was für ihn in der Regel nie ein Problem gewesen war. Als er mitbekam, dass seine Lieblingsbraut mit einem pechschwarzen Afrikaner aus dem Zimmer kam, war er allerdings frustriert, verließ wortlos meinen Laden und kam nie wieder. Aber auch Freunde von mir sagten teilweise – nicht alle –, dass sie nicht mit Mädels Sex erleben wollten, von denen sie wüssten, dass sie sehr gerne Sex mit Schwarzen hätten. Und dafür gibt es nur einen Grund: Weiße Männer sehen vielfach in schwarzen Männern zu starke Rivalen, mit denen sie nicht mithalten können, und wollen deshalb am liebsten Schwarze von ihren weißen Frauen fernhalten, die nicht selten sehr neugierig sind, wie ein Schwarzer sexuell drauf ist. Und wenn nur zwei weiße von zehn weißen beziehungsweise 20 weiße von 100 weißen Männern so denken, haben wir ein Rassismusproblem. Denn 20 von 100 Männern können leicht eine Gruppe bilden, die dann Rassismus auslebt in einer Gesellschaft, weil man 20% der Männer nicht einfach wegsperren kann.

Und was sagen eigentlich Schwarzafrikaner selbst zu alledem? Ich habe mal jemanden gefragt, den ich persönlich außerhalb meines Bordells kannte. Ich fragte ihn, ob er in einen Puff gehe. Er sagte, das habe er einmal gemacht und dann nie wieder. Er sagte, er habe einen genauso kleinen oder großen Schwanz wie weiße Deutsche und man habe ihn förmlich ausgelacht. Denn man gehe immer davon aus, dass schwarze Männer große Schwänze haben.

Apropos, das soll nicht heißen, dass deutsche, dass weiße Männer weniger gut gebaut sind als schwarze Männer. Um Himmels willen, ich will diesen Eindruck nicht aufkommen lassen. Aber wenn wir von Mehrheiten reden, trifft das schon zu, dass Schwarzafrikaner stärker gebaut sind und ausdauernder. Ich fragte nun aber auch einen jungen, gut aussehenden Schwarzafrikaner, was er glaube, warum weiße Mädels mit ihm in Kontakt kommen wollten? Antwort: Fast alle weißen Mädels wollten wissen, wie schwarze Männer sich sexuell erlebten. Die Neugierde von weißen Mädels sei sehr groß.

Aber eine normale Beziehung, die vielleicht zu einer Familie mit Kindern führe, das wollten weiße Mädels vorsichtig ausgedrückt überwiegend eher nicht, sagte er, weil sie nicht wüssten, zu welcher Gruppe sich ihre Kinder einmal zugehörig fühlen wollten. Denn darüber entschieden leider nach seiner Erfahrung nicht Verstand und Vernunft und auch nicht die Eltern. Soweit seine Meinung.

Fakt ist, es sind die Gefühle, die über uns Menschen bestimmen, wie wir handeln, wie wir etwas erleben, und viel weniger Verstand und Vernunft. Man kann niemals immer erfolgreich einen Menschen durch einen Stempel in einem Pass zu einem bestimmten Gruppenmitglied stempeln.

Ich habe einmal einen Türken im Fernsehen erlebt, der auf die Frage, ob er ein Deutscher sei, weil er schon in dritter Generation in Deutschland geboren sei, antwortete: Ja, er sei Deutscher, weil er in einem Land geboren sei, das Deutschland heiße, aber er fühle sich türkisch.

Seit ca. 60 Jahren leben wir deutschen Berliner mit Türken zusammen. Aber bis heute gibt es mehrheitlich immer noch kein deutsches Wir-Gefühl, obwohl sie fast alle in Deutschland geboren wurden. Und andererseits erleben Türken mehrheitlich kein Wir-Gefühl mit uns Deutschen.

Solche Probleme treten z. B. nicht auf zwischen Polen und Deutschen, die alle zu unserer großen europäischen Gemeinschaft gehören. Solch eine Diskussion, wie ich sie gerade angeschnitten habe und eigentlich nicht in mein Buch gehört, die also einmal herausfindet, was stärker ist, Verstand und Vernunft oder unsere Gefühle, wird in Deutschland völlig tabuisiert, weil einfach nicht sein kann, was nicht sein darf.

Obwohl ich mich selbst jetzt nicht gerade äußerst beliebt mache, möchte ich noch zwei bis drei Sätze hinzufügen, denn es geht wie zwischen Mann und Frau um Gefühle, die stärker sind als Verstand und Vernunft. Alles hängt zusammen.

Es gibt chinesische Pandabären. Aber es werden auch in Deutschland Pandabären geboren. Aber niemand spricht von einem deutschen Pandabären. Auch ein in Deutschland geborener Pandabär ist und bleibt ein chinesischer Pandabär. Warum also ist ein Schwarzafrikaner, der in Europa geboren ist, kein Afrikaner mehr, sondern ein Europäer? Und warum ist ein Türke, der in Deutschland geboren ist, kein Türke mehr, sondern nur noch ein Deutscher? Das sieht man den überwiegenden Türken nicht an. Warum kann man zu einem Schwarzafrikaner nicht sagen, er sei ein Afrikaner, der in Deutschland geboren sei? Das ist doch keine Falschanschuldigung und hat auch nichts mit Fremdenfeindlichkeit zu tun. Einer der Menschen, die ich am meisten schätze auf diesem Planeten, ist ein Schwarzer namens Muhammad Ali alias Cassius Clay.

Die USA, das multikulturellste Land der Welt, beweist uns, dass man gefühlte Unterschiede erlebt zwischen Schwarz und Weiß. Denn mehrheitlich heiraten weiße Karrierefrauen, wenn sie eine Familie mit Kindern gründen wollen, immer noch eher weiße Männer. Und das, obwohl gerade Frauen sich gegen Rassismus stark machen. Fakt ist, die Wissenschaft hat herausgefunden, dass es in zirka 30 Jahren mehr Schwarze als Weiße in den USA geben wird, weil immer noch mehrheitlich die weißen Frauen Karriere machen, weniger die schwarzen, und deshalb ihr schönes Leben, wie in Deutschland, lieber ohne oder mit zu wenig Kindern genießen wollen. Das alles Entscheidende bei dieser gerade beschriebenen Tatsache ist, dass es zwischen Weißen und Schwarzen keine mehrheitliche Vermischung gibt, aber ich höre eigentlich nur, dass alle Menschen gleich sind.

Äußerst interessant ist für mich nun Folgendes: Es gibt tatsächlich, wenn auch eher wenig, Frauen, die in sehr jungen Jahren ihren ersten Freund heiraten, natürlich Sex mit ihm erleben, Kinder bekommen und nach Jahren noch sagen, dass sie mit ihrem Sexleben zufrieden sind. Und sich dann aber nach vielleicht 20 Jahren scheiden lassen, mit einem neuen Mann Sex ausleben und plötzlich das erste Mal einen Orgasmus erlebten, der ihnen aber nie gefehlt hatte. Und zweitens erlebte ich das Phänomen, dass Frauen ständig durch ihren Partner orgasmuserlebend wurden, der dann unerwarteterweise vielleicht durch einen Verkehrsunfall ums Leben kam und sie über Jahre hinweg mit keinem Mann mehr Sex erlebten, obwohl es ihnen an Angeboten geiler Hengste nicht mangelte und sie einfach problemlos ohne Orgasmen auskamen, auch ohne Selbstbefriedigung. Ich mutmaße einmal, woran das liegen kann. Ich glaube, dass durch den Schautrieb der Männer, durch die körperlichen Reize einer Frau, die ein Mann umgekehrt auf eine Frau nicht so ausstrahlt, sich die männlichen Geschlechtshormone schneller und aggressiver aufbauen und dass dies umgekehrt von einer Frau zu einem Mann nicht der Fall ist. Ich bin da ganz bei dem, was Professor H. J. Eysenck mir bei seinem Berlinbesuch persönlich sagte. Denn woher soll eine Frau Lust auf einen Mann bekommen, wenn vom Mann eher kein körperlicher Reiz auf die Frau überspringt und höchstens das Gesicht eines Mannes eine Neugierde auslöst?

Ich sah mir im Fernsehen den Film mit Richard Gere „Ein Mann für gewisse Stunden" an. Der Mann war ein Frauentyp nur wegen seines gut aussehenden Gesichts. Seine Figur war eher unauffällig. Er war zwar schlank, aber hatte kein Sixpack, so sehen fast alle jungen Männer aus. So ein Gesicht wie das von Richard Gere in jungen Jahren macht Frauen neugierig auf den Mann, aber sie werden nicht geil durch das Gesicht von Richard Gere. Sie werden nicht sexuell aggressiv. Natürlich bestimmen Ausnahmen die Regel. Es gibt eben nichts, was es nicht gibt.

Wie gesagt, das ist völlig anders, ausgehend vom Mann zur Frau. Ich möchte dazu nur einmal aus dem Zusammenhang einer Pressemitteilung etwas zitieren, was die Kriminalpolizei ausgesagt hat. Ich zitiere: „Im Sommer nimmt die Gefahr von Sexdelikten zu. Mit Beginn der warmen Sommerzeit steigt in jedem Jahr die Zahl der Sittlichkeitsdelikte. Nach Erkenntnissen der Kripo ist nicht nur immer die Zügellosigkeit der Männer alleine Schuld an derartigen Übergriffen. Leichte, luftige Kleidung der Damen, nicht zuletzt der sexuelle Reiz der fast gänzlich entkleideten Weiblichkeit in den Freibädern, tun vielfach ein Übriges." Leichte luftige männliche Bekleidung verführt Frauen jedenfalls nicht zu sexuellen Belästigungen ihrerseits an Männern, stelle ich mal fest, noch nicht einmal ein völlig nackter Mann, wie uns die FKK-Kultur am besten beweist. Bei Frauen ist ja das, was bei Männern eine sexuelle Erregung auslöst, wenn sie es anstarren, mehrheitlich versteckt. Dennoch erlebt man, dass viele FKK-Männer sehr oft eher auf dem Bauch liegen im Sand. Warum wohl? Frauen haben mehrheitlich bis zum Sex die völlige Kontrolle über sich, jedenfalls bis zu dem Zeitpunkt, wo ein guter Liebhaber, ein Frauenheld, erfolgreich zur Sache geht, dann kann eine Frau unter Umständen völlig willenlos werden und sich dem Mann ausliefern. Anders ist nun sexuell der Mann unterwegs. Er ist schon im Vorfeld eines Sexerlebnisses eher sexuell aggressiv durch das Beschauen seines Sexualobjekts, was dazu führt, dass er sein Sexualobjekt, auch wenn es keine Lust auf Sex hat, überwältigen kann, wie es Sigmund Freud ausgedrückt hat.

Sigmund Freud schreibt ja, dass Grausamkeit und Sexualtrieb innigst zusammengehören, lehre uns die Kulturgeschichte der Menschheit. Aber nun aufgepasst, werte Leserinnen und Leser, was Sigmund Freud noch schreibt. „Die Sexualität der meisten Männer zeigt eine Beimengung von Aggression, von Neigung zur Überwältigung; dessen biologische Bedeutung in der Notwendigkeit liegen dürfte, den Widerstand des Sexualobjektes noch anders als durch die Akte der Werbung zu überwinden." Damit hat Sigmund Freud ausgedrückt, was heute noch Wissenschaftler schreiben, nämlich dass ein Vergewaltigungsgefühl den Männern angeboren worden ist, vererbt worden ist von ihren Vorfahren.

Ja, jetzt darf richtig geflucht werden, werte Lesergemeinschaft. Ich zitiere mal kurz angemerkt zwei Sätze aus dem Zusammenhang eines Wissenschaftlers unserer Zeit: „Kaum eine menschliche Wesensart scheint unseren Verwandten (Menschenaffen) fremd zu sein. Aggression gegenüber Artgenossen, Vergewaltigung, Frauenraub, Kindstötung, ja, Krieg und Mord im Sinne vorsätzlicher Tötung gibt es bei Tieren, wie bei Menschenaffen. So ist unzweifelhaft, dass auch wir Menschen genetische Grundmuster für alle diese Verhaltensweisen haben und sie deshalb so verbreitet sind." (Prof. M. Dzieyk)

Fakt ist, dass keine Kultur es schaffen kann, den Mann so umzuerziehen, dass man in seinem Gehirn das Vergewaltigungsgefühl ausrottet. Vergewaltigungen wird es immer geben. Selbst die Angst vor einer Todesstrafe wird niemals vollständig das Vergewaltigungsgefühl in einem Mann ausrotten können. Der Wissenschaftler, den ich gerade zitierte, schrieb weiter: „So muss sich der Mensch in seiner jeweiligen Kultur Regeln und Normen geben (Gesetze), damit er sich möglichst human gegenüber seinen Mitmenschen verhält und Erziehung und Strafandrohung sollen gewährleisten, dass diese Regeln auch eingehalten werden. Dabei ist der Erfolg in jeder menschlichen Gesellschaft immer begrenzt gewesen und wird es auch bleiben, weil die biologischen Wurzeln immer wieder durchschlagen werden."

Ja, das sind alles wissenschaftliche Aussagen, die nicht meinem Gehirn entsprungen sind.

Ich beschreibe jetzt einmal eine unrealistische Situation, also eine Situation, die es nie geben wird, jedenfalls nicht mehr in unserem Zeitalter. Also, wenn zwei Menschen, genauer beschrieben ein Mann und eine Frau, bei einem Schiffsunglück als einzige überlebt haben, auf eine einsame Insel verschlagen werden und die Frau eine hübsche sogenannte Karrierefrau ist, die ein Wirtschaftsunternehmen erfolgreich führt und tausenden von Männern Anordnungen erteilt, die die Männer befolgen müssen, und der Mann, der jetzt gemeinsam mit dieser Karrierefrau auf die Insel verschlagen wurde, ein zahnloser, fetter, hässlicher, stinkender Analphabet ist, passiert es mit 99 prozentiger Wahrscheinlichkeit, dass die Karrierefrau sich bücken muss und der stinkende Analphabet sie vögelt.

Fakt ist, die kulturellen Gesetze, die weit weg in der Heimat gelten, gelten nicht mehr auf dieser Insel. Sie können nichts mehr bewirken, jetzt gelten nur wieder die Gesetze der Natur. Kein Gesetz schützt jetzt diese Karrierefrau und kein Gesetz kann den Mann bestrafen. Die kulturelle Erziehung hört in diesem Moment auf zu wirken, wo der Mann keine Angst mehr hat, in den Knast zu wandern. Auf der Insel herrscht nun nur noch der zahnlose Taliban.

Ich will mit dem, was ich geschrieben habe, nur ausdrücken, dass man die Natur im Menschen nicht umerziehen kann, sondern höchstens durch ein Angstgefühl vor einer Knaststrafe zum großen Teil unterdrücken kann, bis zu einer gewissen Schmerzgrenze. Wie gesagt, um keine Missverständnisse aufkommen zu lassen, ich bin natürlich gegen Vergewaltigungen. Und jetzt werde ich etwas satirisch. Ich will ja auch nicht, dass meine Frau vergewaltigt wird von anderen Männern, was Ehemänner in der Regel selber tun, wie ich gelesen habe. Ich zitiere eine Pressenotiz, Überschrift: „Herr Jedermann vergewaltigt. Vergewaltiger sind oft strebsame Durchschnittsbürger, handeln selten aus sexuellem Notstand heraus, fand ein Sexualforscher von der Uni Kiel heraus."

Und weil wir schon einmal bei der Sache sind, frage ich: Gibt es eigentlich ein dominantes Männlichkeitsgefühl, das Männern durch ihre Gene angeboren und nicht anerzogen wurde, wie es viele Wissenschaftler behaupten, beziehungsweise, was heißt es, wenn man sagt, dieser Mann erlebt sich männlich? Und gibt es auch ein Weiblichkeitsgefühl, wo man sagen kann, diese Frau erlebt sich weiblich?

Wir wissen alle, dass in der Tierwelt sich mehrheitlich die männlichen Tiere wegen ihres Sexualtriebs bekämpfen, um Zugang zu den Weibchen zu bekommen und sie versuchen, ihr Harem, ihre Weibchen, vor Nebenbuhlern fernzuhalten. Was nicht immer gelingt, aber die Weibchen sich dennoch den männlichen Rudelführern mehrheitlich unterwerfen. Dennoch erleben wir biologisch eine Unterwerfung des weiblichen Tieres zum stärksten männlichen Tier. Und nicht viel anders erleben sich wir Menschen.

Ein Wissenschaftler (Prof. M. Dzieyk) schreibt: „Bei allen Variationen des sozialen, und speziell des sexuellen Verhaltens, erlebt der Mensch keine absolute Sonderstellung gegenüber dem Tierreich. Es finden sich vielfältige Erscheinungen, die typisch primatenhaft (Menschenaffen), zum Teil sogar typisch für viele Säugetiere sind."

Dazu zitiere ich passend die kanadische Entwicklungspsychologin Susan Pinker aus dem Zusammenhang. Sie schrieb: „Risikofreudige, erfolgreiche Männer kommen bei Frauen besser an und haben so größte Chancen, ihre Gene zu vererben." Und dazu passt außerdem, ich zitiere aus der Presse: „Männer und Frauen betonen stets, dass sie einen Partner wollen, der genauso intelligent und schön ist. Das ist alles Quatsch. Laut einer aktuellen Studie sind die Kriterien die gleichen wie in der Steinzeit. Männer legen Wert auf gutes Aussehen, Frauen achten bei Männern auf ihren Status."

Zum Glück kann ein anderer Wissenschaftler, z. B. Professor Eysenck, den ich persönlich kennengelert habe, eine biologische, eine tierische wie menschliche Männlichkeit und Weiblichkeit auf seine Art und Weise bestätigen. „Es steht fest, Aggressivität ist auch bei Säugetierarten geschlechtsgebunden und eng verknüpft mit der Sekretion von Sexualhormonen. Deshalb ist ein dominantes Verhalten, also über den anderen zu herrschen, eine charakterliche Eigenschaft, die wir Menschen gewöhnlich als männlich bezeichnen und Unterwerfung als typisch weiblich bezeichnen. Dies gilt nicht nur für den Menschen, sondern auch bei vielen unterschiedlichen Säugetierarten. Soziales Dominieren scheint also mit der Produktion von Geschlechtshormonen verknüpft zu sein." Zitat Ende.

Nun gibt es ja Wissenschaftler, die sagen, Männlichkeit und Weiblichkeit, die gibt es gar nicht, so ein Verhalten ist den Menschen nur kulturell anerzogen worden. Ich sage, das sind Fake News, das ist eine Falschdarstellung. Vielmehr ist umgekehrt Tatsache, dass männliches Verhalten und weibliches Verhalten auch uns Menschen genetisch angeboren worden sind und unser menschlicher Bewusstseinsverstand versucht, das alles durch eine kulturelle Erziehung mit Strafandrohung, wenn der Mensch, vor allem der Mann, das nicht befolgt, was der Verstand will, abzuerziehen beziehungsweise abzudressieren. Was dem Menschen, was dem Verstand aber nicht so erfolgreich gelingt, weil die Gene die eigentliche Macht über uns Menschen haben, weil die Natur, die biologischen Wurzeln, immer wieder durchschlagen werden.

Fakt wäre Folgendes: Wenn Mann und Frau zusammenleben, also ein partnerschaftliches Verhältnis erleben, völlig ohne Sexualität, was kaum vorstellbar ist, vor allem nicht in den jungen, sexuell eher triebstarken Jahren, würde sich kein Mann der Frau gegenüber männlich erleben, was heißt, über die Frau herrschen zu wollen, über sie bestimmen zu wollen. Und keine Frau würde sich dem Mann gegenüber weiblich erleben, was heißt, den willensstarken, den leistungsstarken Mann fordern, nein, in diesem Fall würden sich beide, also Mann und Frau, nur noch menschlich erleben, was für die menschliche Liebe sehr gute Voraussetzungen schafft. Wir erleben ja, dass viele Männer, die sich in jungen Jahren männlich verhalten haben, nach zirka 30 Jahren Eheleben, wo die Sexualität keine große Rolle mehr spielt, wobei es natürlich Ausnahmen gibt, ich will ja nichts Falsches schreiben, jedenfalls der Mann sagt, er ist sehr tolerant seiner Frau gegenüber. Was nur heißt, er ist sexuell nicht mehr so abhängig von seiner Frau. Punkt.

Ich sage, wir sollten alle ganz ehrlich sein zu uns selber. Wenn wir heute im Jahr 2022 erleben, wie eine Frau mit einem Mann machen kann, was sie will, und sich der Mann der Frau vollkommen unterwirft, sagen Frauen: „Na, was ist das denn für ein Mann? Das ist doch kein richtiger Mann, das ist ein Hampelmann und vor so einem Mann haben wir Frauen keinen Respekt." Und ich habe andererseits bis jetzt keinen Mann gehört, der sich mit seinem Willen gegen eine Frau durchgesetzt hat, der sagt: „Diese Frau ist unweiblich, mit dieser Frau kann ja ein Mann machen was er will, vor dieser Frau habe ich keinen Respekt." Im Gegenteil solch eine Frau wird als vollwertig weiblich erlebende Frau respektiert.

Frauen fühlen sich angezogen von Männern, die erfolgreich und risikobereit sind. Ich zitierte das schon einmal aus der Presse. Das gehört alles zur Wesensart von Männern, die nicht dazu führen, sich einer Frau unterzuordnen und alles mit sich machen zu lassen, was eine Frau will.

Nun gibt es natürlich auch Karrierefrauen, die sagen: „Männlichkeit – Weiblichkeit, das sind doch alles nur Vorurteile aus der Steinzeit und können durch eine Erziehung völlig ausgerottet werden, und Frauen sind genauso männlich, oft auch erfolgreicher als Männer und erleben Status und oft größere Statur als ein Mann." Man kann sagen, das stimmt auf den ersten Blick. Aber im Fernsehen erlebte ich einen Psychologen, der mit Karrierefrauen zu tun hatte, sozusagen als Patientinnen, und sagte, diese Frauen fänden keinen passenden Mann, denn sie wollten keinen Mann, der auf der Karriereleiter unter ihnen stehe, dümmer sei und weniger erfolgreich als sie selbst, der weniger Status erlebe. Das heißt, auch die mehrheitlichen Karrierefrauen haben nur Respekt und Achtung vor einem Mann, der erfolgreicher ist als sie selbst. Und was ist nun mit der weiblichen Sexualität? Will die Frau sich dabei auch männlich erleben? Will sie im Bett dem Mann vielleicht beweisen, dass sie ihn sexuell mehr beherrschen kann? Ich sage natürlich nicht, im Bett will sie sich von einem Mann bis zur Kontrolllosigkeit beherrschen lassen. Sie will sich der sexuellen Leistung eines guten Liebhabers unterwerfen. Ich glaube, dass Frauen sich immer noch weiblich erleben. Sie wollen immer noch einen Mann im Bett erleben, der ihre Sexualität beherrscht. Andererseits ist das sehr oft ein fataler Irrtum, wenn Männer glauben, wenn sie eine Frau im Bett beherrschen, nun Macht über sie bekommen zu haben, wenn die Frau sagt „du bist der Größe, der Beste bis jetzt", und nun glauben, mit Frauen machen zu können, was sie wollen. Das gibt es zwar auch, nichts ist unmöglich. Fakt ist aber, wie schon oft beschrieben, die weibliche Sexualität hat für die meisten Frauen keinen so hohen Stellenwert wie für Männer ihre männliche Sexualität. Frauen können auch mehrheitlich keine Geschlechtsehre erleben, weil sie besonders gut im Bett durch eine sexuelle Leistung auftrumpfen. Frauen können niemals Männerheldinnen werden, wie umgekehrt ein Mann durch eine sexuelle Leistung ein Frauenheld werden kann. Eine Frau gewinnt nicht an Ehre, je mehr sie mit vielen Männern Sex erlebt und alle Männer durch ihren Körper orgasmuserlebend werden. Es gab schon Versuche, wo man gewollt erlebte, dass ein Frauenkörper nur durch die Bereitstellung ihres Körpers über 100 Männer am Stück orgasmuserlebend hat werden lassen, ohne eine besondere Leistung und ohne dass diese Frau auch nur ein einziges Mal orgasmuserlebend wurde. Andererseits wäre Casanova nicht so berühmt geworden, wenn er keine sexuelle Leistung vollbracht hätte, wenn er also ein sexueller Versager gewesen wäre.

Ich sage nun, nur aus sexuellen Gründen, oder vor allem aus sexuellen Gründen, wollen Männer nach Macht und Einfluss streben. Das sind gute Werbeangebote für Frauen, so wie es die kanadische Entwicklungspsychologin Susan Pinker beschrieben hat, wenn Männer nicht gerade aussehen wie Richard Gere oder Tom Cruise. Nur eines können Männer nicht erwerben durch Macht und Einfluss, durch ihren Reichtum, das sind sexuelle Lustgefühlstriebe, die hat ihnen nur die Natur geschenkt, oder auch nicht. Wir Bordellbetreiber saßen sehr oft zusammen und redeten über unser großes Glück, jeden Tag die hübschesten Mädels der Welt vögeln zu dürfen und bekamen teilweise dadurch, dass die Mädels in unseren Bordellen anschafften, noch Geld dazu. Fakt ist, eine hübsche gut gewachsene Prostituierte hat keinen anderen Körper als z. B. Jennifer Lopez oder Madonna oder Heidi Klum oder Helene Fischer.

★★★★★

Ich möchte nun endlich die unselige Debatte darüber beenden, was reizt den Mann sexuell mehr an einer Frau, das Gesicht oder ihr Körper? Denn immer wieder hört man, dass der Mann zuerst immer in das Gesicht einer Frau schaut, dann auf ihren Körper und man deshalb der Meinung sein kann, das Gesicht einer Frau reizt einen Mann mehr als ihr Körper.

Fakt ist, dass Männer einerseits das Gesicht nur abfragen wollen von wegen, steht sie auf mich, will sie Sex mit mir? Erwidert eine Frau den Blick, glaubt der Mann, die Frau würde ihn ranlassen. Ein Lächeln einer Frau wäre die richtige Bestätigung für alles. Deshalb schauen Männer vornehmlich Frauen ins Gesicht. Geht man mit Freunden auf der Straße, heißt es immer: „Haste gesehen, die hat mich angesehen, die steht auf mich."

Sex können Männer ohnehin mit fast jeder Frau erleben. Die Frage ist nur, welche Frau lässt mich ran? Frauen haben sehr oft mit stierenden, blickstarrenden Männern ein großes Problem. In der U-Bahn sitzend lesen Frauen am besten ein Buch, weil sie nicht wissen, wo sie hinsehen sollen. Gegenüber von Frauen sitzen Männer mit stierendem Blick und warten nur auf einen Augenaufschlag der Frau und schon fühlen sich Männer bestätigt, der große Auserkorene zu sein.

Fakt ist, wenn ich in ein Tanzlokal gehe, um eine Frau abzuschleppen, laufe ich erst einmal rum und schaue allen attraktiven, gut aussehenden Frauen ins Gesicht. Würdigt man mich keines Blickes, weiß ich, für diese Frauen bin ich uninteressant. Sieht mich endlich eine Frau an und ich denke mir, die ist besser als gar keine, dann fordere ich sie auf zum Tanz und eröffne das Spiel mit dem Satz: „Als ich Sie sah, sind Sie mir sofort angenehm aufgefallen." Und sie antwortet: „Sie mir auch." Und der Abend ist gelaufen.

Am anderen Tag sage ich meinen Freunden: „Gestern habe ich eine Braut abgeschleppt, aber im Grunde genommen nur die, die ich kriegen konnte und nicht die, die ich haben wollte."

Interessant ist auch ein anderes Phänomen: Wenn z.B. Gäste in ein Bordell kommen, ist ebenso für viele das Gesicht eines Mädels von großer Bedeutung. Ich hatte einmal eine Braut, die hatte einen Körper wie Miss Universum, aber ihr Gesicht war nicht liebreizend. Sie hatte ein Gesicht, das sah eher sexbesessen aus, mit tiefen Augenrändern und so. Sie sah aus, als wolle sie nur den Hengst – passend zu ihrem wunderschönen Körper. Da gab es nun sehr viele Männer, die vor dieser Frau nur wegen ihres Gesichts Angst bekamen, zu versagen. Sie geilten sich an diesem Körper auf und gingen mit einer anderen aufs Zimmer, die eher ungefährlich aussah. Es gab allerdings auch genauso viele Männer, für die dieses Gesicht eine Herausforderung war. Wenn es tatsächlich so wäre, dass sich Männer vor allem in erster Linie an einem schönen Gesicht einer Frau aufgeilen, statt an ihrem Körper, dann würden Männer sich nur noch selbst befriedigen durch einen OTTO-Katalog, nicht aber durch Pornohefte, wo Frauen teilweise von hinten, ohne Gesicht, abgebildet sind. Die Traumfrau für einen Mann sieht so aus: Sie muss einen wunderschönen geil aussehenden Körper haben, mit einem Gesicht, das hausfrauenartig lieb ausschaut und Nettigkeit ausstrahlt.

Ich bin immer noch dabei, herauszufinden, was löst bei einer Frau eine sexuelle Lust auf einen Mann aus? Die Größe eines Mannes ist nur ein Kriterium. Ich glaube jedenfalls, wenn Frauen am Wochenende tanzen gehen, dann meistens nicht wie Männer mit dem Vorsatz, heute unbedingt einen Mann abzuschleppen und mit ihm sofort zu vögeln, jedenfalls nicht mehrheitlich gewertet. Aber wenn plötzlich ein Mann sie auffordert, der ihr gefällt, ist sie auch einem Sexerlebnis nicht abgeneigt, wobei die Größe eines Mannes beeindruckend sein kann, doch vielmehr das Gesicht eine bedeutende Rolle spielt. Sie verschwendet kaum einen Gedanken daran, sich vorzustellen, wie der Mann unbekleidet aussieht, wenn er nicht gerade völlig übergewichtig ist. Sie denkt wohl eher auch nicht so eindringlich daran, wie sein Schwanz aussieht. Eher liest die Frau aus dem Gesicht des Mannes ab, wie er sich sexuell ausleben würde und sie reagiert auf das, was der

Mann für Sprüche draufhat. Das Gesicht eines Mannes plus seine Redensart plus Größe ergeben ein Ganzes.

Fakt ist jedenfalls Folgendes: Ein Mann, der schon in einem Anzug ziemlich muskulös daherkommt, mit breiten Schultern und schmaler Taille, aber mit einem unattraktiven Gesicht, hat weniger Chancen bei Frauen als ein körperlich weniger stark aussehender mit keiner schmalen Taille, indes dafür mit einem attraktiven Gesicht.

Zusammenfassend würde ich sagen, die Größe eines Mannes, ein attraktives Gesicht und der passende Spruch ziehen Frauen sexuell an. Auf jeden Fall erleben sich Männer mehrheitlich anders Frauen gegenüber. Ich betone mehrheitlich, was nicht heißt, dass sich alle Männer anders erleben. Männer erregen sich also auch an kleinen Frauen, das Gesicht ist nicht so ausschlaggebend, nicht das, was sie sagt. Entscheidend ist eher die Körperfigur einer Frau, die unterschiedlich gewachsen Begehrlichkeiten auslöst, zwischen schlank und mollig ist oder einen großen Busen hat.

Frauen erleben sich nun mal sexuell viel verschiedener als Männer. Frauen, die eher eine weniger aggressive Sexualität erleben wollen beziehungsweise eine eher einfühlsame, mit einem sexuellen Vorspiel, finden ein männliches Gesicht, das eher weiblich aussieht, anziehender als eine Frau, die von Anfang an den Hengst will. Solch eine Frau bevorzugt eher ein männliches Gesicht, das brutal aussieht und den richtigen Spruch draufhat. Und ob eine Frau wirklich etwas von einem Mann wissen will, wenn sie ihm in die himmelblauen Augen schaut, darüber kann ich ein Erlebnis beschreiben. Auf meinem Weg zur Arbeit begegnete ich jeden Morgen einer jungen Frau, die mir immer entgegenkam, und jedes Mal starrte sie mich an, wenn sie an mir vorbeilief. Aha, dachte ich, die will was von mir und ich stellte sie mir in der Nacht schon wieder in meiner Lieblingsstellung vor. Also sprach ich sie eines Tages an und fragte sie, ob sie sich nicht mit mir mal verabreden wolle, dann könne sie mich noch anders anstarren. Antwort: „Um Himmelswillen, Sie sehen genauso aus wie mein Ex. Das war ein Stück Scheiße, den habe ich rausgeworfen. Und immer wenn ich Sie sehe, kommt mir alles wieder hoch." Ups, dachte ich, das war wohl nichts und ging seit dem Tag auf der anderen Straßenseite zur Arbeit.

Ich möchte noch einmal auf die Größe eines Mannes eingehen. Ich habe viele Frauen gefragt, warum muss für Frauen eigentlich ein Mann immer größer sein als sie selbst? Nach dem Motto, man muss zu einem Mann aufschauen können. Ich sagte: „Kleine Männer, die vielleicht kleiner sind als die Frau selbst, können viel bessere Liebhaber sein und viel größere Schwänze haben und viel größeren Status erreichen als ein großer Mann. Uns Männern ist es auch egal, wenn die Frau kleiner ist als wir. Wegen meiner können Frauen so klein sein, dass sie Klimmzüge an unseren Brustwarzen machen können oder so groß, dass wir im Stehen unter sie durchlaufen können und ihre Vagina über uns anstarren." Die Antworten von Frauen waren immer dieselben, sie sagten: „Ja, ich weiß auch nicht genau, warum das so ist. Man hat einfach keinen Respekt vor zu kleinen Männern. Vielleicht sieht das auch nur besser aus, wenn der Mann größer ist als eine Frau." Daraufhin sagte ich satirisch: „Kleine Männer abzulehnen ist diskriminierend, ist kleinwuchsfeindlich."

★★★★★

Ich war nun 42-43 Jahre alt und fing an, mich emotional zu verändern. Ich erlebte mein Leben bewusster, was mir gar nicht gefiel, weil sich jetzt immer mehr mein verfluchter Verstand in meinem Leben durchsetzte, der mir prophezeite, dass ich mal Zeiten erleben werde, wo ich, statt immer nur lebensbejahende sexuelle Gefühle zu erleben, immer mehr lebenszerstörende Gefühle erleben werde durch ein zunehmendes Versiegen meiner Sexualität, dafür mit zunehmenden Krankheiten, mit zunehmenden Gebrechlichkeiten und Siechtum leben muss. Ich erlebte jetzt instinktiv, nachdem ich wieder einmal ein schönes lebensbejahendes Erlebnis gehabt hatte, das Bedürfnis, mir etwas zu schwören. Ich schwor mir, dieses Sexerlebnis dieses Mal fest einzuzementieren in meinem Kopf, so lange ich lebe, und mir immer, wenn es mir sehr schlecht geht, zu mir selbst sage: „Achim, du hast die extremsten lebensbejahendsten Gefühle erlebt, die man überhaupt erleben kann im Leben eines Mannes. Du hast den höchsten Berg der Welt, der nur aus lebensbejahenden sexuellen Gefühlen bestand, bestiegen und hast erkannt, höher geht es einfach nicht mehr. Mehr lebensbejahende Gefühle kannst du, Achim, einfach nicht erleben. Es gibt für dich keine sexuelle Steigerung mehr und deshalb brauchst du auch keine Angst vor dem Tod zu haben, denn ein Leben, das einen zum Leben nicht mehr antreibt, ist langweilig und ist nur ein Dahinleben, ein Dahinvegetieren.“

★★★★★

Nachdem ich jetzt über meine Erfahrungen, die ich sammelte in meiner Bordellzeit, einiges geschrieben habe, was man wissen sollte, möchte ich berichten, dass Chinesen-Kalle alias Dieter Jagtmann, von dem ich im ersten Teil meines Buches etwas geschrieben habe, im Grunewald erschossen wurde. Dieses Verbrechen ist eigenartigerweise nie aufgeklärt worden. Merkwürdig ist das deshalb, weil alle Verbrechen, die im Rotlichtmilieu begangen werden, irgendwann mal aufgeklärt werden, denn niemand hält in diesem Milieu für immer die Schnauze. Chinesen-Kalle war wohl die schillerndste Figur zu der Zeit im Rotlichtmilieu.

★★★★★

Ich schreibe jetzt zusammengefasst in Kurzform, was ich in 26 Jahren erlebte.

Kurzum, Eva verstarb mit 54 Jahren. Sie litt an Asthma und konnte das Rauchen nicht besiegen. Zudem arbeitete sie in einer Zigarettenfabrik bei Reemtsma. Ich habe zwar mit Eva nie richtig zusammengelebt, dennoch war sie die einzig gefühlte Lebenswegpartnerin für mich und machte mein Leben nun einsamer. Leider ist das in den meisten Fällen so, dass man erst merkt, wie sehr man den anderen braucht, wenn es ihn nicht mehr gibt. Solch ein menschlicher Verlust, wie ich den mit Eva erlebte, das macht schon etwas mit dem eigenen Leben und lässt in mir immer die Frage aufkommen, was für einen Sinn es überhaupt hat, zu leben? Darüber hinaus nahmen die gesundheitlichen Probleme meiner Mutter natürlich zu. Das alles verdrängte meine Sexualität, die mich nun nicht mehr so trieb wie früher. Regelmäßig jeden Abend wegzugehen ging auch nicht mehr. Ich arbeitete bei einem Freund nur eingeschränkt, was alles zu Lasten meiner Rente ging. Ich musste immer mehr auf meine Mutter aufpassen. Wenn sie sich nicht jeden Tag bei mir auf der Arbeit meldete, war Gefahr in Verzug, dann musste ich nach Hause und fand sie oft auf dem Boden liegend. Sie kam alleine nicht mehr hoch. Glücklicherweise brach sie sich nie etwas.

Ich befand mich am Rande einer völligen psychischen Überforderung und versuchte, über eine Partnerschaftsanzeige in einer Zeitung eine Frau zu finden, mit sinngemäßem Worttext: „Welche Frau hat Verständnis für einen 55-Jährigen, der seine Mutter pflegen will und sehr wenig Zeit hat, aber auf Liebe selbst nicht vollständig verzichten will. Auch eine viel ältere Frau wäre angenehm."

Ich liebte jetzt meine Mutter. Ich gab meiner Mutter Liebe zurück. Ich gab ihr jetzt Geborgenheit, was ich zeitlebens durch meine Mutter erlebte. Ich hatte nun Glück im Unglück, meine äußerst pflegebedürftige Mutter litt nicht unter Demenz. Ich brauchte sie also nicht in ein Pflegeheim zu geben. Ich konnte sie bei mir zu Hause pflegen.

Bevor ich nun von Ruth schreibe, die ich kennengelernt habe über eine Anzeige, möchte ich passend an dieser Stelle die Liebe beschreiben, wie sie sich wirklich erlebt.

★★★★★

TEIL III

Der Philosoph David Precht, der ein Buch über die Liebe schrieb, stellt fest, dass man die Liebe nicht beschreiben kann: „Die Liebe ist ein unordentliches Gefühl." Ich maße mir nun an, die Liebe beschreiben zu können.

Bevor wir über die Liebe diskutieren, müssen wir aus einem ganz wichtigen Grund herausfinden, ob Tiere lieben können. Man spricht doch ständig von Tierliebe.

Wissenschaftler geben oft schwammige Antworten auf solch eine Frage. Der Evolutionstheologe Charles Darwin schrieb einmal, dass die Liebe eine moralische Eigenschaft sei, die sich bei den Tieren vorbereite und beim Menschen erst zur Entfaltung komme.

Was sich nun erst vorbereite, ist eben noch keine Liebe, also gibt es deshalb auch keine Tierliebe. In der Regel erleben die mehrheitlichen weiblichen Tiere ein instinktives, also tierisches Brutpflegetriebgefühl, das keine Tierliebe ist. Sind alle aufzuziehenden Jungtiere selbst überlebensfähig geworden, verstößt instinktiv das Muttertier ihre Jungen. Bei den Menschen erlebt eine Mutter ganz zu Anfang auch eher ein tierisches Brutpflegetriebgefühl, das sehr bald durch ein nur menschlich erlebtes Fürsorgefühl ersetzt wird. Und aus diesem Fürsorgefühl kann sich die menschliche Liebe durch ein langes Gewöhnungsgefühl heraus entfalten oder nicht. Es kommt von Fall zu Fall darauf an. Angeboren ist die Liebe den Menschen nicht. Das heißt, nicht jeder Mensch muss die Liebe erleben.

Fakt ist jedenfalls, eine Menschmutter trennt sich nicht durch ein instinktives tierisches Gefühl von ihren Kindern. Eine Mutter, die ihre Kinder liebt, verstößt ihre Kinder nicht, wenn sie selbst überlebensfähig geworden sind. Die menschliche Liebe, sofern sie erlebt wird, verhindert solch eine Verhaltensweise. Die menschliche Liebe kann ewig erlebt werden. Selbst eine 90-jährige Mutter kann immer noch ihr 70-jähriges Kind lieben.

Aber nun aufgepasst! Ich habe noch nicht über väterlich erlebende Männer geschrieben.

Ich maße mir an, Charles Darwins Satz zu ergänzen. Wenn Charles Darwin von Tieren generell schreibt, stimmt das nicht so ganz, möchte ich vorsichtig anmerken. Bei vollem Respekt, denn diese moralische Eigenschaft hat mehrheitlich eher nur etwas mit einem instinktiven weiblichen Brutpflegetriebgefühl zu tun, was den weiblichen Muttertieren mehrheitlich genetisch angeboren ist. Aber ein männliches Brutpflegetriebgefühl gibt es mehrheitlich nicht. Das ist den männlichen Menschenaffen, z. B. den Schimpansen, überhaupt nicht genetisch angeboren angeboren und kann deshalb auch nicht an die Nachkommen vererbt werden. Dabei stellt sich die Frage, wieso gibt es bei den menschlichen Erzeugern mehrheitlich väterliche Fürsorgefühle, die wir ja nicht vererbt bekommen haben von unseren Vorfahren, obwohl wir sämtliche Verhaltensweisen von Schimpansen tagtäglich ausleben, sofern sie nicht durch eine Strafandrohung unterdrückt werden? Denn wir Menschen erleben uns zu 99% genetisch gleich mit Schimpansen. Dazu schreibt ein Wissenschaftler Folgendes:

„Eine Besonderheit des Menschen ist die Familiarisierung des Mannes. So kommt zur Mutter-Kind-Beziehung die Fürsorge des Vaters vor allem in der Nahrungsbeschaffung und in der Erziehung für seine leiblichen Kinder hinzu, die es so bei den Affen (außer Springtamarin) nicht gibt. Sie dürfte daher mit der Bildung der Kernfamilie erst in der Stammesentwicklung des Menschen entstanden sein und ist, weil noch relativ jung, anscheinend genetisch noch nicht so fest verankert.“

Ich habe dazu folgende Erklärung: Affen, genau wie Menschen, leben in Herden, in Gruppen. Der Mensch ist genau wie unsere Vorfahren kein multikultureller Einzelgänger, obwohl uns die Politik dazu erziehen will beziehungsweise dressieren will. Eine Affenherde ist relativ klein, sehr überschaubar und die Nachkommen erleben die Gruppengefühle der ganzen Herde, der ganzen Gruppe, auch von männlichen Tieren. In einer überschaubaren Affengemeinschaft erleben die Aufzuziehenden Vertrautheitsgefühle, Geborgenheitsgefühle und Sicherheitsgefühle. Bei den menschlich viel größeren Gruppengemeinschaften ist das alles zu unüberschaubar. Und solch eine große Gruppe kann die lebensnotwendigen Gruppengefühle, wie Vertrautheit, Geborgenheit, Sicherheit, nicht mehr gut gewährleisten. Und deshalb bilden sich in zu großen menschlichen Gruppen sehr viele kleinere Gruppen, sogenannte Kernfamilien, bestehend aus Erzeugern, Muttern und Kindern. Also eine typische Mutter-Vater-Kind-Familie, in denen nun Vertrautheitsgefühle, Geborgenheitsgefühle und Sicherheitsgefühle erlebt werden können. Das heißt, eine zu große menschliche Volksgruppengemeinschaft wird entlastet durch viele einzelne Kernfamilien, also anders wie in einer eher überschaubaren Affenherde, wo die ganze Gruppe Verantwortung übernimmt für die Aufzuziehenden und nun die menschlichen Erzeuger ihrer Aufzuziehenden in die Fürsorgepflicht mit eingebunden werden. Zumindest versucht man, den menschlichen Mann dahin zu erziehen, zu dressieren. Und hat sich der menschliche Mann an solch ein Kernfamilienleben gewöhnt und übernimmt Fürsorgepflichten, kann auch der menschliche Mann, genau wie die Mutter, seine Kinder lieben. Dass diese mehrheitlich menschlich erlebten Kernfamilien nun nicht immer so funktionieren, wie sie funktionieren sollen, also genetisch nicht fest verankert sind, beweisen uns die Scheidungen, wodurch wieder, wie bei den meisten Tieren, eine Alleinerziehung der Mutter stattfindet. Was heißt, Männer erleben sich immer noch sehr zahlreich wie viele Säugetierarten, also wenig angepasst an eine Kernfamilie.

Ich gebe zu, dass es politisch auch Bemühungen gerade in Deutschland gibt, in eine große menschliche Gruppengemeinschaft eine Mitverantwortung für die Aufzuziehenden von alleinerziehenden Müttern gibt durch finanzielle Unterstützung, z. B. Kindergartenplätze.

Ich fragte bei dem sehr bekannten Zoologen Prof. Dr. Henning Wiesner, Direktor des Münchener Tierparks Hellabrunn, im

Jahre 2009 deshalb noch einmal an, ob Tiere lieben können. Ich zitiere aus dem Antwortschreiben. Nach der Meinung von Prof. Dr. H. Wiesner gebe es Befindlichkeiten des menschlichen Bereichs, wie auch die Liebe, die zumindest in fließender Übergangsform beim Tier schon angedeutet seien, wenngleich dem Tier als Schlüssel meiner Frage das reflektierende Selbstbewusstsein fehle. Dieses sei nur dem Menschen gegeben.

An anderer Stelle schreibt Prof. Dr. H. Wiesner: „Sie müssen bedenken, dass die Liebe dem Menschen *nicht angeboren ist*, sondern erst beim wachsenden Kind heranreift, wenn das Selbstbewusstsein (im Alter von 3, 3 ½ bis 4 Jahren) entsprechend ausgebildet ist."

Durch eine Informationsbroschüre, die mir Prof. Dr. H. Wiesner zusandte, habe ich erfahren, dass Tiere lernen können, dass Tiere den Intelligenzgrad eines ca. vier Jahre alten Kindes erreichen können, aber zum Bewusstseinsverstand einfach mehr gehört.

Wissenschaftler des Berliner Zoos schrieben mir ergänzend: „Der Verstand kann planen, aus der Vergangenheit lernen und in die Zukunft hineinplanen. Der Verstand kann etwas nach seiner Vorstellung durchführen. Das heißt, der Mensch hat ein reflektierendes Bewusstsein und das macht den Menschen zur geistigen Person, und dies kann ein Tier nie erreichen."

Das heißt, ohne unseren menschlichen Bewusstseinsverstand kann es keine Liebe geben.

Entscheidend, ob sich die Liebe erleben kann, ist tatsächlich, wie Prof. Dr. H. Wiesner schreibt, der Bewusstseinsverstand, durch den der Mensch auch erkennen kann, wie z. B. der Charakter des Anderen ist.

Kommen wir erst einmal zu einem ganz entscheidenden Punkt: Dem Charakter des Menschen.

Man muss Folgendes wissen: Jeder Mensch wird mit einem so genannten Grundcharakter geboren. Der kann mal gut, mal weniger gut sein, der kann mal schlecht, mal weniger schlecht sein. Dieser Grundcharakter ist unveränderlich. Durch eine Erziehung kann der Grundcharakter sich nicht wirklich verändern, allenfalls kann der Mensch lernen, sich zu verstellen, so dass er etwas undurchsichtig wird.

Ich möchte nun der Einfachheit wegen, der Erklärung wegen, von einem schlechten Charakter und einem guten Charakter bei meiner Zusammenfassung schreiben: Ein Mensch mit gutem Grundcharakter, den man erst erkennen muss, das braucht lange Zeit, der trotz allem auch mal in den „Knast wandern" kann, hat bessere Chancen, einmal geliebt zu werden, als ein Mensch mit schlechtem Grundcharakter, der sich nach außen hin verstellt und als Moralapostel auftritt. Kinder werden also mit einem bestimmten Grundcharakter geboren. Die Eltern, die Mütter, haben die besten Chancen, durch das Heranreifen, Heranwachsen der Kinder, durch viel Zeit, herauszufinden, ob das Kind einen guten Grundcharakter hat oder einen eher schlechten. Glaubt eine Mutter, in ihrem Kind nur Gutes zu erkennen, wird sie es eher lieben können, als wenn ihr Kind zunehmend einen schlechten Charakter entwickelt. Nicht immer wird automatisch Liebe in einer Mutter-Kind-Beziehung erlebt. Es gibt auch Eltern mit einem schlechten Grundcharakter, die Kinder zeugen, wo sich die Kinder wegen des schlechten Grundcharakters der Mutter nicht immer geliebt fühlen, nicht geborgen und nicht selten Eltern ihre Kinder sogar verleugnen.

Wenn man nun einen Menschen kennenlernen will, wenn man herausfinden will, ob man einen Menschen liebt, muss man durch lange, sehr lange Zeit versuchen, herauszufinden, wie sein unveränderlicher Grundcharakter überhaupt ist, da muss der Mensch seinen Bewusstseinsverstand gebrauchen. In der Regel verstellen sich alle Menschen. Sie verstellen sich so, dass sie glauben, so gefallen sie den anderen und viele machen das sehr geschickt, das heißt, viele fallen auf einen Menschen rein. So glauben viele Menschen, einen Menschen zu lieben und werden einmal sehr enttäuscht, wenn sie den wahren Grundcharakter erkennen. Aber erst, wenn man einen Menschen richtig erkennt, was meist nur durch eine längere Zeit des Kennenlernens richtig erkannt wird, hat die Liebe eine gute Chance, zur stärkeren Kraft zu werden.

Es gibt ein großes Problem bei den Kindern, die sich immer nur geliebt gefühlt haben durch die Mutter. Das heißt, dass sie immer behütet und umsorgt wurden und Geborgenheit erlebten. Diese Kinder konnten ihrer Mutter meist keine Liebe zurückgeben, denn zu lieben, so wie es eine Mutter tut, heißt zu geben. Kinder also fühlen sich nur geliebt, sie nehmen nur und dürften eigentlich niemals sagen „Mutter, ich liebe dich", sondern nur: „Mutter, ich fühle mich von dir wahnsinnig geliebt, ich fühle mich wohl und behütet." Kinder können ihre Mutter zurücklieben, z. B. aus Altersgründen, und man nun auch die Mutter umsorgt, sie behütet und ihr Geborgenheit zurückgibt. Meistens aber entschwinden Kinder frühzeitig aus der Liebe der Mutter, wenn sie in die Pubertät kommen und die Sexualität sie dazu drängt, einen neuen fremden Partner zu suchen und vergessen leider viel zu oft, dass sie noch eine Mutter haben und erleben sich tatsächlich sehr oft nun wie instinktive Tiere. Das heißt, zu lieben, selbst jemanden zu lieben, zu behüten, zu umsorgen, brauchten Kinder bis jetzt nie ausleben. Bislang gab es immer diese Einbahnstraße: Die Mutter liebte ihre Kindern und die Kinder fühlten sich geliebt. Damit aber ist nun Schluss. Ab dem Moment, wo man einen neuen Partner kennenlernt, mit dem man vor allem Sexualität ausleben will, da funktioniert es nicht mehr, sich immer nur selbst geliebt gefühlt zu erleben durch den Partner, so wie durch die Mutter zuvor. Ab jetzt muss man auch den Partner lieben, das heißt, ihn selbst umsorgen, ihn Geborgenheit erleben zu lassen und ihn selbst behüten, um sich dann genauso von dem Partner zurückgeliebt gefühlt zu erleben. Es gibt keine Einbahnstraße mehr wie von der Mutter zum Kind.

Das Problem zwischen beiden Menschen ist sehr oft, dass ein Mensch den anderen mehr liebt, den anderen mehr umsorgt und zu wenig zurückbekommt, nicht in gleicher Weise umsorgt wird, Geborgenheit erlebt, sich also nicht in gleicher Weise zurückgeliebt gefühlt erleben kann und dadurch wird es am Ende keine Beziehung geben, die durch die Liebe zusammengehalten wird. Wer also sagt, ich liebe dich, der muss gleichermaßen geben, wenn er zurückgeliebt werden will in gleicher Weise.

An dieser Stelle ganz klar die Feststellung, aus Liebe gehen zwei Menschen anfangs keine Verbindung ein. Zusammen gehen Mann und Frau in den jungen Jahren aus Gründen von Sexualität, um sich weiblich zu erleben oder sich männlich zu erleben. Alles das hat mit Liebe nichts zu tun. Und trotzdem sagen zwei Menschen, die verrückt nach Sexualitätserlebung sind, ich liebe dich. Das ist eine Lüge. Denn Liebe erlebt man erst nach langer Zeit des Kennenlernens oder nicht. Es gibt deshalb auch keine Liebe auf den ersten Blick und es gibt auch keine Verliebtheit. Eine Verliebtheit besteht nur aus einer Balzerei und Balzerei hat nur was mit Sexualität zu tun und Sexualität hat, wie gesagt, nichts mit Liebe zu tun. Es gibt auch keine Geschlechtstriebliebe. Es gibt lediglich einen unausrottbar angeborenen Geschlechtstrieb. Die Liebe ist nicht angeboren. Selbst ohne Liebe können Menschen leben und überleben, doch der Geschlechtstrieb ist dem Menschen sehr wohl unausrottbar angeboren und beweist seine starke Überlegenheit gegenüber der Liebe, zumindest so lange, wie der Mensch meist in jungen Jahren triebstark bleibt.

Wer von Liebe auf den ersten Blick redet, müsste Redeverbot bekommen. Ich kann niemals auf den ersten Blick sehen, ob ich einen Menschen lieben kann. Ich kann höchstens auf den ersten Blick erkennen, ob mich eine Frau sexuell erregt. Aber Sexualität hat mit Liebe nichts zu tun.

Ich möchte nun eine Feststellung treffen, die von größter Bedeutung ist. Die Liebe und das Mitleidsgefühl sind die wertvollsten Gefühle, die Menschen erleben können. Es sind die menschlichsten Gefühle, man könnte sie die göttlichen Gefühle nennen.

Leider, leider aber, füge ich nun hinzu, ist die Liebe zwar das wertvollste Gefühl des Menschen, aber längst nicht das stärkste, wenn sich die Menschen in den jungen geschlechtstriebstarken und gebärfreudigen Jahren befinden. Der Geschlechtstrieb ist der stärkste Trieb überhaupt. Man kann sagen, dieser Trieb beherrscht den Menschen. Mit diesem Geschlechtstrieb untrennbar verbunden lebt der Mann eine Männlichkeit aus und die Frau eine Weiblichkeit. In diesen Jahren werden die Geschlechterkämpfe ausgetragen, die, wie ich finde, trotz Gleichberechtigung zu immer mehr Mord und Totschlag führen.

Aber durch die Sexualitätserlebung, durch das Erlebenwollen von Weiblichkeit und Männlichkeit, ausgelöst durch Hormone, kommt es erst dazu, dass sich männliche und weibliche Jugendliche gegenseitig magnetisch anziehen und das bietet die Chance, durch ein längeres Zusammenleben herauszufinden, ob man sich lieben kann oder lieben will. Aber meistens sind die Probleme mit der Sexualität, mit der Männlichkeit und der Weiblichkeit so stark, dass man sehr schnell wieder auseinandergeht und keine Chance erhält, herauszufinden, ob man sich noch lieben kann.

Die Liebe treibt nicht männliche und weibliche Jugendliche zusammen. Die Liebe kann sich allenfalls aus einer Beziehung, die von Sexualität, von Männlichkeit und Weiblichkeit beherrscht wird, ergeben. Einfach ausgedrückt: Die Liebe benutzt die Sexualität, um herauszufinden, ob die Liebe eine Chance hat.

Aber dann, wenn sich die Liebe erlebt durch die lange Zeit einer Sexualerlebung, erlebt sie sich letztendlich nicht anders als die Liebe zwischen Eltern und Kindern. Es gibt keine sexuelle Liebe.

Das Problem, das David Precht mit der Liebe hat, liegt darin, dass er glaubt, dass es auch eine Geschlechtsliebe gibt, dass also Sex etwas mit Liebe zu tun hat – und das bezweifle ich.

David Precht versucht dennoch, hinter das Geheimnis Liebe zu kommen und stellt dabei erstaunlicherweise eine Vermutung auf. Er hat die Vermutung, „dass das Bedürfnis nach Bindung und Nähe aus unserer kindlichen Beziehung zu unseren Eltern stammt. Gleichzeitig oder später sucht sich dieses Bedürfnis in vielen anderen Begegnungen eine Entsprechung."

Na bitte, es geht doch, wenngleich das nur eine Vermutung war von ihm. Aber David Precht versucht sogar seine Vermutung zu stützen durch namhafte Wissenschaftler, wie z.B. Eibl-Eibesfeldt und den Psychologen Michael Mary. Auch ich möchte das für meine Beschreibung von Liebe verwerten. Auch ich möchte meine Meinung über die Liebe von diesen beiden Wissenschaftlern stützen und rechtfertigen lassen. Ich zitiere deshalb jetzt aus dem Buch von David Precht von Seite 161 den Verhaltensforscher Eibl-Eibesfeldt: „Könnte es nicht sein, dass die Liebe ursprünglich gar nicht für Mann und Frau gedacht war?" Für Eibl-Eibesfeldt entspringt die Liebe aus der Bindung zwischen Müttern und Kindern. Sie ist eine Folge der Brutpflege, nicht der Sexualität: Die Sexualität ist nur ein recht selten benutztes Mittel der Bindung, spielt aber beim Menschen in dieser Hinsicht eine große Rolle. Obgleich der Sexualtrieb einer der ältesten Antriebe ist, hat er interessanterweise nicht zur Entwicklung dauerhafter individualisierender Bindungen Anstoß gegeben, von einigen seltenen Ausnahmen abgesehen. Die Liebe wurzelt nicht in der Sexualität, bedient sich ihrer jedoch zur Stärkung des Bandes.

Ich sage nun, lieber Herr Precht, wenn die Sexualität nichts mit Liebe zu tun hat, dann kann es keine Geschlechtsliebe geben, so einfach ist das!

Der Psychotherapeut Michael May schreibt, Seite 162: „Die Liebe zwischen Mutter und Kind ist der Ursprungsort der Liebe (oder die am nächsten stehende Person)." Die Mutter stellt für das Kind den Urgrund dar, in dem es sich aufgehoben und geborgen fühlt. Mit der Mutter entsteht sogar die umfassendste Erfahrung menschlicher Verbundenheit, die vorstellbar ist. Es wundert dabei nicht, dass Menschen im späteren Leben Verbundenheit in einer vergleichbaren intimen Beziehung suchen.

Und nun werde ich die Liebe beschreiben, was angeblich keinem bis jetzt gelungen ist, und verhehle nicht meine Freude, festgestellt zu haben, dass ich, ein ehemaliger Bordellbetreiber, mit dem weltbekannten Verhaltensforscher Eibl-Eibesfeldt in Sachen Liebe Übereinstimmung erlebte.

Wir müssen erst einmal über das Alleinsein, über die Einsamkeit kurz etwas anmerken und wie die Einsamkeit übergangslos in die Liebe einfließt.

Ich kann zusammen mit einem Menschen nebeneinander auf der Couch sitzen, ich kann auch Sex mit dem anderen erleben und bin dadurch nicht alleine und kann mich dennoch einsam fühlen, weil der Mensch, mit dem ich gerade Sex erlebte, der neben mir sitzt, mich nicht wirklich kennt, nicht erkannt hat, wie ich wirklich bin, nur als Mensch, nur als charakterlich erlebender Mensch. Einsam fühlt man sich, wenn es keinen Menschen gibt, der einen richtig erkennt, so wie man wirklich ist, nur als Mensch mit seinem angeborenen Grundcharakter. Einsam fühlt man sich, wenn man wegen seiner Fehler und Schwächen, wegen seines schlechten Aussehens, wegen seiner Krankheit, wegen seines Versagens abgelehnt wird, ausgegrenzt wird von anderen Menschen. Das Gefühl der Einsamkeit und das Gefühl, sich nicht geliebt zu fühlen, nicht geliebt zu werden, gehen nun eher fließend ineinander über. Nicht geliebt fühle ich mich, wenn mich niemand in die Arme schließt, mich niemand fest an sich drückt, niemand mein Gesicht beküsst (nicht beknutscht!) und ich keine menschliche Geborgenheit erlebe. Nicht geliebt fühle ich mich, wenn mich niemand nur wegen meines menschlichen Charakters liebt, egal, was für Fehler und Schwächen ich habe und es dabei egal ist, ob ich hübsch oder hässlich bin, egal, ob ich fett oder schlank bin, egal, ob ich gesund oder krank bin, mich also niemand liebt, nur als charakterlich erlebenden Menschen und stattdessen lieber menschliche Leistungen erleben will bzw. eine materielle Sicherheit erleben will.

Ein Mensch, der Leistung erbringt, der ein Erfolgsmensch ist, kann schon am anderen Tag zum Versager werden, dann ist Schluss mit der materiellen Sicherheit, aber der Grundcharakter eines Menschen bleibt unveränderlich.

Wenn wir nun alle wissen, wie man sich nicht geliebt fühlt, wissen wir also genauso gut, wie man sich fühlt, wenn man einen Menschen liebt. Das heißt, zu lieben heißt zu geben. Ich muss eben alles tun, damit sich der Andere, der sich nicht geliebt fühlt, nun aber als geliebt gefühlt erleben kann. So einfach ist das alles − dennoch beschreibe ich das einmal in umgekehrter Art und Weise.

Das heißt also, ich liebe den anderen wegen seines Grundcharakters, den ich erkannt habe und ich schätze seine menschlichen Werte, nicht seine menschlichen Leistungen und ich diesen Menschen nun liebe, was heißt, ihn menschliche Geborgenheit erleben zu lassen und dass ich ihn in meine Arme schließe, ihn an mich drücke, ihn sein Gesicht beküsse (nicht beknutsche), ihn liebe, egal, ob er fett oder schlank ist, egal, ob er hübsch oder hässlich ist, egal, ob er krank oder gesund ist.

Es stellt sich die Frage, gibt es einen Höhepunkt, einen so genannten G-Punkt auch bei der Liebe und nicht nur in der Sexualität? Generell erlebt sich die Liebe voll durch eine lang anhaltende Beständigkeit. Ich wiederhole mich und sage: Glaube ich nämlich, dass ich den anderen liebe, aber selbst mich von den anderen nicht genug geliebt gefühlt erlebe, stirbt auch meine Liebe zu dem anderen langsam weg. Die absolut vollkommen umfassende Liebe wird erlebt, wenn ich einen anderen liebe und genauso zurückgeliebt werde, wenn ich durch den anderen menschliche Geborgenheit erlebe, muss ich auch diese menschliche Geborgenheit den anderen zurückerleben lassen.

Bei der absolut erlebten Liebe, die kaum erlebbar ist, wird jeder gleichermaßen den anderen lieben und sich gleichermaßen geliebt fühlen. Und wenn sich diese beiden Menschen, gegenseitig und gleichzeitig, in die Arme schließen, sich gleichzeitig gegenseitig an sich drücken und ihr Gesicht beküssen, nicht aber knutschen, wird der G-Punkt der Liebe erlebt, erleben beide einen seelischen Orgasmus, ausgelöst durch diese Körperberührung, die in diesem Moment zu einer gefühlsmäßig erlebten Verschmelzung beider Menschen führt.

Und nun steht plötzlich eine ganz spannende Frage im Raum, die heißt: Ist es ein Verrat an der Liebe, wenn man fremdgeht? Immer wieder heißt es doch, du bist fremdgegangen, du hast mich betrogen, die liebst mich nicht.

Ich habe ja schon beschrieben, dass die Geschlechtstriebkraft die stärkste Kraft überhaupt in einem Menschen ist, vorrangig natürlich bei jüngeren Menschen, wo die Sexualhormone richtig verrücktspielen. Das ist eine Zeit, wo die Geschlechtstriebkraft einen wirklich treibt und wir haben festgestellt, dass es große Unterschiede zwischen männlicher und weiblicher Sexualität gibt. Ich habe das ausführlich beschrieben. Die Liebe ist kein unausrottbar angeborenes Triebgefühl, so wie der starke Geschlechtstrieb zum Beispiel.

Fakt ist, solange ich mich durch einen fremden Frauenkörper sexuell errege und mich sexuell abreagiere, wobei mir völlig egal ist, welcher Mensch in diesem Frauenkörper steckt (so erlebt meist in einem Bordell), verübe ich keinen Verrat an der Liebe zu meiner Frau oder Freundin.

Wenn Frauen nun genauso sexuell funktionieren würden wie Männer, würde das auch für sie gelten. Aber nach meinen Erfahrungen sind ungefähr zirka 5 % aller Frauen so sexuell triebstark, dass ein Mann sie alleine nicht ausreichend befriedigen kann. Für diese Frauen gilt auch, dass sie nur einen Mann wirklich lieben, trotzdem sie laufend fremdgehen. Die meisten Frauen erleben sich nicht so. Mehrheitlich gehen Frauen nach meinen Erfahrungen fremd, weil sie den Respekt vor ihrem Mann verloren haben und deshalb keinen Sex mehr erleben wollen. Das ist meiner Meinung nach der häufigste Grund. Viele Frauen gehen einfach fremd oder erleben Sex aus Neugier und wollen herausfinden, was der stark aussehende Mann für eine Leistung bringen könnte. Aus sexuellem Notstand gehen auf alle Fälle die wenigsten Frauen fremd oder wollen Sex erleben. Das Ansehen, das Beschauen eines gut gebauten nackten Männerkörpers macht Frauen noch lange nicht vollkommen verstandslos. Für sie gilt nicht das, was bei Männern gilt. Ich meine, das muss ich als ehemaliger Bordellbetreiber wohl am besten wissen, wie Frauen sich mehrheitlich erleben.

Allerdings möchte ich Männern damit keinen Freibrief für das Fremdgehen ausstellen, denn so problemlos ist das alles nicht für die Liebe zur Frau. Es gibt viele Risiken, die eine Liebe abtöten können. Es kann z.B. zu nicht gewollten Kindern kommen und zu gefährlichen Geschlechtskrankheiten. Und wenn ein Mann ständig mit ein und derselben Frau fremdgeht, bleibt es meist nicht mehr nur bei einer körperlichen Auslebung, sondern man lernt sich immer mehr kennen und findet womöglich vieles gut an der Frau, mit der man fremdgeht und das kann dann schon gefährlich werden.

An dieser Stelle möchte ich nun einmal die größte Lüge aufdecken, die da heißt, du bist fremdgegangen, du liebst mich nicht. Viele Paare zerbrechen daran, dass ein Partner fremdgeht. Das schmerzt, von Depression bis zur Aggression wird alles erlebt, bei einem angeblich aus Liebe betrogenen Partner. Fakt ist, es geht gar nicht um die verratene Liebe. Was hier passiert, ist die schmerzhafte Verletzung der weiblichen oder männlichen Geschlechtsehre. Eine Frau könnte allenfalls sagen: „Du, Mann, liebst mich nicht mehr, weil du meine Geschlechtsehre verletzt hast." Aber Liebe hat nun mal nichts mit männlicher oder weiblicher Geschlechtsehre zu tun. Ein Mann, der die Geschlechtsehre seiner Frau verletzt, kann dennoch seine Frau lieben. So einfach ist das alles.

Fakt ist, die weibliche Geschlechtsehre hat der Mann verletzt. Er kann niemals, wie beim vorgeworfenen Verrat an der Liebe, rumjammern und sagen, Schatz, das war alles ganz anders, das war nicht so, wie es aussieht. Tatsache ist, es ist so, wie es aussieht. Wenn ein Partner innerhalb einer Beziehung fremdgeht, verletzt ein Partner immer die Geschlechtsehre des anderen und das ist das, was wehtut, was zu Hass und Gewalt führen kann.

Wir erinnern uns, was ich über die weibliche Geschlechtsehre geschrieben habe. Ich zitiere noch einmal kurz angemerkt: Der Mann sagt zu seiner Frau, „Schatz, siehst du gut aus", „siehst du geil aus", „hast du schöne Titten". Und wenn genau dieser Mann fremdgeht, muss ja die eigene Frau in ihrer Geschlechtsehre verletzt sein. Sie fragt sich nun, was hat die andere, was ich nicht habe. Sieht die andere besser aus, sieht die andere geiler aus, hat die andere schönere Titten, einen geileren Arsch, ist sie vielleicht jünger? Und so fort. Nur darin erkennt eine Frau einen Grund, warum ihr Mann fremdgegangen ist. In Wirklichkeit ist das sehr selten der Fall.

Bei der Verletzung der männlichen Geschlechtsehre steht nicht so sehr das Aussehen eines Mannes im Vordergrund, sondern seine Leistung. Geht die Frau fremd, fragt sich der Mann: Ist der andere besser als ich, bin ich vielleicht ein Versager und werde jetzt ausgelacht?

Ich schrieb schon einmal: Die Liebe bedient sich der Sexualität, durch die Sexualität erhalten Mann und Frau erst einmal die

Chance, sich vielleicht einmal lieben zu können. Und gleichzeitig zerstört auch die Sexualität die Liebe durch zu schnellen Partnerwechsel, weil der Sexualtrieb einfach stärker ist als die Liebe. Vorrangig spreche ich natürlich vom Mann. Das Idealverhältnis, dass sich Mann und Frau lieben und dabei das volle sexuelle Programm ausleben, ohne dass einer von beiden fremdgeht, das ist die absolute Krönung einer Partnerschaftserlebung und deshalb sehr, sehr selten. Die größte Chance der Liebe; zur stärksten Kraft zu werden, wird meist erst dann erlebt, wenn die Hormone schwächer werden und den Menschen, vorrangig den Mann, nicht mehr so treiben. Sprich, wenn man älter wird und trotzdem ohne den anderen Menschen nicht leben will. Dann kann die Liebe so stark werden, dass sie über den Tod des geliebten Menschen hinausgeht.

Es gibt nun Heterosexualität und Homosexualität. Man sagt, Homosexuelle lieben nur Männer, weil Homosexuelle Sex untereinander erleben, also Mann mit Mann.

Ich sage, diese Meinung ist falsch. Ich denke an den Modezar Moshammer, der von einem Strichjungen ermordet wurde. Wie mir bekannt ist, liebte Moshammer seine Mutter und ließ ein Mausoleum für sie bauen, und er liebte seinen Hund Daisy. Das heißt, Moshammer liebte eine Frau, seine Mutter, und nur weil Moshammer Sex mit Männern auslebte, die er dafür bezahlte, liebte er keinen dieser Männer. Nur weil man als Mann Sex mit einem Mann erlebt, braucht man noch lange keinen Mann lieben. Ein heterosexueller Mann, der seine Sexualität nur mit Prostituierten auslebt, liebt ja deswegen auch keine Prostituierte.

Sexualität, ob Homosexualität oder Heterosexualität, hat eben nichts mit Liebe zu tun.

Wenn ein Homosexueller ständig seine Sexualpartner wechselt, also zu keinem Mann ein längeres Bezugspersonenzeiterlebnis erlebt, wird er keinen Mann lieben, sondern nur Sex mit ihm ausleben.

Noch einmal: Die Liebe erlebt sich nur durch Menschlichkeit, durch menschlich charakterliche Werte, und hat mit Sexualität nichts zu tun. Es gibt keine sexuelle Liebe, aber würde es die Sexualität nicht geben, würde wohl kein Mann mit einer Frau zusammen leben wollen und man dann nicht herausfinden kann, ob man sich jemals auch lieben kann und folgerichtig sagte Boris Becker einmal in einer Talkshow bei J. B. Kerner, ich zitiere sinngemäß: Na, eigentlich passen ja Männer und Frauen gar nicht zusammen, außer in der Mitte, aber das weißt du ja auch. J. B. Kerner widersprach seinem Freund nicht.

Ich hatte einmal folgendes Erlebnis: Ein junger Bekannter von mir, der weiß, dass ich mich mit solchen Fragen auseinandersetze, fragte mich einmal ziemlich kleinlaut, ziemlich verschämt, ob es möglich sei, dass man einen Freund liebe, gänzlich ohne Sexualität? Ihm sei nämlich aufgefallen, dass er ohne seinen Freund gar nicht sein wolle. Er brauche seinen Freund zu seinem Leben. Seine Freundin – so habe er immer mehr festgestellt – brauche er eigentlich nur zum vögeln. Er müsse seinen Freund wenigstens einmal in der Woche besuchen, weil nur sein Freund ihn so akzeptiere, wie er wirklich sei, ohne sich ständig einer Frau anpassen zu müssen. Der junge Mann, mein Bekannter, sagte, mit seinem Freund habe er die gleichen Interessen, die habe er mit seiner Freundin nicht. Er sagte weiter, seine Freundin würde ihn nie wirklich verstehen, und wenn er ganz genau beschreiben würde, wie er sei, würde das seiner Freundin nicht gefallen. Seine Freundin würde nie akzeptieren, wie er wirklich ticke, aber umgekehrt würde er niemals verstehen oder es gut finden, wie seine Freundin ticke. Man könne eben die Gefühle einer Frau als Mann nicht nachvollziehen und umgekehrt auch nicht. Mein Bekannter sagte, eigentlich sei er nur immer geil auf seine Freundin und versuche sich deshalb anzupassen, was ihn richtig ankotze.

Ich habe jedenfalls seine Frage, ob man einen Freund vielleicht auch lieben könnte, weil man ihn für das eigene Leben brauche, mit einem eindeutigen Ja beantwortet. Vor allem sagte mein Bekannter noch, bei seinem Freund habe er nie das Gefühl, dass dieser ihn mal verlassen könne wegen eines anderen Freundes, egal, wie krank man selbst werde, egal, wie hässlich man werde, egal, wie versagend und arm man werde. Bei seiner Freundin müsse er jeden Tag damit rechnen, dass sie in verlasse.

Ich möchte, dass wir über Folgendes nachdenken: Wenn ein Ehepaar keine Kinder zeugen kann und sie ein fremdes Kleinstkind, das in eine Babyklappe gelegt wurde, adoptieren und aufziehen, kann es doch passieren, dass die Ehefrau dieses fremde Mädchen liebt. Das heißt, eine weibliche Frau liebt ein weibliches Kind, ohne lesbisch zu sein, weil Sexualität bei der Liebe keine Rolle spielt. Und der Ehemann könnte, wenn dieses fremde Menschenkind ein Junge ist, dieses männliche Kind lieben. Wenn wir den Frauen tatsächlich glauben sollen, hören wir sehr oft: „Mein Lebenspartner liebt mein Kind, als wäre es sein eigenes." Ich sage, niemand kann erfolgreich dagegen argumentieren, indem er sagt: „Das ist ganz was anderes." Das sind männliche Kinder, die ein Mann, ein Vater oder Stiefvater liebt, das sind keine zwei fast gleichaltrigen Männer. Ich sage, dieses Argument ist Unsinn, denn ein Altersunterschied entscheidet nicht über Liebe ja oder Liebe nein.

Interessant wäre es, noch einmal an den ermordeten Modezar Moshammer zu denken. Dieser homosexuelle Mann, der seine Mutter und seinen Hund liebte, der liebte keinen Mann, er begehrte höchstens einen. Genauso ist das bei heterosexuellen Männern, die ständig nur kurzzeitige sexuelle Erlebnisse haben oder vielleicht nur in einen Puff gehen, aber mit einer Frau keine Langzeitbeziehung ausleben, auch diese heterosexuellen Männer können dadurch keine Frau lieben, wohl aber Frauenkörper begehren, ohne Wert auf den Menschen in diesem Körper zu legen.

Und aufgepasst! Jeder heterosexuelle Mann, der neben seiner Frau, mit der er Sex erlebt, einen Freund hat, auf den er auf keinen Fall verzichten möchte, mit dem er seit frühester Jugend zusammen ist, wird immer sagen, dass er nur ein tiefes unzertrennliches Freundschaftsgefühl erlebt, das auf keinen Fall Liebe ist.

Warum es für viele heterosexuelle Männer unvorstellbar ist, dass man seinen heterosexuellen Freund vielleicht sogar lieben könnte, liegt daran, dass man immer sagt, nur homosexuelle Männer können Männer lieben, wo selbstverständliche Sex immer dazugehört, niemand trennt Sex von Liebe. Und welcher heterosexuelle Mann möchte nur als Schwuler bezeichnet werden, wenn er sagt, er liebt seinen Freund?

Dennoch wissen wir, dass es Freundschaften unter Männern gibt, die das ganze Leben lang halten, derweil man schon die vierte Ehe mit einer Frau – wobei man bestimmt allen vier Frauen im Laufe der Zeit gesagt hat, dass man sie liebe – hinter sich gebracht hat. Wenn der Freund dann unerwarteterweise verstirbt, ist die Trauer meist größer als der Tod der vierten Ehefrau. Und nicht selten steht auf dem Grabstein: „Unsere Freundschaft währt über den Tod hinaus. In Liebe, dein Freund." Und wenn Männer in tiefe Trauer verfallen, weil ihr Hund oder die Katze verstorben ist, und sagen, ich habe dieses Tier geliebt, also ohne mit dem Tier Sex gehabt zu haben, dann ist es doch vorstellbar, dass ein Freund mit lebenslanger Bezugszeit wenigstens den gleichen Stellenwert erreichen kann wie ein Tier.

Mir wird ein Erlebnis unvergessen bleiben: Ich kannte einen Mann, der geschieden wurde und auf alle Fälle darauf bestand, den Hund zu behalten. Ich fragte ihn, warum. Darauf antwortete er: „Ich kann noch so besoffen nach Hause kommen, der Hund freut sich immer, wenn ich komme. Meine Frau war immer nur sauer und wütend."

★★★★★

TEIL IV

Nun aber komme ich zu Ruth, die ich über eine Anzeige kennengelernt hatte. Sie war fünf Jahre älter als ich. Ohne Ruth hätte ich niemals die psychischen Probleme, die ich durch meine Mutter bekam, bewältigen können. Ruth, so hieß meine Lebenspartnerin wirklich, hatte selbst vier Kinder alleinerziehend aufgezogen. Ihr Mann war schon mit 30 Jahren an Krebs gestorben. Ihre Kinder, mit denen ich mich gut verstehe, sind alle ausgezogen und haben eigene Familien gegründet. Und dennoch blieb Ruth immer ein Teil dieser Familien und ich unterstützte das voll. Ich weiß, was mir meine Mutter bedeutet. Mit Ruth ging ich das erste Mal im Leben eine normale Beziehung ein, ohne dass ich Interesse an anderen Frauen erlebte. Durch Ruth fühlte ich mich psychisch gestärkt und erlebte auch Geborgenheit und Sicherheit. Ruth unterstützte mich bezüglich meiner Mutter. Natürlich versuchte ich, Ruth, wohlwissend wie wichtig sie für mich war, gut zu behandeln. Aber meine Liebe ließ ich mehrheitlich zunächst einmal meiner Mutter zukommen. Nach 10 weiteren Jahren, da war ich zirka 65 Jahre alt und Ruth 70 Jahre, verstarb meine Mutter mit fast 99. Ich will jetzt nicht ausschweifend meinen Gefühlszustand beschreiben. Aber 99 Jahre bzw. ca. 65 Jahre des Zusammenlebens waren vorbei, einfach weg, und trotz Ruths Geborgenheit dachte ich wieder an meinen Schwur und an den Spruch: Alles Scheiße, alles Dreck, eine Kugel, alles weg. Wozu sollte ich noch leben? Ich hatte meine sexuell lebensbejahenden Gefühle bis zum Anschlag ausgelebt. Sie trieben mich heute einfach nicht mehr an, um weiterzuleben. Was einerseits nicht schlecht ist, weil man sich befreit fühlt, denn immer vögeln zu müssen, immer mit neuen Frauenkörpern, ist auch großer Stress. Und nun gab es meine Mutter nicht mehr. In mir fließt ihr Blut und das meines Vaters, den ich seit 50 Jahren immer jedes Jahr zu seinem Geburtstag auf dem Friedhof in Neukölln besuche, obwohl es diesen Friedhof gar nicht mehr gibt. Es ist eine Parkanlage daraus geworden, aber die Toten wurden nie ausgegraben. Ich weiß ungefähr noch die Stelle, wo mein Vater liegt, und ich schreibe ihm jedes Jahr einen Brief, den ich in die Erde stecke und einbuddle. Durch den Tod meiner Mutter fühlte ich mich wie amputiert, so als wenn ich nur noch auf einem Bein weiterlief.

Es ist schon sehr merkwürdig. Teilweise war ich so überfordert mit den gesundheitlichen Problemen meiner Mutter, wenn die Körperflüssigkeit aus ihren Beinen lief und der Teppich benässt wurde und ich mir wünschte, dass dies ein gutes Ende nimmt, auch im Sinne meiner Mutter. Aber ist dieser Mensch dann wirklich tot, möchte man ihn zurückhaben, egal, wie krank er ist. Aber da war Ruth und in sie war ich gefühlsmäßig schon so weit eingestiegen, dass ich ihr verstärkt für alles danken will, was sie für mich getan hat. Wie schon beschrieben, ohne sie hätte ich das alles nicht überstanden. Ich wollte sie noch ein paar schöne, wohltuende Jahre erleben lassen.

Es vergingen weitere sieben Jahre, in denen ich alles tat, um Ruths Leben so lebensfroh wie möglich zu gestalten, bis sie dann unerwarteterweise ebenfalls plötzlich verstarb. Hinzufügen muss ich, dass ich zuvor mit meinem alten Freund Klaus Feldmann schon lange wieder guten Kontakt hatte. Klaus, der jetzt 77 Jahre alt war, fing mich auf, bevor ich in die Einsamkeit abzustürzen drohte. Jetzt war es Klaus, der sich nächtelang bei mir aufhielt, in denen ich mit der Einsamkeit überhaupt nicht klarkam. Ich bekam später die Gelegenheit, ihm meinerseits aus einer Krise zu helfen. Ich hatte auch wieder Kontakt aufgenommen mit einem Bordelbetreiber, der alles überlebt hatte mit seinem Club und jobbte nachts bei ihm ohne Bezahlung in der Kantstraße. Ich ging also mit zirka 71 Jahren nachts in einen Puff, empfing an der Tür Gäste und kam morgens nach Hause, wenn jüngere Menschen arbeiten gingen. Das war mir aber in meinem Alter zu stressig.

Doch über ein Erlebnis, was ich in diesem Puff erlebte, muss ich schreiben. Es klingelte an der Tür, ich öffnete und erschrak mich sehr: Vor mir stand ein zirka 2 Meter großer Typ, völlig schwarz im wahrsten Sinne des Wortes, und er war ziemlich leicht bekleidet und weiße Augen starrten mich an. Ich war kaum in der Lage, meinen Spruch loszulassen, da sah er ein Mädel, das ihm gefiel, und verschwand mit ihr aufs Zimmer. Nach Ablauf der Zimmerzeit kam zuerst das Mädel aus dem Zimmer und war plötzlich fast so schwarz wie der Typ. Es war nämlich Halloween und der schwarze Mann war ein weißer Mann, der sich nur pechschwarz angemalt und alles auf das Mädel abgefärbt hatte, die sofort ins Bad verschwand.

Ich beendete irgendwann meine nächtliche Tätigkeit, die mich zwar sehr gut ablenkte, aber bekam einfach mit 72 Jahren nicht mehr das nächtliche Arbeiten und das Schlafen am Tag hin.

Also versuchte ich erneut über eine Partnersuchanzeige mit 72 Jahren eine Frau kennenzulernen. Und in der Zeit vertrieb mir Klaus meine finsteren Gedanken. Auf jeden Fall fing für mich im Alter von 72 Jahren ein neues abenteuerliches Leben an, allerdings mit weniger starken Adrenalinschüben als in den jungen Jahren. Über meine jetzt geringere Sexualitätspotenz machte ich mir keine Sorgen, denn mein Beuteschema waren ohnehin Frauen, die noch viel älter waren und weil ich notfalls mit Viagra nachhelfen würde.

Im Alter von 72 Jahren gab ich eine Anzeige auf unter „Freizeitpartner" in der Zeitung „Berliner Woche" mit sinngemäß folgendem Text: „72-jähriger, schlanker, 1,80 m großer Mann, sucht eine schlanke Frau zwecks Freizeitgestaltung, auch gerne über 80-jährige Frauen." Ich bekam viele Zuschriften, wobei eine Frau dabei war, die 80 Jahre alt war, aber angeblich gar keinen Mann suchte und sich nur wunderte, dass ich mich als 72-Jähriger mit über 80-jährigen Frauen abgebe und sich freuen würde, wenn ich mich bei ihr einmal melde und ihr von meinen Erlebnissen mit über 80-jährigen Frauen berichte. Als alter Frauenflüsterer wusste ich natürlich, was hinter ihrer Neugier steckte. Sie wollte eigentlich auch einen jüngeren Mann kennenlernen, aber selber nicht schlank war und so durch die Hintertür mit mir Kontakt aufnehmen. Ich rief sie an und machte ihr den Vorschlag, sie in einem Monat einmal anzurufen. Wir würden Kaffeetrinken fahren und ich könne ihr dann etwas berichten. Ja, sagte sie, darauf freue sie sich. Ich hatte ein paar unspektakuläre Verabredungen, wobei man mir mehrheitlich offenbarte, was Frauen gedenken mit einem Partner zu unternehmen, von Schiffsreisen bis zu Theaterbesuchen, was mich alles gar nicht interessierte. Vor allem wollten Frauen mehr oder weniger alle eine „normale Beziehung" eingehen und das wollte ich nun wieder nicht.

Dennoch verabredete ich mich mit einer Frau, was ziemlich abenteuerlich war. Eine Frau, 79 Jahre alt, schrieb mir, dass sie nicht allzu gut zu Fuß ist und sich aber auf einen Besuch bei ihr zu Hause von mir freuen würde. Ich fuhr zu ihr hin und klingelte, doch als sich die Tür öffnete, sah ich geradeaus erst niemanden, erst als ich nach unten sah, nahm ich eine kleine Frau wahr. Sie war wirklich ausgesprochen kurz geraten. Wir begrüßten uns und sie humpelte vorauslaufend ins Wohnzimmer. In ihrem Wohnzimmer schlief sie auch. Vor dem Fernseher stand ein Tisch, dahinter ihre aufgeklappte Bettcouch für zwei Personen. Ich dachte so bei mir, alles cool, erst Sex im Bett und anschließend Fernsehen, das gefiel mir. Ich setzte mich an den Tisch in einen Sessel und sie saß mir gegenüber. Wir unterhielten uns und sie begann mit einem merkwürdigen Gesprächsstoff. Sie betonte laufend, dass alle Männer mir ihr nur Sex erleben wollten und verrückt nach ihr seien, was ja nicht stimmen konnte, da sie auf meine Anzeige reagiert hatte. Und als ich mir das lange genug angehört hatte und anfing mich zu langweilen, fragte ich sie: „Sag mal, was finden denn die Männer so erregend an dir? Wie Madonna siehst du ja nicht gerade aus." Darauf antwortete sie empört: „Willst du damit sagen, dass ich hässlich aussehe?" Und sie schob den Satz nach: „Ich habe große Titten, darauf stehen die Männer." Darauf antwortete ich: „Dann zeig mir doch mal deine Titten." Ruckartig zog sie ihre Bluse aus und ließ mich ihre Titten anstarren.

Fakt war, diese groteske Situation, die ich ja nicht so häufig in meinem Alter erlebe, erregte mich auf einmal. Mich schien in meinem Alter alles, was nicht normal war, zu erregen. Ich stand auf und ging zu ihr rüber, womit sie wohl nicht gerechnet hatte und hob ihre wirklich großflächigen Titten an, die bei ihrer Körpergröße fast den Bauch bedeckten, und bekam neben ihr stehend einen Steifen. Es war unfassbar und schnell hatte ich meine Hose runtergezogen und noch schneller verschwand mein Schwanz in ihrem Mund, denn im Sitzen war mein Schwanz auf der Höhe ihres Mundes. Ich zwang sie aber nicht dazu oder forderte sie auf. Ich hoffte nur, dass sie mich genauso berühren würde, wie ich ihre Titten berührte, wogegen sie sich nicht wehrte. Ich versuchte stehend neben ihr die Hose aufzuknöpfen, was mir nicht gelang, und sie half mir auch nicht dabei. Daraufhin regte ich mich wieder ab und nahm auf der anderen Seite des Tisches Platz. Sie antwortete: „Das ist aber nett von Ihnen, dass Sie sich wieder hingesetzt haben." Ich fragte erstaunt: „Wieso denn das?"

Ja, sagte sie, ich hätte jetzt alles mit ihr machen können, was ich wollte, denn sie hätte auf einmal Angst vor mir bekommen, als ich zu ihr rübergekommen war. Ich war sprachlos. Ich dachte so bei mir, so gut macht das eine Frau mit einem Mann aus der Angst heraus. Das heißt, wenn ein Mann im Krieg als Soldat Sex erleben will durch eine Frau, die ihn aus ihrer Angst heraus gewähren lässt, nach dem Motto, mach mit mir, was du willst, aber töte mich nicht, dann kann der Soldat den besten Sex erleben. Ich glaube, dass zirka 90% der Soldaten, die richtige Gewalt anwenden müssten, von einer Frau ablassen würden. Obwohl Sigmund Freud schrieb, ich zitiere noch einmal: Die Sexualität der meisten Männer zeigt eine Beimengung von Aggression, von Neigung zur Überwältigung, deren biologische Bedeutung in der Notwendigkeit liegen dürfte, den Widerstand des Sexualobjektes noch anders als durch die Akte der Werbung zu überwinden. Zitat Ende.

Ich besuchte diese Frau nicht mehr und sie schien darunter nicht zu leiden, denn sie rief auch mich nicht mehr an.

Ein Monat war nun vorbei und ich rief die Frau an, die sich dafür angeblich interessierte, was ich mit alten Frauen, die so alt waren wie sie selbst, erlebt hatte. Ich schlug ihr vor, sie abzuholen von zu Hause und ins Café Obergfell, Lichtenrader Damm, zu fahren. Sie war einverstanden. Ich musste erkennen, Madam hatte einen ziemlich großen Bauch und einen kleinen Hintern, das glaubte ich klamottentechnisch erkannt zu haben. Im Café Obergfell erzählte ich ihr viel vom Pferd, denn ich glaubte ja immer noch, sie will was anderes und schließlich sprach ich sie direkt darauf an. Ich fragte sie nun, ob sie nicht Lust hätte, mit mir Sex zu erleben. Sie war gerade dabei ein Stück vom Kuchen runterzuschlucken, das ihr nun aber im Halse vor Schreck stecken blieb und sie fürchterlich zu husten anfing, weil sie sich verschluckt hatte. Ich dachte nun so bei mir, Achim, das war kein Tor. Nun hatte sie es plötzlich sehr eilig, wieder nach Hause zu kommen. Sie wollte mit dem Bus fahren. Ich hatte Mühe, darauf zu bestehen, sie selbstverständlich nach Hause zu fahren.

Auf meiner Nachhausefahrt war ich ziemlich enttäuscht von mir, dass ich trotz meiner Erfahrungen mit Frauen mich so getäuscht hatte.

Am nächsten Tag nun klingelte das Telefon, und wer war dran? Natürlich Madame großer Bauch und kleiner Hintern. Ich fragte, was los sei, und kurz und knapp sagte sie, sie habe sich das überlegt und ich solle doch zu ihr kommen. Ich hatte mich also nicht getäuscht, dachte ich jetzt. Gesagt, getan. Ich fuhr zu ihr hin, klingelte, Madame öffnete die Tür und führte mich zum Tisch, wo wir erst einmal Kaffee tranken. Ich muss dazu sagen, dass ich bei dieser „Superfigur-Braut" vorher eine Viagra eingepfiffen hatte, denn meine Lust auf ihren Körper war trotz Neugier begrenzt. Ich hatte angefangen, meinen Kaffee zu trinken, da verschwand Madame plötzlich und ich hatte nicht einmal die halbe Tasse Kaffee ausgetrunken, weil der so heiß war, da krähte Madame aus dem Schlafzimmer, ich solle kommen, sie sei soweit. Scheiße, dachte ich. Wie soll das funktionieren, von null auf hundert? Das geht nun nicht mehr so wie früher in der Jugend und schon gar nicht bei diesem großen Bauch unter ihr. Eigentlich wollte ich sie auf den Tisch legen, um stehend besser in sie reinzukommen. Nun aber lag sie da wie ein Maikäfer auf dem Rücken. Bei dieser Frau hätte ich einen Schwanz gebraucht von einem halben Meter Länge, um unter ihr aus dem Keller in die warme Küche zu kommen. Ich bat sie erst einmal, wieder aufzustehen, was sie tat. Es gab für mich nur eine Möglichkeit, sie zu vögeln, und das war von hinten, denn sie hatte einen kleinen Hintern. Ihre ganze Rückseite passte nicht zur Vorderseite. Wir befühlten uns also zunächst im Stehen und langsam geriet ich in Erregung. Viagra unterstützte das und ich bat sie, sich umzudrehen, sich richtig gut nach vorne zu bücken, damit ich sie von hinten einreiben konnte. Das gefiel ihr hörbar. Anschließend bewegten wir uns wieder in Richtung Wohnzimmer. Aber noch auf dem Weg zum Wohnzimmer, wo immer noch die halbe Tasse voll Kaffee stand, den ich erst einmal entsorgte und neuen eingoss, sagte sie kurz und trocken, das reiche ihr für vier Wochen, dann solle ich erst wiederkommen. Sie sagte, sie habe schon immer gespürt, dass sie sexuell immer noch nicht gefühlsmäßig tot sei. Aber was solle sie tun? Mit einem Achtzigjährigen, also einem Mann in ihrem Alter, in dem Alter also, in dem ich mich heute befinde, hätte sie keine Lust auf Sex. Vor allem könnten diese Männer meist gar nicht mehr, selbst mit Viagra nicht, weil sie meist große gesundheitliche Probleme hätten und viele Medikamente schlucken müssten. Und jüngere Männer, so um die 70 Jahre herum, die noch einigermaßen gut drauf seien, wollten immer jüngere Frauen, und dass sie selbst nicht aussehe wie Claudia Schiffer wisse sie auch. Und wenn die alten Männer ebenfalls so einen Bauch hätten wie sie selbst, sie sich gegenüberstehend nur noch Worte zurufen könnten, wegen des weiten Abstands ihrer Geschlechtsteile, sei das nicht mehr so lustig. Also habe sie nun ihre sexuellen Gefühle abgeschaltet. Dann habe ich ihr ein Angebot gemacht, das sie sich zwar gewünscht hatte, aber nie damit gerechnet und nun selbst vollkommen überfordert war. Nach diesem Gespräch schmiss sie mich kurzerhand raus und sagte nur: „Also bis in vier Wochen." Auch dieses Mal gelang es mir nicht, in Ruhe meine Tasse Kaffee auszutrinken. Aber in den vier Wochen hatte ich den Termin mit dieser Frau vergessen, weil wir nie telefonierten und überzog noch um zwei Wochen unsere Verabredung und rief bei ihr an. Wieder reagierte Madame kurz und trocken und sagte, na, so einen Spaß müsse mir das mit ihr ja auch nicht gemacht haben, wenn ich jetzt erst anriefe, nun wolle sie auch nicht mehr. Und das war es.

Ich will noch anmerken, dass ich mich mit Frauen einließ, die mir wirklich nicht sonderlich gefielen, nur um meine Negativgefühle aus meinem Körper zu verdrängen, die mich immer wieder runterzogen. Aber das funktionierte nicht so einfach. Sowie ich von einem Sexerlebnis zurück zum Wagen lief, stellten sich alle Negativgefühle sofort wieder ein und ich dachte an meine Freunde, die schon verstorben waren, an alle Frauen, mit denen ich zusammen gewesen war. Sie bleiben alle in meinem Kopf, denn sie waren mein Leben. Ich möchte ja immer an sie denken, aber es darf nicht so wehtun. Ich muss noch viel Zeit und viele Sexerlebnisse haben, um diese Verlustschmerzprozesse herunterzudrücken.

★★★★★

Nun möchte ich über ein Erlebnis schreiben, das ich über drei Jahre hinweg erlebte und sich wieder einmal durch den Tod dieser Frau auflöste. Ich hatte einmal wieder eine Anzeige aufgegeben, in der ich, wie immer, als 72-Jähriger Frauen um die 80 Jahre anschrieb. Ich bekam wieder sehr viele Zuschriften und wählte spontan eine der interessierten Frauen aus und rief sie an. Ich muss dazu sagen, dass es kurz vor Jahresende war. Diese interessierte Frau war 80 Jahre alt und wohnte in Zehlendorf. Ihre Vorstellung von einem Mann, den sie kennenlernen wollte, bestand darin, dass er ein Vorzeigetyp sein sollte, mit guten Umgangsformen, weil sie und ihr vor einem Jahr in hohem Alter verstorbener Partner Mitglieder im Marinechorclub gewesen waren. Ihr Lebenspartner war Hubschrauberrettungsflieger gewesen, hatte vielen Menschen aus Seenot das Leben gerettet und war mit Karl Dönitz befreundet gewesen, dem Oberbefehlshaber der Deutschen Kriegsmarine und Nachfolger Hitlers. Sie wollte mit einem neuen Lebenspartner in diesem Club aufkreuzen. Eilig erklärte ich ihr, dass ich auf gar keinen Fall solch ein Vorzeigetyp sei und sich wohl eher ihre bessere Gesellschaft unter die Tische werfen würde, wenn ich mit ihr da aufkreuze. Darauf antwortete mir diese Frau: „Na, Ihre Umgangssprache gefällt mir auch nicht." Ich sagte: „Sehen Sie, liebe Frau, so schnell kann man sich einig werden." Ich wünschte ihr alles Gute und sagte: „Kommen Sie gesund ins neue Jahr." Das wünschte sie mir zurück. Dieses Gespräch führte ich 14 Tage vor Beginn des neuen Jahres. Am Silvestertag hatte ich mich wieder einmal richtig in Schale geworfen, wollte gerade zum Café Keese fahren und da den Übergang vom alten zum neuen Jahr erleben, mit vielen Menschen um mich herum, da klingelte das Telefon. Es meldete sich die Frau, die einen Vorzeigetypen suchte und der meine Umgangssprache nicht gefallen hatte. Ich fragte nun: „Was verschafft mir denn die Ehre, dass Sie mich anrufen?" Sie fragte mich, was ich denn heute unternehme. Ich antwortete, ich sei auf dem Sprung ins Café Keese und sie fragte mich nun, was ich davon halte, statt ins Café Keese zu fahren, zu ihr zu kommen. Sie habe eigentlich ihre Freundinnen eingeladen, ein Fischgericht zubereitet und zwei Flaschen guten Wein gekauft und sei versetzt worden. Nun stehe sie da mit dem zubereiteten Essen und sei alleine. Ich disponierte um und sagte ihr zu, dass ich zu ihr komme, statt ins Café Keese zu fahren, wo ich mich vielleicht anonym in der Menschenmenge einsamer gefühlt und niemand mit mir um 0.00 Uhr auf das neue Jahr angestoßen hätte.

Ich bestellte mir ein Taxi, wegen des guten Weins, obwohl ich keinen Alkohol trinke, aber ich konnte ja nicht Silvester zu ihr sagen, ich trinke lieber Leitungswasser. Übrigens, im Café Keese bestelle ich mir auch immer nur einen Orangensaft und hielt mich damit den ganzen Abend auf. Dafür bekam der Kellner immer ein gutes Trinkgeld, mit dem ich ihn voll zufrieden stimmte.

Ich kam bei der Frau an, klingelte unten an der Haustür, sie wohnte im Hochparterre einer Villa zur Miete, und ich sprang die Stufen zu ihrer Wohnung hoch, als sie mir die Haustür öffnete. Und von da an war es um sie geschehen, erzählte sie mir später einmal. Wir verbrachten einen schönen Jahresabschlusstag bis ins neue Jahr hinein. Aber jeden aufdringlichen Annäherungsversuch von mir blockte sie ab. Das war für mich okay, doch sie wollte mich umdressieren zu einem normal erlebenden Menschen, so möchte ich das mal beschreiben. Sie stellte den Wein auf den Tisch, holte das Essen aus der Küche, derweil hatte ich die Flasche Wein geöffnet und in die beiden Gläser geschüttet. Sie wollte mir beibringen, wie man den Wein zum Essen kredenzt. Worauf ich zu ihr sagte, mein ganzes Leben lang hätten Frauen es nicht geschafft, mich zu dressieren, und sie auch nicht. Sie ertrug diese Ansage mit Fassung. Im Übrigen gefiel mir diese Frau, sie war groß und schlank, aber als ich eine größere Weinprobe vollzogen hatte, mit Wirkungseffekt, konnte ich es mir nicht verkneifen, zu sagen: „Wenn Sie weiter mit mir in Kontakt bleiben wollen, dann werde ich Sie mit meinen Lebensumgangsformen dressieren. Was heißt, im übertriebenen Sinne, eher von der Erde zu essen als vom Tisch, aber dann nackend." Als sie das hörte, trank sie vor Schreck ihr Glas Wein in einem Zug aus. Sie spülte das, was ich gerade gesagt hatte, einfach runter. Auf alle Fälle verlebte ich schöne Stunden, doch nicht ohne an alle Menschen zu denken, einschließlich meiner Eltern, die ich verloren hatte. Ich erinnerte mich an meine Eltern, durch deren Blut, durch deren Gene, die ich vererbt bekommen hatte, jeden Tag erleben konnte.

Nach drei Uhr des neuen Tages ließ ich mich leicht besoffen mit einem Taxi nach Hause fahren und war wieder zurück in meine Einsamkeit gefallen. Wann, so fragte ich mich, würde das nachlassen, dass es mich nicht mehr so runterzog? Nach drei Tagen im neuen Jahr fuhr ich wieder zu ihr. Dieses Mal mit meinem kleinen schrottreifen Mazda.

Ich hatte an diesem Tag eine Sporthose an, die nicht zu knöpfen war, die man einfach nur runterziehen konnte. Ich hatte bewusst solch eine Hose angezogen und pfiff mir vorsichtshalber eine halbe Viagra ein. Als ich nun bei Petra war, so hieß die Frau nicht wirklich, und sie mir die Wohnungstür öffnete, nahm ich sie sofort in den Arm und küsste sie. Sie ließ es heute geschehen, und in diesem Moment zog ich meine Hose runter, alles noch in der Diele. Sie sagte nur „Ups" und griff nach dem hängenden Teil. Derweil drückte ich sie gegen die Wand wegen der besseren Standsicherheit und knöpfte ihre Hose auf, um an ihre Klitoris zu kommen, und langsam versteifte sich mein Schwanz. Nach zirka sechs Minuten einfühlsamer Befühlung ihrer Klitoris wurde sie das erste Mal orgasmuserlebend, und zwar hörbar. Ich pausierte ganz kurz und fing von neuem an. Das zweite Mal kam sie schneller zum Orgasmus und knickte ein wenig ein. Ich stützte sie und führte sie ins Wohnzimmer zu ihrem Sessel. Ich zog ihr ganz einfach die Hosen samt Unterwäsche runter und sie sollte sich stehend nach vorne beugend auf ihre Sesselarmlehnen stützten, so dass ich sie von hinten einreiben konnte. Ich muss zugeben, dass es sehr lange dauerte, bis sie durch den Geschlechtsverkehr orgasmuserlebend wurde. Ich hatte mich zum Geschlechtsverkehr gründlich ausgezogen, das ging allerdings sehr fix. Und nun beendeten wir unser sexuelles Begrüßungserlebnis und ich sagte jetzt: „Guten Tag, liebe Petra, wie geht es dir heute?" Völlig ausgepowert sagte sie in einem ruhigen Tonfall, das habe sie in ihrem ganzen Leben noch nicht erlebt, dass sie beim Sex dreimal hintereinander in kurzen Zeitabschnitten orgasmuserlebend geworden sei. Sie sagte, da müsse man erst so alt werden, um das zu erleben. Und überhaupt, der ganze sexuelle Überfall, den sie heute erlebt habe, sei so lebensberauschend gewesen, so lebendig habe sie sich noch nie gefühlt. „Und dann dein Körper, deine Taille, die den Körper mit 72 Jahren noch so V-förmig aussehen lässt durch deine Rückenmuskulatur." Das habe sie auch noch nie erlebt. Petra sagte, sie habe nur zwei Männer in ihrem Leben gehabt. Mit ihrem zweiten und letzten Lebenspartner, der mit fast 90 Jahren vor einem Jahr verstorben war, habe Sex nur aus Klamotten auszuziehen bestanden, diese gut geordnet auf einen Stuhl zu legen, sich waschen zu gehen, aufs Bett zu legen und den Mann seinen Geschlechtsverkehr vollziehen zu lassen mit seinem abschließenden Orgasmus. Und wenn sie dabei auch orgasmuserlebend geworden war, habe sie Glück gehabt. Ein Klitorisvorspiel habe es gar nicht gegeben. Sie war mit diesem Mann 55 Jahre zusammen gewesen und bei dem Mann, mit dem sie in jungen Jahren vorher zusammen gewesen war, sei es auch nicht anders abgelaufen. Selbst als die weibliche Sexualität in den 70er und 80er Jahren gesellschaftlich einen größeren Stellenwert erlebte, habe sich ihr Lebenspartner nicht angepasst.

Es zeichnete sich ab, dass Petra und ich trotz des Altersunterschieds von 8 Jahren eine Beziehung eingingen, mit getrennten Wohnorten. Ich fuhr immer zu Petra, aber wir behielten beide noch großen Freiraum, jeder für sich selbst. Wir unternahmen sehr viel, nur zu ihrem Marinechorclub fuhren wir natürlich nicht.

Petra war nicht mehr die Gesündeste. Sie litt an mehreren Krankheiten und spritzte sich unter anderem viermal am Tag Insulin. Und vor allem litt sie an Lagerschwindel und konnte dadurch nicht mehr sicher ihr Auto fahren, einen Opel Astra Automatik. Aber Petra lebte noch einmal so richtig auf durch unsere Sexualität und machte alles mit, egal, ob sie mir auf dem Parkplatz eines Restaurants bei heruntergelassener Beifahrertürscheibe einen blies oder versuchte, ein Telefongespräch zu führen, wobei ich sie von hinten einrieb. Sie fühlte sich einfach jung und verdrängte viele Altersprobleme. Wenn ältere bis ganz alte Frauen sagen, sie erleben sich sexuell gefühlt nicht mehr so wie in der Jugend, dann sind das nicht meine Erfahrungen.

Es gibt ja Studien, die beweisen, dass Sexualität im Alter die Lebensqualität verbessert. Für mich heißt es sowieso – und übrigens für viele Männer – dass nur die Sexualität überhaupt das Leben lebensbejahend macht. Ich zitiere kurz etwas aus einem Presseartikel: „Also Sex im Alter scheint das Wohlbefinden zu steigern, ergab eine Analyse britischer Forscher. Jene, die angaben, in den vergangenen zwölf Monaten in irgendeiner Form sexuell aktiv gewesen zu sein, hatten demnach mehr Lebensfreude erlebt, als inaktive Menschen."

Auf jeden Fall passierte nach zirka anderthalb Jahren wieder das, was man immer verdrängen will im hohen Alter. Ich lief mit Petra aus ihrem Haus, wo sie wohnte, und voraus, ihren Wagen zu holen. Da hörte ich, wie Petra hinter mir herlaufend schrie: „Achim!" Sie stürzte und lag bewegungslos auf der Erde. Ich versuchte, sie hochzuheben, aber jeder Versuch löste gewaltige Schmerzen aus. Ich rief einen Notarztwagen.

Ich will sehr kurz beschreiben, was innerhalb der nächsten anderthalb Jahre ablief. Petra, die auch an Osteoporose litt, erlitt einen Beckenbruch oder Beckenanbruch, so genau weiß ich das nicht mehr. Jedenfalls wurde sie im Benjamin-Franklin-Krankenhaus knochenmäßig mit Stangen zusammengeschraubt. Auf dem Röntgenbild sah sie aus wie der elektronisch gesteuerte High-Tech-Typ aus dem Film Terminator mit Arnold Schwarzenegger. Irgendwann sollten diese Stangen wieder herausoperiert werden, wenn das Becken wieder zusammengewachsen war – und das mit 82 Jahren. Ihr Krankenhausaufenthalt war begrenzt und sie landete in einer, wie ich es beschreiben möchte, wiederbelebenden Aufbereitungseinrichtung, in der Arbeiterwohlfahrtseinrichtung, die Gott sei Dank bei mir in der Nähe in Buckow war. Sie wurde abends gewindelt ins Bett gelegt und morgens herausgeholt. Physiotherapie war angesagt. Nur viel Zeit hatte der Physiotherapeut bei den vielen Kranken auch nicht.

Ich lief nun jeden Tag rüber zur Reha und trainierte mit ihr in den Gängen das Laufen mit Hilfe eines Rollators. Sie musste unbedingt ihre Muskulatur stärken, vor allem musste sie es schaffen, wieder alleine ins Bett und heraus zu kommen, denn der Aufenthalt in dieser Einrichtung war begrenzt, wofür die Krankenkasse aufkam. Nach einer gewissen Zeit müsste sie alles selbst bezahlen oder zuzahlen. Das zusammen mit ihrer Wohnungsmiete wäre nicht finanzierbar gewesen, wobei ich Petras finanzielle Verhältnisse nicht genau kannte. Das interessierte mich auch nicht. Sie machte kleine Fortschritte. Dann wurde sie nach Hause entlassen und ich trainierte sie weiter.

Aber an dieser Stelle will ich aufhören, über ihren gesundheitlichen Zustand zu schreiben. Ihr Lebensmut ließ nach und ihre vielen Tabletten schluckte sie nicht mehr regelmäßig. Vor allem spritze sie sich kein Insulin mehr und sagte, das habe ihr im Krankenhaus und in der Reha ebenso niemand mehr gespritzt, was ich überhaupt nicht verstand. Jedenfalls starb Petra bald.

Erstaunt war ich, dass sie kurz zuvor ein Testament geschrieben hatte, wo sie teilweise weitläufige Verwandte bedacht hatte, die aber alle in Westdeutschland lebten und sie nicht pflegen hatten können oder wollten, und sie mich als Haupterben eingesetzt hatte. Petra war nicht gerade unvermögend, wie ich erfuhr. Ich kann nun ziemlich sorgenfrei mein noch verbleibendes kurzes Leben gestalten, was ich mit 950 € eigener Rente so nicht konnte. Und ihr Auto, einen Opel Astra, fahre ich heute noch. Und immer, wenn ich an einem neuen Tag in das Auto einsteige, sage ich: „Guten Morgen, Petra."

★★★★★

Ich war 75 Jahre alt und gab sofort wieder eine Anzeige auf, wie immer in der Berliner Wochenzeitung. Ich verfasste eine Anzeige, die noch meiner sexuellen Leistung entsprach, die natürlich abgebaut hatte durch das Alter, was heißt, ich bot mich nicht mehr als Sexgladiator an. Mein Vorteil gegenüber fast aller meiner Freunde war ja, dass mich das Alter einer Frau überhaupt nicht interessierte. Wenn z. B. eine Hundertjährige mit mir Sex erleben wollte, war ich dabei. Meine Freunde hielten das für unnormal. Na ja, sage ich mal, so vollständig normal – ginge es nach dem Verstand – bin ich wirklich nicht. Ich bin mehrheitlich ein gefühlt erlebender Mensch.

Ich habe diese Anzeige jetzt vor mir, ich zitiere sie einmal: „Welche schlanke Frau bis 90 Jahre möchte mit mir zusammen für einen Augenblick alle Altersprobleme vergessen und befühlt werden von einem 75-jährigen, 1,80 m großen, schlanken Mann? Gefühle erlebt man, so lange man lebt. Sie treiben uns zum Leben an oder aber zerstören Leben. Welche Frau entscheidet sich eher für lebensbejahende Gefühle?"

Ich bekam genau zwei Zuschriften. Eine Frau schrieb, sie sehe es genauso wie ich, aber sie sei alles andere als schlank. Diesen Brief legte ich beiseite. Das Antwortschreiben der zweiten Frau war interessant. Sie schrieb: „Lieber Unbekannter, hier ist die Frau, die noch viele lebensbejahende Gefühle braucht. 90 Jahre zähle ich noch nicht, kann es auch eine 80-Jährige sein? Ich denke genauso über das Leben." In Wahrheit war diese Frau 83 Jahre alt, was ich später erfuhr.

Ich rief diese angeblich 80-jährige Frau an und kam mit ihr sehr gut ins Gespräch und wir verabredeten uns bei ihr zu Hause. Der Tag kam und ich kaufte ein Pfund Kaffee statt Blumen und stellte mir nun alles gedanklich aufgrund meiner Anzeige und ihrer Reaktion vor, wie das ungefähr ablaufen würde. Aber der Spruch, man sollte das Denken lieber den Pferden überlassen, die haben einen größeren Kopf, trifft das besser. In Ruhe fuhr ich nun zu ihrem Wohnort nach Steglitz. Ich stand jetzt vor der Tür der Frau, die ja von mir befühlt werden wollte und klingelte. Die Tür ging auf und ich war positiv überrascht: Diese Frau wäre glatt als 60-Jährige durchs Ziel gelaufen. Ihr Kleid ließ erkennen, dass sie noch eine gute Figur hatte. Ihr Lächeln verriet mir, dass sie nicht enttäuscht war von meiner Erscheinung. Nach kurzer Zeit nahm ich Platz im Wohnzimmer in einem Sessel und Rosi – so heißt die Frau nicht wirklich – nahm mir gegenüber Platz. Nach dem üblichen Anfangsgerede duzten wir uns. Plötzlich sagte sie: „Willst du erst Kaffee trinken oder später?" Ich glaubte, erkannt zu haben, dass diese Frau sofort zur Sache kommen wollte. So hatte ich mir das aber gar nicht vorgestellt. Ich fragte passend: „Habe ich das richtig verstanden, du willst jetzt von mir gleich gevögelt werden?" Und sie antwortete: „Lass uns keine Zeit verschwenden!" Meine Vorstellung, ich treffe jetzt auf eine ältere Frau, die ich erst einmal langsam auftauen musste, war so etwas von falsch, dass ich leicht in Panik geriet, zum Versager des Abends zu werden. Ich fragte: „Warum hast du nicht auf eindeutige Anzeigen reagiert, wo Männer sich anbieten, jede Frau 10 Mal am Tag orgasmuserlebend zu machen?" Darauf antwortete Rosi nun, sie sei gespannt auf den Typen gewesen, der so eine Anzeige aufgegeben hatte. Diese Anzeige habe sie sehr angesprochen und neugierig gemacht. Ich sagte, aus dieser Anzeige gehe aber nicht hervor, dass ich ein sehr potenter Hengst sei. Ich sagte, ich glaube, im falschen Film zu sein und bat sie, mir ein Taxi zu bestellen. Ich wollte verschwinden, wie die Wurst im Spinde. „Nein", sagte sie, „das tue ich nicht." Ich sagte, dann gehe ich jetzt runter auf die Straße und halte ein Taxi an und stand auf. Daraufhin hielt sie mich fest und fragte, wovor ich denn solche Angst habe. „Lass es uns doch erst einmal versuchen." Nun reichte es mir. Ich zog auf der Stelle meine Hose runter und hielt ihr das traurige Stück Elend entgegen. Sie griff zu dem alten Knochen. Sehr einfühlsam befühlte sie ihn und er wurde langsam munter. Diese ganze Situation wühlte mich plötzlich auf und als der alte Knochen halbwegs funktionsfähig war, zog sie ihr Kleid hoch, ihren Slip runter und führte meinen Schwanz zu ihrer Klitoris und wichste sich jetzt mit meinem Schwanz zum Orgasmus. Ich tat gar nichts und sie erlebte einen Orgasmus mit solch einem lauten Aufschrei, dass ich glaubte, jetzt würden die Nachbarn an die Heizungsrohre klopfen und „Ruhe" rufen. Aber nichts geschah und ich musste natürlich an Erika denken, die dasselbe gemacht hatte wie Rosi, nur dass ich damals in Liegestützposition alles über mich ergehen hatte lassen müssen. Ich wurde langsam immer altersirrer, diese ganze nicht alltägliche Situation in mei-

nem Alter wühlte mich regelrecht durcheinander und plötzlich
war ich derjenige, der aufgetaut wurde und längst waren wir unbekleidet im Schlafzimmer gelandet. Ich sah einen Stuhl, auf dem
nahm ich nun halb sitzend, halb liegend Platz. Ich befand mich in
gestreckter Schräglage und Rosi kletterte auf mich rauf und zwar
so, dass ich mit meinem Schwanz, der jetzt voll da war, eine ganz
bestimmte Stelle in ihrer Vagina reizte, die wahrscheinlich ihr G-
Punkt war. Dann fickte sich Rosi selber zum Orgasmus. Ich tat gar
nichts und wieder wurde sie so laut schreiend orgasmuserlebend,
wie ich das nie zuvor jemals bei einer Frau erlebt hatte. Es war fast
schon hysterisch und dabei ejakulierte beziehungsweise spritzte sie
so viel Körperflüssigkeit aus ihrer Vagina über meinen Unterkörper aus, was mir die Beine runterlief und den Teppich volltropfte.
„Wahnsinn", schrie Rosi und vögelte sich in kurzem Abstand innerhalb einer Viertelstunde vier- bis fünfmal zum Orgasmus und
immer wieder spritzte gewaltig Körperflüssigkeit aus ihrer Vagina raus. Eigentlich hätte Rosi jetzt völlig ausgetrocknet sein müssen. Sie spritzte mehr Körperflüssigkeit aus als damals in jungen
Jahren das Mädel in meinem Club, das anschließend Kreislaufpro-
bleme bekommen hatte. Nicht aber diese 83-jährige Frau. Nach
einer ganzen Weile sagte sie nur kurz: „Pause." Rosi stieg ab von
mir und warf sich auf dem Rücken liegend auf ihre Liege und lag
völlig breitbeinig vor mir, was mich noch mehr erregte und langsam wurde ich voll irre und folgte ihr auf die Liege und vögelte
sie weiter. Jetzt allerdings musste ich Leistung bringen und immer
wieder wurde Rosi orgasmuserlebend. Allerdings hatte ich jetzt
den Eindruck, dass im Liegen Rosi nicht so viel Körperflüssigkeit
nach außen spritzte wie im Stehen oder in der Hocke auf mir. Es
schien wohl so zu sein, dass beim Orgasmus eher ruckartig etwas
rauslief als rausspritzte, deshalb im Liegen dann mehr in ihr blieb
und nun weniger nach außen floss. Aber ich konnte mich täuschen.

Die vielen Orgasmen, die Rosi erlebte, konnte ich gar nicht mehr
zählen. Richtig stolz war ich nun, dass Rosi sagte, das hätte sie
schon jahrelang so nicht erlebt, was ich natürlich nicht glaubte.
Ich drehte sie um, kniend nach vorne gebeugt streckte sie mir

ihren Hintern entgegen und ich war fasziniert von dem Anblick dieser 83-jährigen Frau. Sie sah aus wie eine junge Frau und ich rieb sie wieder ein von hinten. Ich hatte mit meiner Sexualität im Alter folgendes Problem, ich konnte bei einem Geschlechtsverkehr nicht fertig werden, ich wurde nicht orgasmuserlebend. Das schaffte ich nur anschließend, wenn ich mich selber befriedigt hatte. Jedenfalls ging das alles eine ganze Zeit so weiter, bis wir völlig ausgepowert wieder im Wohnzimmer landeten und den Kaffee tranken, den ich mitgebracht hatte und ich gerade daran denken musste, dass Rosi gefragt hatte: „Willst du erst Kaffee trinken oder später?" Jetzt war später. Ich dachte, was für ein schöner Tag in meinem Alter. Und Rosi erzählte nun etwas aus ihrem Leben und ich hörte mir eine Biografie an, eine Lebensgeschichte, die ich von keiner anderen Frau in meinem Leben so erfahren habe. Selbst das Leben von Prostituierten war dagegen harmlos. Erst mit zirka 50 Jahren, also nach ihrer Scheidung, lebte sich Rosi sexuell voll aus. Unter anderem war sie Stammgast in einem Swingerclub und hatte freien Eintritt. Sie war der Star, trotz ihres Alters, das man ihr aber niemals angesehen habe. Sie vögelte mit drei Männern hintereinander aus purer Wollust. Der ganze Club sah zu. Sie flog auch in die Karibik und vögelte mit Schwarzen mit großen Schwänzen und deshalb konnte ich sie als Insiderin fragen, ob es für sie einen Unterschied gebe, wenn sie mit einem normal großen Schwanz vögele oder mit einem großen? Sie sagte, was die Menge der erlebten Orgasmen angehe, biete ein großer Schwanz keine Vorteile. Sie könne durch einen kleinen Schwanz viel öfter orgasmuserlebend werden als mit einem großen Schwanz. Aber dennoch sei es ein anderes, ein besonders geiles Gefühl, mit einem großen Schwanz zu vögeln, was – wie gesagt – nicht im pausenlosen Orgasmus enden müsse.

Ich dachte jetzt an den Wissenschaftler, der schrieb: „Es gibt Wissenschaftler, die meinen, dass bei einem vaginal erlebten Orgasmus auch andere sensorische Nervenleitungen einbezogen sind als bei einem Orgasmus, der wesentlich durch die Reizung der Klitoris entsteht."

Und Rosi war die einzige Frau, die ich kannte, die sich willig mit zwei Schwänzen gleichzeitig in ihr vögeln ließ, einmal anal und einmal vaginal. Allerdings sehr berauschend fand sie das nicht. Sie war jedenfalls nicht geil auf einen Dauerzustand dieser sexuellen Auslebung. Dennoch musste ich lachen, als sie mir erzählte, dass der Typ, der sie immer anal vögeln musste, sauer war, weil er sie nur anal vögeln durfte, weil er den kleineren Schwanz hatte und der größere in der Vagina steckte. Ich kannte bis jetzt nur Mädels, Frauen, die sich für viel Geld als Pornodarstellerin z. B. so vögeln ließen und froh waren, als alles vorbei war. Ich dachte immer wieder an meine Anzeige, von wegen, welche Frau möchte von mir befühlt werden, und konnte es gar nicht fassen, dadurch so eine Frau kennengelernt zu haben, für was ich dem Leben sehr dankbar bin.

Fakt ist, auch mit solch einer Frau, die eigentlich sexuell genauso handelt wie ich, was heißt, keiner Frau treu zu sein und Rosi keinem Mann treu zu sein, kann man keine „normale Beziehung" ausleben. Welcher Mann will eine Frau, die genauso sexuell veranlagt ist wie man selbst und dementsprechend handelt? Also blieb es zwischen Rosi und mir nur bei einem Sexverhältnis. Aber wir haben uns darüber hinaus sehr, sehr gut verstanden. Ich konnte mich mit Rosi über Sexualität genauso offen unterhalten wie mit einem Freund. Wir trafen uns sehr oft, gingen essen, spazierten über den Kurfürstendamm und machten einmal einen zügigen Waldlauf mit einem Berg als Schwierigkeitsgrad. Ich wollte nicht rennen wegen eines künstlichen Hüftgelenks, das man mir schon vor 15 Jahren implantiert hatte. Auf jeden Fall war Rosi als erste oben angekommen mit 83 Jahren und fragte spöttisch rückwärtsgewandt: „Soll ich dich jetzt hochziehen?" Diese Frau war schon ein Naturwunder, gesundheitlich topfit und besucht heute noch ein Fitnessstudio.

Ich musste leider nach über einem Jahr diese Art von Beziehung beenden. Ich wurde plötzlich eifersüchtig, natürlich auf jüngere Männer, die sie auch in dieser Zeit kennenlernte, mit denen ich sexuell nicht mithalten konnte, denn ich hatte nicht alle Zeit der Welt für sie, da ich mich noch um eine andere Frau kümmern musste und auch wollte, die meine helfende Unterstützung brauchte und ich durch diese Frau auch meine Einsamkeitsgefühle unterdrücken konnte, aber keine Sexualität mehr erlebte. Ich hätte wirklich sehr gerne gewollt, dass diese Jahrhundertbraut, diese 83-jährige Frau, mein sexuell gefühlter Alleinbesitz wäre. Dass ich solche Gefühle im Alter von 75, 76 Jahren noch erlebe, das hätte ich nie geglaubt.

Sei es drum, Rosi bereicherte mein Leben zum Lebensende hin. Heute vögelt Rosi im Alter von 86, 87 Jahren mit einem Typen, der zirka 30 Jahre jünger ist als sie.

Wie gesagt, ich bin weiterhin befreundet mit Rosi und gelegentlich treffen wir uns.

Fakt ist, liebe Leserinnen, liebe Leser, das ihr das alles nicht glauben wollt. Denn in einem Buch kann man vieles schreiben, was nicht bewiesen werden kann. Deshalb habe ich Rosi gebeten, sich erstens, das durchzulesen, was ich über sie geschrieben habe. Ich hätte nie etwas geschrieben, was nicht den Tatsachen entspricht, und habe sie darüber hinaus gebeten, mir das in einem Antwortschreiben zu bestätigen, was ich dem Buch beilege. Sie war mit allem einverstanden und deshalb jetzt an dieser Stelle ihre Antwortreaktion:

„Lieber Achim,

wie ich Dir schon am Telefon sagte, Du hast ein schriftstellerisches Talent. Die Erzählweise ist so spannend, dass man nicht aufhören kann und auf die nächste Seite neugierig ist.

Nun zu dem Inhalt;
Die Reihenfolge stimmt, ein paar Details nicht ganz.

- *Eine Frau spritzt nur dann raus, wenn die richtige Stelle gereizt wird, und das hat mit der Lage der Frau zu tun. Im Liegen tut sich da eher nichts.*
- *Bei der Frage, „großer oder kleiner Schwanz", spielt nur das Gefühl eine große Rolle. Generell spielt das Gefühl eine große Rolle beim Ficken zwischen Mann und Frau. Ficken heißt Reiben, und die richtige Stelle muss gerieben werden.*
- *Zur Frage „Treusein" hast Du geschrieben: Ich kann nicht treu sein, aber Du auch nicht und deshalb gäbe es keine „normale Beziehung". Das stimmt nicht. Ich habe Dir immer wieder gesagt – ich kann treu sein – ich war 27 Jahre verheiratet und habe während dieser Zeit nicht nach einem anderen Mann geschaut. Wer mir das gibt, was ich brauche, dem bin ich treu!!!!*

Und genau das strebe ich immer noch an!
Du weißt, unsere Beziehung wäre anders verlaufen, wenn Du nicht ständig wieder zurückgegangen wärst zu der Frau, die Du betreut hast und die Dir über deine „Einsamkeit oder Nichtalleinseinkönnen" hinweggeholfen hat. Deine Eifersucht hast Du selbst heraufbeschworen wegen Klaus (es hätte alles anders sein können). Er ist genau 30 Jahre jünger als ich, nur Dir hätte ich einen „Alleinbesitz" zugestanden.
So, mein Lieber, wie gesagt, es sind nur Kleinigkeiten. Ich bewundere Deine Erinnerungsgabe. Du hast alles sehr gut erzählt.

Ganz liebe Grüße
Rosi"

★★★★★

Ich gab erneut eine Anzeige auf in der Zeitung „Berliner Woche" unter Freizeitpartnerschaft. Ich sprach in dieser Anzeige nun Frauen bis 100 Jahre an. Ich war neugierig, ob sich eine Frau meldete in diesem ungefähren Alter. Und tatsächlich reagierte eine 95-jährige Frau auf meine Anzeige. Ich war begeistert. Ich hatte dieser Frau den Vorzug gegeben, vor all den jüngeren interessierten Frauen. Ich rief sie an und sie sagte, sie lese aus Langeweile die Zeitung ab und zu und auch die Kontaktanzeigen, ohne darauf überhaupt zu reagieren, denn sie sei 95 Jahre alt und kein Mann, der noch jünger sei und vielleicht noch Sex erleben wolle, suche eine 95-jährige Frau. Das wäre ja völlig unnormal, vor allem, sagte sie, wolle sie ja auch keinen Sex mehr erleben. Schon seit vielen Jahren habe sie mit Sex abgeschlossen, obwohl sie heute noch Angebote bekomme, denn sie sehe jünger aus als 95 Jahre und gesundheitlich gehe es ihr nicht gut, sie müsse wegen Rückenproblemen ins Krankenhaus und habe deswegen eigentlich nun überhaupt kein Interesse, einen Mann kennenzulernen. Dennoch habe sie meine Anzeige einfach nicht aus ihrem Kopf bekommen. Sie habe auf diese Anzeige einfach wie hypnotisiert reagieren müssen. Wir machten einen Tag aus, an dem ich sie besuchen sollte. An diesem Tag war ich bekleidet mit einem weißen Hemd mit schwarzen Blumen, schwarzen Jeans und schwarzem Sakko, und mein Hemd war wie immer nicht bis zum Hals zugeknöpft. So fuhr ich nach Wannsee. Sie wohnte sehr schön am Waldrand, wo es nur Eigentumswohnungen gab. Ich lief zu ihrer Wohnung und sah sie schon vor der Tür stehen. Sie wartete also schon auf mich. Als ich plötzlich vor ihr stehen blieb und sagte „guten Tag, ich bin der Achim", war sie fast wie versteinert. Später sagte sie zu mir, als sie mich gesehen hatte, fragte sie sich, wo will denn dieser junge Mann hin, wen will er wohl besuchen? Dass ich derjenige war, auf den sie gewartet hatte, wollte sie einfach nicht glauben. Sie hatte altersmäßig einen ganz anderen Typ erwartet. Völlig durcheinander führte sie mich jedenfalls durch ihre Wohnung, raus auf die Veranda mit Waldblick. Ich musste zugeben, sie sah wirklich viel jünger aus, vor allem war sie schlank. Sie wäre glatt als 80-Jährige durchs Radar gelaufen. Draußen auf der Veranda pflanzte ich mich in einen von zwei Stühlen, die an einem Tisch gegenüberstanden.

Sie aber blieb stehen, immer noch voll durcheinander von meiner Erscheinung und lief unruhig hin und her. Ich fragte, was los sei, ob ich aussehe wie der Glöckner von der Notre Dame? Nein, sagte sie, aber sie sei völlig außer Kontrolle. Sie habe das jetzt gar nicht mehr so richtig im Griff, das sei sie nicht gewöhnt. So, wie ich aussehe, habe sie sich einen Mann mit 78 Jahren nicht vorgestellt. Ich fragte sie in sehr ruhigem Ton, ob sie wolle, dass ich wieder gehe. Das aber wollte sie auch nicht. Ich versuchte, sie mit allen Mitteln der Kunst in ein Gespräch zu ziehen, doch das gelang mir auch nicht. Also, dachte ich mir nun, gib der Frau einen Grund, um mich loszuwerden. Ich wollte jedenfalls auch nicht grundlos gehen, weil ich einfach nicht wusste, was in dem Kopf dieser 95-jährigen Frau vor sich ging. Ich fragte nun Miss 95: „Was halten Sie denn davon, dass ich mich völlig nackt ausziehe und sie mich ansehen und ich mich dann wieder anziehe. Dann haben Sie bestimmt eine bleibende Erinnerung an unser Date?" Ich nahm an, dass sie das völlig überfordern würde und sie mich dann rauswerfe. Aber Scheiße! Diese Frau sagte plötzlich, dann müssten wir rein ins Wohnzimmer gehen. Als ich das hörte, glaubte ich, dass mir jetzt meine Herzrhythmusstörungen größere Probleme bereiteten. Ich kam fast gar nicht aus meinem Stuhl raus, so überfordert war ich auf einmal. Da musste ich nun durch und wir liefen ins Wohnzimmer. Ich sagte zu ihr, ich ziehe mich auf der Toilette völlig aus und komme dann zurück. Daraufhin sagte sie, ich könne mich doch im Wohnzimmer ausziehen. Ich wurde immer fassungsloser. Wahrscheinlich hatte sie plötzlich wieder Kontrolle über sich bekommen. Ich blieb bei der Toilette und pellte mich da aus, positionierte mich dann im Wohnzimmer und sie bekam Augen wie Setzeier. Nicht wegen meines hängenden Schwanzes, sondern wegen meiner ganzen Erscheinung. Sie war wirklich überrascht und lief auf mich zu und befühlte mit ihren beiden Händen meine Brust und streichelte mich. Dann nahm ich eine Hand von ihr und führte sie zu meiner hängenden Pelle und ich verspürte leichten Widerstand. Etwas wehrte sich in ihr dagegen. Ich glaube, Sex, das wollte sie gar nicht erleben. Aber als ich ihre Hand endlich an meinem Penis hatte, griff sie zu und ich bekam einen Steifen. Sie griff nicht anders zu als eine dreißigjährige Frau. Ich versuchte nun, ihre Hose noch im Stehen aufzuknöpfen, was ein bisschen kompliziert war und sie von selbst ihre Hose runterzog, so dass ich an ihre Klitoris rankam. Und ich schwöre, innerhalb kurzer Zeit wurde sie zweimal orgasmuserlebend. Von wegen trockene Vagina im Alter einer Frau. Ich verspürte das nicht. Aber jede weiteren sexuellen Handlungen blockte sie dann doch ab. Es kam leider nicht dazu, sie richtig zu vögeln. Ich zog mich wieder an und wir blieben im Wohnzimmer. Wir unterhielten uns entspannter als vorher auf der Terrasse und leider kam bei für mich nichts Gutes dabei raus. Denn sie blieb dabei, keinen Sex mehr erleben zu wollen in ihrem Alter und ihrer gesundheitlichen Verfassung. Sie sagte, dass sie das Zusammensein mit mir in ihrem Alter zu aufregend finde und sie zu sehr aus ihrer Altersgewöhnung herausgerissen werde. Wenn sie Sex hätte erleben wollen, hätte sie das längst erleben können, Angebote hätte sie genug bekommen, weil sie ja auch noch jünger aussah. Sie sagte weiter, sie hätte einen Sohn, der sich ausreichend um sie kümmere und eine gute Freundin, die in der Nachbarschaft wohne. Das reiche ihr. Ich fragte sie nun, warum sie denn überhaupt auf meine Anzeige reagiert habe? „Ich weiß auch nicht. Ich war einfach neugierig, denn so eine Anzeige, dass ein 78-jähriger Mann auch Interesse an Frauen bis 100 Jahre hat, solch eine Anzeige liest man nicht alle Tage, das ist schon außergewöhnlich." Mich überzeugte ihre Antwort nun nicht wirklich. Denn gerade ältere Frauen sind froh, aus ihrer Alltagsgewöhnung herausgerissen zu werden, wenn sie dadurch mehr Lebensgefühle erleben. Auf jeden Fall war wieder einmal ein Erlebnis, ein Abenteuer, vorbei.

★★★★★

Eines Tages sprach mich ein Freund an, der ein Jahr älter war als ich. Er fragte, ob ich nicht auch mal für ihn eine Anzeige schreiben möchte, denn auch er wolle eine Frau kennenlernen. Das tat ich dann natürlich und er veröffentliche seine Anzeige in der

„Berliner Woche". Als er Post bekam, ließ er mich die Post lesen und dabei fiel mir ein Brief besonders auf. Es waren der Name und der Wohnort der Interessentin. Ich erinnerte mich daran, dass ich vor etwas mehr als einem Jahr eine Anzeige in der „Berliner Woche" aufgegeben hatte, wo ich nur zwei Antwortschreiben erhalten hatte. Eine Interessentin war Rosi gewesen und die andere hatte ich beiseitegelegt. Und genau diese Frau hatte jetzt auf die Anzeige meines Freundes reagiert. Diese Frau hatte also bislang keinen Erfolg bei ihrer Partnersuche gehabt. Ich hatte ja meine Anzeige, die ich vor einem Jahr aufgeben hatte, unter der Rubrik „Abenteuer" aufgegeben, und da war es ausschließlich um Sex gegangen. Heute aber hatte sie reagiert unter der Rubrik „Freizeitpartnerschaft". Ich sagte nun zu meinem Freund: „Hör mal, diese Frau kannst du sofort vögeln. Diese Frau hat einmal auf eine Sexanzeige von mir reagiert." Also nahm mein Freund zuerst zu dieser Frau Verbindung auf und sie verabredeten sich bei ihr zu Hause, also nicht auf neutralem Boden. Und es dauerte nicht lange, dann landeten sie im Bett. Aber diese Frau hatte gesundheitliche Probleme. Sie war körperlich eingeschränkt, das Laufen klappte durch Knieprobleme nicht so richtig und die ganze körperliche Bewegungsfreiheit war beeinträchtigt, also auch im Bett. Denn immerhin war diese Frau, die unbedingt Sex erleben wollte, volle 88 Jahre alt. Darüber hinaus litt sie an Parkinson und musste, unabhängig von dieser Krankheit, jeden Tag an das Sauerstoffgerät, das bei ihr im Wohnzimmer stand. Und damit kam mein Freund nicht klar. Und da der Sex unbefriedigend war für beide, wie er mir erzählte, besuchte er diese Frau nicht mehr. Mich interessierte wiederum diese kranke Frau. Ich sage ja, dass ich nicht ganz normal in der Birne bin.

Ich wollte wissen, wieso so eine kranke Frau noch Lust auf Sex hatte. Aber ich hatte ja zuvor schon viele Frauen erlebt, die trotz Behinderung noch Lust zum Sex hatten. Ich sagte zu meinen Freund, ich werde mal diese Frau anrufen und sie fragen, ob ich sie nicht mal besuchen dürfe, da ich durch einen Freund erfahren habe, dass sie Lust auf Sex habe. Ich rief sie an und bekam meine

Chance, sie kennenzulernen. Mein Vorteil war ja, dass ich wusste, was mich erwartet. Natürlich pfiff ich mir vorher eine halbe Viagra ein und im Gegensatz zu meinem Freund stieß mich alles gar nicht ab, was die Frau für eine Behinderung hatte. Ich war ganz einfach auf diese kranke Frau auch als Mensch neugierig, die noch so viel Lust zum Sex hatte. Aus eigener sexueller Erregung zog es mich jedenfalls nicht zu dieser Frau.

Als ich nun an ihrer Wohnungstür klingelte, verging danach keine Viertelstunde, da saß sie auf der Bettkante und wollte sich ausziehen, wobei ich ihr half.

Ich möchte an dieser Stelle Folgendes erklären. Wenn ich jetzt vielleicht zu ausführlich über den Sex mit Erika schreibe, dann tue ich das aus Respekt vor Erikas Sexualität, durch die sie wieder richtig das Leben gefühlt hat. Selbst wenn sie eine Millionärin gewesen wäre, hätte sie sich niemals solche Lebensgefühle kaufen können, wie sie diese durch mich erlebte. Mich reizte es tatsächlich, ältere bis ganz alte Frauen durch Sex wieder mehr Lebensgefühle erleben zu lassen. Das reizte mich mehr, als meine eigene Sexualität auszuleben. Das macht vor allem einen riesengroßen Unterschied aus, als wenn ich Sex mit richtig jungen Mädels erleben würde. Die Sexualität hat für viele ältere Frauen, auch oder gerade mit gesundheitlichen Problemen, einen viel höheren Stellenwert als für jüngere Frauen.

Ich komme zurück auf Erika, so hieß diese Frau, die ich gerade ausgezogen hatte und ganz so dick wie Madames dicker Bauch und kleiner Hintern war sie nicht. Und man glaubt es kaum, ihre Vagina sah einfach nur erregend jugendlich aus. Im Bett bekam ich behinderungstechnisch eine Ach-und-Krach-Nummer hin, bei der diese Frau mehrmals hintereinander orgasmuserlebend wurde. Man glaubt das kaum. Und aus diesem Tag wurden ein Jahr und drei Monate draus, wo ich wenigstens ein- bis zweimal die Woche zu ihr fuhr und wir Sex erlebten und wir uns auch darüber hinaus gut verstanden haben. Ich lernte sie sexuell so gut kennen, dass ich sie gar nicht vögeln brauchte, denn durch die Befühlung ihrer Klitoris durch meine Hand kam sie viel schneller und viel intensiver und häufiger zum Orgasmus als beim eher umständlichen Geschlechtsverkehr, wozu ich sie auch mal auf den Tisch legte. Sie hatte einen sehr stabilen Esstisch, und wenn sie sich rückwärts gegen den Tisch stellte, konnte sie sich leicht auf die Tischkante setzen und ich dann ihre Beine hochklappen, dann lag sie mit Pflegestufe 4, die sie kürzlich bekommen hatte, mit ihrem Rücken auf dem Tisch. Natürlich erst, als wir zuvor eine dicke weiche Decke ausgebreitet hatten, dann kam ich gut in sie rein, denn mein künstlicher Hüftgelenkersatz bereitete mir ziemliche Probleme. Aber wie gesagt, das alles war gar nicht nötig bei Erika und wir unterließen dann diesen Turnierkampfsex und ich befühlte sie nur noch mit meiner Hand, denn diese 88-jährige Frau wurde schon nach einer Minute das erste Mal orgasmuserlebend. Ich hatte mir Folgendes ausgedacht: Ich wollte, dass sie bequem in einem Sessel sitzt oder auf einem Stuhl, ohne Unterleibbekleidung und ich neben ihr stand. So kam ich leicht nach vorne gebeugt gut von der Seite an ihre Klitoris ran und sie kam sitzend aus ihrer Position leicht an meinen Schwanz von der Seite heran, denn sie wollte unbedingt immer wieder meine Schwanzsteifigkeit erleben, was ihr wohl bewies, dass auch ich mich in diesem Moment sexuell erregte, ohne dass mein Schwanz in ihr drin steckte. Im Übrigen wurde mein Schwanz dabei immer steif, ohne Viagra, und immer wieder nahm sie meinen Schwanz in ihren Mund, obwohl ich das gar nicht mal so oft wollte. Fakt war jedenfalls, wenn ich leicht gebeugt im Stehen ihre Klitoris befühlte, schrie sie auf und sagte: „Oh Gott, oh Gott, du hast wieder die richtige Stelle getroffen." Dann wurde sie in kurzen Abständen meist fünfmal hintereinander orgasmuserlebend. Sie umarmte mich und sagte, dass ich sie zurück ins Leben geführt habe und sie in dieser Zeit alle ihre Gebrechen, ihre Krankheiten, ausschalten könne. Und ich schwöre, das, was mir diese Frau durch ihre Worte schenkte, war für mich ein bereicherndes Gefühl, als wenn mir eine 30-jährige Frau gesagt hätte, dass ich gut im Bett bin.

Was kann ein Mensch mir Wertvolleres schenken, als mir zu sagen, dass ich ihn ins Leben zurückgeführt habe? Ich bekam im Alter so viel Dankbarkeit von älteren Frauen zurück, was ich in meinen jüngeren Jahren so nie erlebt hatte. Wenn Erika und ich mal raus in die Natur fuhren und wir ein Esslokal aufsuchten, musste ich immer Erikas bestellte Tasse Kaffee zur Hälfte selbst austrinken, damit sie wegen ihrer Parkinsonerkrankung nicht die Hälfte verschüttete. Und ich wischte ihr oft den Mund ab und alle anderen Gäste, die das mitbekamen, dachten, das sei meine Mutter. Ganz entsetzt wären sie wohl gewesen, wenn sie im gleichen Restaurant Folgendes mitbekommen hätten: Immer wenn ich mit Erika rausfuhr, zog sie sich ein Kleid an mit nix darunter, also auch keinen Slip. Unter Inkontinenz litt sie nicht, und das mit 88 Jahren. Und wenn die Tische nicht allzu dicht nebeneinander standen, dann rutschte ich mit meiner Hand unter ihr Kleid und verschaffte ihr während des Essens schnell einen Orgasmus, denn sie bekam ja immer schnell einen Orgasmus. Erika genoss diese abenteuerlichen Situationen, die oft nicht einmal junge Menschen erlebten. Einmal weinte Erika und fragte mich: „Achim, warum tust du das alles für mich, das hast du doch gar nicht nötig?" Aber genau das, was ich durch diese Frauen erlebte, ist mir heute wichtiger als meine eigene Orgasmuserlebung. Ich erlebte das Gefühl, gebraucht zu werden. Ich bedeutete noch für jemand anderen etwas. Es ist beinahe so, als fühlte ich mich wie ein Arzt, der einer Patientin wieder mehr Lebensfreude verschaffen konnte und sich selbst darüber freute.

Erika und ich verlebten trotz nur ein- oder zweimal in der Woche, die wir zusammen waren, eine schöne Zeit. Dennoch schlug das Schicksal wieder zu. Nach genau über einem Jahr und drei Monaten verstarb Erika. An einem Donnerstag war ich noch bei ihr. Am Freitag rief sich sie an und hatte plötzlich ihre Tochter am Telefon, die mir sagte, dass Donnerstagnacht ihre Mutter noch hatte notoperiert werden müssen. Es ginge ihr schlecht. Und obwohl ich alle Corona-Maßnahmen zur Eindämmung dieses Virus uneingeschränkt begrüßte, was sich Ende 2019 dramatisch zuspitzte, war ich wütend, dass ich am Pförtner des Krankenhauses nicht vorbeikam, um Erika noch einmal zu besuchen. Nur ihre Tochter hatte die Erlaubnis. Man akzeptiert eben alles nur, solange es einen nicht selbst betrifft. Ich habe Erika nie wieder lebend gesehen. Sie verstarb mit 89 Jahren.

Und wieder war ein Leben ausgelöscht. Ich werde nie mehr mit 80 Jahren aus dem Tal der lebenszerstörenden Einsamkeit herauskommen. Ich werde immer wieder Anzeigen in der Berliner Wochenzeitschrift aufgeben, so als wären diese Anzeigen Drogen für mich und ich immer wieder neue Verabredungen treffe, mit denen ich meine Einsamkeitsgefühle unterdrücken kann und ich groteskerweise auch noch an dem Haus, wo Erika wohnte, vorbeifahre zu einer anderen Frau, so als hätte es Erika nie gegeben. Aber so ist es eben nicht. Am liebsten wäre ich in das Haus von Erika reingefahren und hätte auch mein Leben beendet.

Ich denke immer mehr an meinen Schwur, dass ich ja mein lebensbejahendes schönes Leben bis zum Gipfel voll ausgelebt habe und ich jetzt einfach den Abflug machen könnte. Und ich denke vor allem an Gunter Sachs, der sich mit 78 Jahren die Kugel gab, weil er anfing, an Demenz zu leiden. Fakt war, er hätte nicht sterben brauchen, finde ich. Er war noch sehr gut beisammen. Dennoch, er hat es richtig gemacht. Ich bewundere diesen Mann. Er ist mein Vorbild geworden. Seinen Abschiedsbrief, der ja in der Presse veröffentlicht wurde, klebt bei mir an der Tür meines Küchenschrankes. Ich beachte ihn jeden Morgen, wenn ich aufstehe. Dieser Mann war mehrfacher Millionär und hatte viele Frauen in seinem Leben genossen. Er war der deutsche Playboy. Aber das Sprichwort „Geld allein macht nicht glücklich" beweist sich durch Gunter Sachs einmal mehr als richtig. Dann geht es erst mal wieder.

Ich denke immer mehr an meinen Schwur.

Den Sinn des Lebens, der nur darin besteht, wie bei allen Tieren, die eigenen Gene weiter zu vererben durch ein Geschlechtstriebgefühl, das man auch Fortpflanzungstriebgefühl nennt, habe ich nicht erfüllt. Ich war durch meine Gene noch nicht so angepasst, mich in eine Kernfamilie als fürsorglicher Vater, so wie mein Vater es z. B. war, einzubringen. Nach meinem Tod werde ich vergessen werden. Es sei denn, es gibt tatsächlich einige interessierte Leser, die mein Buch lesen und ich dadurch bei einigen in Erinnerung bleibe, vielleicht auch in schlechter Erinnerung. Egal, Erinnerung ist Erinnerung

Also, macht's gut, Leute!

★★★★★

Quellenverzeichnis

Apothekenumschau 43

David Precht, Die Liebe ist ein unordentliches Gefühl

Der Spiegel, 39. Ausgabe 2008, S. 65

Internet: http://www. spektrum.de/abo/lexikom/biok/10779

Internet: http://de.wikipedia.org/wiki/Klitoris

Persönliches Schreiben des Zoologischen Gartens Berlin vom 04.03.1992

Sigmund Freud, Drei Abhandlungen zur Sexualtherapie und verwandte Schriften, Verlag Fischer Bücherei, März 1965

Tagesspiegel, ohne Jahresangabe

Tageszeitung BZ, 20.06.2009

Tageszeitung BZ, 12.03.2009

Tageszeitung BZ, 03.08.2007

Tageszeitung BZ, ohne Datum

Tageszeitung tazzwei, 21. März 2006

Zeitschrift COVER, S. 21 o. Jahresangabe

FÜR AUTOREN A HEART FOR AUTHORS À L'ÉCOUTE DES AUTEURS MIA ΚΑΡΔΙΑ ΓΙΑ ΣΥΓΓΡΑ
FÖR FÖRFATTARE UN CORAZÓN POR LOS AUTORES YAZARLARIMIZA GÖNÜL VERELIM SZÍV
FÜR AUTORI ET HJERTE FOR FORFATTERE EEN HART VOOR SCHRIJVERS TEMOS OS AUTO
AUTORÓW SERCE DLA AUTORÓW EIN HERZ FÜR AUTOREN A HEART FOR AUTHORS À L'ÉCOUT
ВСЕЙ ДУШОЙ К АВТОРАМ ETT HJÄRTA FOR FÖRFATTARE À LA ESCUCHA DE LOS AUTOR
ΚΑΡΔΙΑ ΓΙΑ ΣΥΓΓΡΑΦΕΙΣ UN CUORE PER AUTORI ET HJERTE FOR FORFATTERE EEN H
RZÖINKÉRT SERCE DLA AUTORÓW EIN HERZ FÜR
CORAÇÃO ВСЕЙ ДУШОЙ К АВТОРАМ ETT HJÄRTA FÖR

Der Autor

1941 in Berlin-Neukölln geboren, lebt Joachim König bis heute in der deutschen Hauptstadt. Während er nun seine Rente auskostet, hat er ein ereignisreiches Leben hinter sich, das sich zum großen Teil in der Rotlichtszene abspielte. Nach Abschluss der Schule begann er jedoch zunächst eine Ausbildung aus Autolackierer. In diesem Beruf blieb er bis zu seiner Pensionierung und war unter anderem auch selbstständig tätig.

Nebenbei stieg er ins Prostitutionsgeschäft ein und betrieb ein eigenes Bordell. Von dieser ausschweifenden Periode und weiteren erotischen Erlebnissen berichtet er in seiner Lebensbiografie „Ich war Bordellbetreiber".

novum ⚡ VERLAG FÜR NEUAUTOREN

Der Verlag

*Wer aufhört
besser zu werden,
hat aufgehört
gut zu sein!*

Basierend auf diesem Motto ist es dem novum Verlag
ein Anliegen, neue Manuskripte aufzuspüren, zu ver-
öffentlichen und deren Autoren langfristig zu fördern.
Mittlerweile gilt der 1997 gegründete und mehrfach
prämierte Verlag als Spezialist für Neuautoren in
Deutschland, Österreich und der Schweiz.

**Für jedes neue Manuskript wird innerhalb
weniger Wochen eine kostenfreie, unverbind-
liche Lektorats-Prüfung erstellt.**

Weitere Informationen zum Verlag und
seinen Büchern finden Sie im Internet unter:

www.novumverlag.com